新编新译
世界文学
经典文库

U N E

H I S T O I R E

给妮侬的故事

左拉短篇小说选

P O U R

Émile Édouard Charles Antoine Zola

[法] 埃米尔·左拉 著

吴岳添 译

作家出版社

N I N O N

新编新译
世界文学
经典文库

编委会

代　　　　　　　　　　　　序

经　典，　作　为　文　明　互　鉴　的　心　弦

陈众议　　　　　　　　　　2020 年 11 月 27 日于北京

　　"只有浪子才谈得上回头。"此话出自诗人帕斯。它至少包含两层意义：一是人需要了解别人（后现代主义所谓的"他者"），而后才能更好地了解自己，恰似《旧唐书》所云："夫以铜为镜，可以正衣冠；以古为镜，可以知兴替；以人为镜，可以明得失"；二是人不仅要读万卷书，还要行万里路。读万卷书难免产生"影响的焦虑"（布鲁姆语），但行万里路恰可稀释这种焦虑，使人更好地归去来兮，回归原点、回到现实。

　　由此推演，"民族的就是世界的"（据称典出周氏兄弟）同样可以包含两层意思：一是合乎逻辑，即民族本就是世界的组成部分；二是事实并不尽然，譬如白马非马。后者构成了一个悖论，即民族的并不一定是世界的。拿《红楼梦》为例，当"百日维新"之滥觞终于形成百余年滚滚之潮流，她却远未进入"世界文学"的经典谱系。除极少数汉学家外，《红楼梦》在西方可以说鲜为人知。反之，之前之后的法、英等西方国家文学，尤其是20世纪的美国文学早已在中国文坛开枝散叶，多少文人读者对其顶礼膜拜、如数家珍！究其原因，还不是它们背后的国家硬实力、话语权？福柯说"话语即权力"，我说权力即话语。如果没有"冷战"以及美苏双方为了争夺的推重，拉美文学难以"爆炸"；即或"爆炸"，也难以响彻世界。这非常历史，也非常现实。

　　同时，文学作为人类文明的重要组成部分，是人类进步不可或缺的标志性成果。孔子固然务实，却为我们编纂了吃不得、穿不了的"无用"《诗经》，可谓功莫大焉。同样，马克思主义的经典作家向来重视文学，尤其是经典作家在反映和揭示社会本质方面的作用。马克思在分析英国社会时就曾指出，英国现实主义作家

"向世界揭示的政治和社会真理，比一切职业政客、政论家和道学家加在一起所揭示的还要多"。恩格斯也说，他从巴尔扎克那里学到的东西，要比从"当时所有职业的历史学家、经济学家和统计学家那里学到的全部东西还要多"。列宁则干脆地称托尔斯泰是俄国革命的一面镜子。这并不是说只有文学才能揭示真理，而是说伟大作家所描绘的生活、所表现的情感、所刻画的人物往往不同于一般的抽象概括、冰冷的数据统计。文学更加具象、更加逼真，因而也更加感人、更加传神。其潜移默化、润物无声的载道与传道功能、审美与审丑功用非其他所能企及，这其中语言文字举足轻重。因之，文学不仅可以使我们自觉，而且还能让我们他觉。站在新世纪、新时代的高度和民族立场上重新审视外国文学，梳理其经典，将不仅有助于我们把握世界文明的律动和了解不同民族的个性，而且有利于深化中外文化交流、文明互鉴，进而为我们吸收世界优秀文明成果、为中国文学及文化的发展提供有益的"他山之石"。同样，立足现实、面向未来，需要全人类的伟大传统，需要"洋为中用""古为今用"，否则我们将没有中气、丧失底气，成为文化侏儒。

众所周知，洞识人心不能停留在切身体验和抽象理念上，何况时运交移，更何况人不能事事躬亲、处处躬亲。文学作为人文精神和狭义文化的重要基础，既是人类文明的重要见证，同时也是一时一地人心、民心的最深刻，也最具体、最有温度、最具色彩的呈现，而外国文学则是建立在各民族无数作家基础上的不同时代、不同民族的认识观、价值观和审美观的形象体现。因此，外国文学，尤其是外国文学经典为我们接近和了解世界提供了鲜活的历史画面与现实情境；走进这些经典永远是了解此时此地、彼时彼地人心民心的最佳途径。这就是说，文学指向各民族变化着的活的灵魂，而其中的经典（包括其经典化或非经典化过程）恰恰是这些变化着的活的灵魂。亲近她，也即沾溉了从远古走来、向未来奔去的人类心流。

此外，文学经典恰似"好雨知时节"，"润物细无声"，又毋庸置疑是各民族集体无意识和作家、读者个人无意识的重要来源。她悠悠地潜入人们的心灵和脑海，进而左右人们下意识的价值判断和审美取向。还是那个例子，我们五服之内的先人还不会喜欢金发碧眼，现如今却是不同。这是"西学东渐"以来我们的审美观，乃至价值观的一次重大改变。其中文学（当然还有广义的艺术）无疑是主要介质。这是因为文学艺术可以自立逻辑，营造相对独立的气韵，故而它们也是艺术化的生命哲学；其核心内容不仅有自觉，而且还有他觉。没有他觉，人就无法客观地了解自己。这也是我们有选择地拥抱外国文学艺术，尤其是外国文艺经典的理由。没有参照，人就没有自知之明，何谈情商智商？倘若还能潜入外国作家的内心，或者假借他们以感悟世界、反观自身，我们便有了第三只眼、第四只眼、第N只眼。何乐而不为？！

且说中华民族及其认同感曾牢固地建立在乡土乡情之上。这显然与几千年来中华民族的文化发展方式有关。从最基本的经济基础看，中华文明首先是农业文明，故而历来崇尚"男耕女织""自力更生"。由此，相对稳定、自足的"桃花源"式的小农经济和自足自给被绝大多数人当作理想境界。正因为如此，世界上没有其他民族像中华民族这么依恋故乡和土地（柏杨语）。同时，因为依恋乡土，我们的祖先也就相对追求安定、不尚冒险。由此形成的安稳、和平性格使中华民族大抵有别于西方民族。反观我们的文学，最撩人心弦、动人心魄的莫过于思乡之作。如是，从《诗经》开始，乡思乡愁连绵数千年而不绝，其精美程度无与伦比。"昔我往矣，杨柳依依；今我来思，雨雪霏霏"（《诗经》）；"露从今夜白，月是故乡明"（杜甫）；"举头望明月，低头思故乡"（李白）；"春风又绿江南岸，明月何时照我还？"（王安石）。如此等等，不一而足。当然，我们的传统不尽于此，重要的经史子集和儒释道，仁义礼智信和温良恭俭让，以及少数民族文化等皆是中华传统文化的组成部分。而且，这里既有六经注我，也有我注六经；既有入乎其内，也有出乎其外，三言两语断不能涵括。诚然，四十多年，改革开放、西风浩荡，这是出于了解的诉求、追赶的需要。其代价则是价值观和审美感悦令人绝望的全球趋同。与此同时，文化取向也从重道轻器转向了重器轻道。四海为家、全球一村正在逼近；城市一体化、乡村空心化不可逆转。传统定义上的民族意识正在淡出。作为文学表象，那便是山寨产品充斥、三俗作品泛滥。与此同时，或轻浮或狂躁，致使伪命题及去心化现象比比皆是；文学语言简单化（却美其名曰"生活化"）、卡通化（却美其名曰"图文化"）、杂交化（却美其名曰"国际化"）、低俗化（却美其名曰"大众化"）等等，以及工具化、娱乐化等去审美化、去传统化趋势在网络文化的裹挟下势不可挡。

正所谓"彼亦一是非，此亦一是非"，如何在全球化这把双刃剑中取利去弊，业已成为当务之急。"不忘本来，吸收外来，面向未来"无疑是全球化过程中守正、开放、创新的不二法门。因此，如何平衡三者的关系，使其浑然一致，在于怎样让读者走出去，并且回得来、思得远。这有赖于同仁努力；有赖于既兼收并包，又有魂有灵，从而在人类命运共同体的旗帜下复兴中华，并不遗余力地建构同心圆式经典谱系。毫无疑问，唯有经典才能在"熏、浸、刺、提""陶、熔、诱、掖"中将民族意识与博爱精神和谐统一。让《红楼梦》《三国演义》《水浒传》《西游记》等中国文学经典的真善美成为全世界共同的精神财富吧！让世界文学的所有美好与丰饶滋润心灵吧！这正是作家出版社与中国社会科学院外国文学研究所精心遴选，联袂推出这套世界文学经典丛书的初衷所在。我等翘首盼之，跂予望之。

作为结语，我不妨援引老朋友奥兹，即经典作家是好奇心十足的孩子，他用手指去触碰"请勿触碰"之处；同时，经典作家也可能带你善意地走进别人的卧室……作家卡尔维诺也曾列数经典的诸多好处；但是说一千、道一万，只有读了你才知道其中的奥妙。当然，前提是要读真正的经典。朋友，你懂的！

译　　者　　序

吴岳添　　　　　　　　　　　2020 年 7 月于湘潭大学

中国社会科学院
外文所研究员
博士生导师
湘潭大学外国语学院
特聘教授

埃米尔·左拉 (1840—1902) 是法国自然主义文学流派的领袖和理论家，以出版描绘第二帝国时期一个家族的自然史和社会史、多达20卷的巨著《卢贡-玛卡尔家族》著称于世。他继承和发扬了雨果倡导的人道主义传统，在19世纪末震动欧洲的德雷福斯事件 [19世纪末，法国犹太籍上尉阿尔弗雷德·德雷福斯被诬陷为向德国出卖情报的叛徒，被军事法庭判处终身监禁，因而在法国激起了民族主义的反犹浪潮。左拉不顾个人安危，发表了致总统的公开信《我控诉》(1898)，痛斥军方陷害无辜的不法行径，使法国为此分成了德雷福斯派和反德雷福斯派两大阵营。左拉两次被判处监禁和罚款，不得不流亡英国。德雷福斯最后于1906年被恢复名誉。] 中挺身而出，为昭雪冤案和伸张正义进行了英勇的斗争。

左拉家境贫穷，很早就独自谋生，他在艰苦的环境中刻苦努力、自学成才，在文学理论、长篇小说和戏剧等方面都卓有建树，终于成为一个举世闻名的大作家。他的作品无情地批判了贫富悬殊的社会现实，加上他提出了自然主义的文学理论，因此他在生前和身后都受到批评界的抨击。尽管如此，左拉已经获得了应有的历史地位，他的遗骸也早在1908年6月6日被迁入了先贤祠。

左拉在短篇小说方面也很有成就。从中学时代的《爱情仙女》，到1899年的最后一篇《昂热丽娜》，他的短篇小说题材丰富、形式多样，而且与他的长篇小说相辅相成。其中不乏优秀之作。从1865至1874年，左拉为多家报纸撰稿，创作了不少短篇小说，先后汇编成短篇小说集《给妮侬的故事》(1864) 和《给妮侬的新故事》(1874)，其余的后来收入亨利·密特朗主编的《左拉全集》(1966—1969)。

左拉早期受到雨果为首的浪漫主义文学的影响，他的短篇小说并不注重情节，而是大多采用第一人称，也就是作者给妮侬讲故事的形式，类似于抒情的童话或散文。妮侬是青年左拉梦想中的爱人，他唯有在对她的倾诉中才能获得慰藉。例如《森普利斯》和《爱情仙女》等篇，都犹如优美的童话，充满了爱的温馨。《铁匠》里的左拉被打铁的壮观场面所感染，切身体验到了劳动的力量和伟大，热情地讴歌了铁匠孩童般的天真和男子气概，表明只有生活朴素、豁达开朗的劳动者才会有这种无私的快乐。

　　随着左拉对社会现实的认识越来越深刻，其短篇小说的创作风格也发生了变化，较多地采用第三人称，开始注重作品的情节和社会意义。例如《斋戒》揭露了教士的虚伪，《血》描写大屠杀的鲜血流满山谷，具有明显的反战色彩。《穷人的妹妹》的主人公虽然贫穷但心地善良，一心想使穷人摆脱贫困，左拉在她身上寄托了自己的美好理想。此外，如《我的邻居雅克》和《失业》反映了工人的悲惨命运，《三次战争》和《小村庄》抨击了战争和殖民主义，也有像《侯爵夫人的肩膀》这样的小说，揭露了第二帝国时期的荒淫和腐败。

　　左拉的短篇小说犹如一朵朵浪花，从各个侧面反映出社会生活的全貌，剖析不同阶层和人物的心理，从中反映出人们对爱情和幸福的向往，对自由和平等的渴望。它们不仅体现了左拉从早期浪漫主义到后期现实主义创作风格的转变，而且与他的长篇小说也有着内在的联系。因此，可以说左拉的短篇小说就是他的全部作品的缩影。从艺术上来说，法国的短篇小说体裁直到莫泊桑笔下才完全定型，所以左拉的作品是在短篇小说定型之前，最后一次展现了它类似于童话、寓言和散文等丰富多彩的形式。

左拉的短篇小说在我国有多个译本。早在20世纪30年代，毕修勺先生就翻译了左拉的中短篇小说集《给妮侬的故事》，后来由于左拉及其自然主义理论受到错误的批判，直到80年代才出版了郝运和王振孙先生翻译的《左拉中短篇小说选》，笔者翻译的左拉短篇小说也先后多次出版。

本书力求反映左拉短篇小说的全貌，早期的《给妮侬的故事》和《给妮侬的新故事》，是根据法国国家图书馆由巴黎的夏邦蒂埃出版社分别于1877年和1879年出版的藏本选译的，对源自《左拉全集》法文版的其他短篇小说也进行了校订。

本书出版之际，恰逢左拉诞生一百八十周年，谨以此书作为对左拉的纪念，并对作家出版社和责编袁艺方女士表示衷心的感谢。

目　录

第一辑

给妮侬的故事

森 普 利 斯

一

　　从前——妮侬，好好地听着——这个故事我是从一个老牧人那儿听来的。从前，在一座早已被海水淹没的岛上，有一位国王和一位王后，他们有一个儿子。国王是个伟大的国王：在他的王国里，他的酒杯是最深的，他的剑是最重的。他杀人和喝酒都威风凛凛。王后是个美丽的王后，她用了那么多脂粉，以致看起来几乎没有超过四十岁。他们的儿子是一个傻瓜。

　　然而王国里的聪明人都说，他是一个最大的傻瓜。他在十六岁时被国王带去打仗，去消灭附近的某个民族，它错就错在拥有一块领土。森普利斯像一个傻瓜那样行事，从屠杀中救出二十多个妇女和四十多个孩子。他每击一剑都几乎要哭出来，最后看着血流遍地和堆满尸体的战场，心中产生了深深的怜悯，以至于三天都吃不下饭。妮侬，你看，他真是个大傻瓜。

　　在十七岁那年，他不得不参加了一次他的父亲为王国里所有大食量的人举行的宴会。他在那里又做出了一桩又一桩的蠢事。他只吃了几口，很少说话，一句粗话都没有。他面前的酒杯几乎总是满的，国王为了维持家族的尊严，只得不时偷偷地把他杯中的酒喝掉。

　　十八岁时，他的下巴上长出了胡须，受到了王后的一位女官的注意。妮侬，女官们是很可怕的。这位女官只想被年轻的王子拥吻，这个可怜的孩子几乎连想都没有想过，在她对他说话的时候浑身颤抖，在花园里一看见她的裙边就立刻逃走。他的父亲，一个慈祥的父亲，看着这一切暗自发笑。但是女官追求得更加热烈，却老是得不到亲吻，他为有这样一个儿子而脸红，就自己给了她要的亲吻，这始终是为了维护他家族的尊严。

"啊！这个小傻瓜！"这位风趣的伟大国王总是这么说。

二

森普利斯是在二十岁时完全变成了白痴。他遇见了一座森林，并且爱上了它。

在过去的时代里，人们还根本不用剪刀来美化树木，栽种草皮和在小径上铺沙也并非时尚。树枝随心所欲地生长，只有上帝去抑制荆棘和开辟小路。森普利斯遇见的那座森林是一大片望不到边的绿色草木，一些雄伟的大道隔开了一层层树叶和穿不透的绿篱。沉醉在露水中的苔藓疯狂地生长，野玫瑰伸展它们柔软的枝条，在林中空地上相互寻找，以便在大树周围狂舞。大树自身在保持平静和从容的同时，在阴影中扭曲着它们的根，喧哗地往上升去亲吻夏天的阳光。绿草在树枝上就像在地面上一样随意地生长。叶子环抱着树木，急于开放的雏菊和勿忘草往往搞错了地方，在被砍倒的老树根上开花。所有这些树枝，所有这些青草，所有这些鲜花都在歌唱。它们全都紧挨着混杂在一起，为了更自在地唠叨，为了低声地讲述花冠的神秘爱情。一股生命的气息在阴暗的矮林深处吹过，让每一片苔藓在晨曦和暮色的难以形容的合奏中发出一种声音。这是叶丛的盛大节日。

瓢虫、金龟子、蜻蜓、蝴蝶，花篱的所有漂亮的情侣都在树林的边上约会。它们在那里建立了小小的共和国。小径是它们的小径，小溪是它们的小溪，森林是它们的森林。它们舒适地居住在树木的脚下、低矮的树枝上、干枯的叶子里，就像生活在自己家里一样，平静地享受着获得的成果。再说它们都像好心人，把高处的树枝让给了黄莺和夜莺。

让森林歌唱的已经有树枝、叶子和鲜花，而且还有昆虫和鸟儿。

三

森普利斯没几天就成了森林的老朋友。他们在一起聊得如此狂热，以致它夺去了他仅剩下来的一点理智。当他离开它把自己关在四堵墙壁之间，坐在一张桌前，睡在一张床上时，他始终在苦思冥想。终于有一天，他突然抛弃了他的套房，去住在他喜爱的叶丛下面。

在那里，他为自己选择了一座巨大的宫殿。

他的客厅是一片开阔的圆形林中空地，看起来大约有两千米。它的四周装饰着长长的深绿色帷幔，五百根柔韧的柱子在天花板下支撑着一道碧玉色的花边幕帘。天花板本身是一个宽阔的圆屋顶，闪烁的蓝色缎子上布满了金色的钉子。

他的卧室是一间舒适的房间，充满了神秘和凉爽。地板和墙壁都隐藏在精工制作的柔软的毯子下面。由某个巨人在岩石里开挖的卧室，有一些玫瑰色大理石的墙壁和红宝石粉末铺成的地面。

他也有一间浴室，一眼活泉水，一个隐没在花丛中的水晶浴缸。妮侬，我不对你说宫殿里千百条相互交错的走廊，也不谈跳舞和演出的大厅以及花园。这是上帝才会建造的王室住所之一。

从此以后王子可以成为一个自由自在的傻瓜了。他的父亲以为他变成了狼，并且在寻找一个更配得上王位的继承人。

四

森普利斯在定居以后的日子里非常忙碌。他结识了邻居们，草里的金龟子和空中的蝴蝶。它们都是善良的动物，具有几乎和人一样的智力。

起初，他有点难以理解它们的语言。但他不久就发现应该怪他最初受到的教育。他很快适应了昆虫们简洁的语言。最后像它们一样，根据声音的变化和语调的持续，他用一种声音就足以表示一百种不同的事物。这样他就逐渐不再说人类的虽然丰富，却又如此贫乏的语言了。

他的新朋友们的处世方式使他着迷，他尤其赞叹它们评价国王们的方式，也就是根本不需要国王。最后，他觉得自己在它们身边非常无知，决定到它们的学校里去学习。

他在与苔藓和山楂花相处时更加小心，因为他还听不懂青草和鲜花的语言，这种无能使他们的关系非常冷淡。

归根结底，森林不再用不满的眼光看他，它明白他是一个淳朴的人，会和动物们和睦相处。它们不再躲避他，他经常在一条小径的深处，突然发现一只蝴蝶在弄皱一朵雏菊的颈圈。

山楂花很快就克服了自己的羞涩，甚至给年轻的王子上课了。它多情地教给他一切芬芳和色彩的语言。从此每天早晨，紫色的花冠在森普利斯起床时向他致意，绿叶对他讲述夜里的流言蜚语，蟋蟀低声地向他透露它疯狂地爱上了紫罗兰。

森普利斯为自己选择的情人是一只金黄色的蜻蜓，它身段纤细、翅膀颤动。这位亲爱的美人总是表现出令人绝望的风情。它玩耍着，似乎在呼唤他，随后敏捷地从他手下逃走。大树们严厉地斥责了它这种把戏，而且彼此严肃地议论说它不会有好下场。

五

森普利斯突然变得不安起来。

瓢虫最先发现它们的朋友的忧伤，试图要他说出秘密。他却哭着回答说，他就像最初的日子里那样快乐。

现在他黎明时就起床，在矮树林里一直奔走到晚上。他轻轻地分开树枝，察看每一处灌木丛。他抬起树叶，在它的阴影中观察着。

"我们的学生在找什么？"山楂花问苔藓。

被情人抛弃的蜻蜓感到惊讶，以为他是爱得发了疯。它过来围着他调情，但是他不再看它。大树们对它的判断很准确：它很快就在十字路口的第一只蝴蝶那里得到了安慰。

树叶们很伤心。它们看着年轻的王子询问每一丛草，目测长长的大道，听见他抱怨荆棘之深，它们说：

"森普利斯见到水花了，泉水的水神。"

六

水花是一缕阳光和一滴露水的女儿。它是如此晶莹美丽，一个情人的吻就能使它消逝。它散发出如此甜蜜的芬芳，它嘴唇的吻能使一个情人死去。

森林清楚这一点，所以嫉妒的森林就把它钟爱的孩子藏起来。它把一处被浓密枝叶遮掩的泉水给水花做住所。在那儿的寂静和阴影里，水花在它的姐妹之中容光焕发。它慵懒地投入水流，小脚被波浪半遮着，金黄色的头上戴着清澈的珠冠。它的微笑使睡莲和昌兰感到非常快乐，它是森林的灵魂。

它无忧无虑地生活着，只认识地上的母亲露水和天上的父亲阳光。它感到自己被摇晃它的波浪和给它阴影的树枝爱着。它有许许多多爱它的人，却没有一个情人。

水花并非不知道它会死于爱情，它乐于这样想，活着就在盼望死去。它微笑着等待心爱的人。

一天夜里，在星光下，森普利斯在一条小径的转弯处看见了它。他找了它整整一个月，想着在每一棵树干后面遇见它。他总是以为看见它滑进了矮树林，但是他奔过来的时候，却只看见被天上的风吹动的白杨树的巨大阴影。

七

森林现在沉默了：它不信任森普利斯。它加厚了叶丛，把整个黑夜投放在年轻王子的脚步上。它为威胁着水花的危险而痛苦，因而不再喜悦，不再说多情的絮语。

水神回到了林间空地，于是森普利斯又见到了它，一心想奔过去追上它。这个女孩骑在一道月光上，没有听见他的脚步声。它就这样飞着，轻盈得像风儿吹走的羽毛。

森普利斯跟在它后面跑着，跑着，但追不上它。他的眼里流出了泪水，心里充满了绝望。

他跑着，森林焦虑地注视着这场疯狂的奔跑。小灌木挡住他的去路。荆棘用多刺的手臂围住他，在他经过时突然拦住他。整个森林都在保卫它的孩子。

他跑着，感到苔藓在他的脚下变滑，矮林的树枝更加紧密地交错在一起，在他面前就像铜杆一样坚硬。干枯的树叶堆积在山谷里，砍倒的树干横在小路上，岩石自动地滚到王子面前。昆虫咬他的脚后跟，蝴蝶在他的眼皮上拍打着翅膀，使他什么都看不见了。

水花没有看见他，也没有听见他的声音，始终骑在月光上飞奔。森普利斯焦虑地感到它就要消失了。

他喘着气绝望地跑着、跑着。

八

他听到老橡树们愤怒地对他喊道：

"为什么你一直不说你是个人？否则我们就会躲着你，不给你上课，你愚昧的目光就不会看见水花、泉水的水神。你带着动物的天真出现在我们面前。而今天你却表现出人的智力。看吧，你压死了金龟子，拔掉我们的叶子，折断了我们的枝条，自私的虚荣心控制了你，你想夺走我们的灵魂。"

山楂花补充说：

"森普利斯，行行好，停下吧！当任性的孩子想闻我的星形花束的芬芳时，他为什么不让它们在树枝上自由地开放呢？他把它们摘下来，但只能欣赏一个小时。"

苔藓也说：

"森普利斯，停下。到我凉爽的地毯的绒毛上来幻想吧。在远处的树木之间，你会看到水花在嬉戏，你会看到它在泉水里沐浴，把潮湿的珍珠项链挂在脖子上。我们将和你分享看到它的喜悦：像我们一样，你也可以为了看到它而活着。"

整个森林又说：

"停下，森普利斯，一个吻就能杀了它，不要吻它。这你不知道吗？晚风，我们的信使，难道没有告诉你吗？水花是天上的花，它的芬芳能带来死亡。唉！可怜的小东西，它的命运是奇特的，森普利斯，可怜它吧。不要在它的嘴唇上吮吸它的灵魂。"

九

水花转过身来，看到了森普利斯。它微笑着，示意他走近，同时对森林说：

"我心爱的人来了。"

王子追水花追了三天又三个小时三分钟。橡树们的话还在他身后震响，他试图逃跑。

水花已经握住了他的双手。它踮起小脚，年轻人的眼里映出它的微笑。

"你迟到很久了,"它说,"我的心知道你在森林里,我骑在一道月光上,找了你三天又三个小时三分钟。"

森普利斯一言不发,屏住了呼吸。它让他坐在泉边,爱抚地看着他,而他也久久地凝视着它。

"你没认出我吗?"它又说,"我经常在梦里见到你。我向你走去,你握住我的手,随后我们一起走着,微微战栗着默默无语。你没有见过我吗?你不记得你的梦了吗?"

当他终于张开嘴的时候,它又说:

"什么也不要说,我是水花,你是我亲爱的人。我们就要死去。"

十

大树们俯下身来仔细地观看这对年轻人。它们痛苦地战栗着,在一片片矮林之间互相议论:他们的灵魂就要飞走了。

所有的声音都沉默了。草丛和橡树都感到深深的怜悯。叶丛里不再有一声愤怒的呼喊。森普利斯,水花心爱的人,是古老森林的后裔。

它把头靠在他的肩膀上,他们俯向小溪,相互微笑着。他们不时地抬起头来,注视着在太阳的余晖中颤动的金色尘埃。他们慢慢地、慢慢地拥抱在一起,等待着第一颗星星,以便合为一体永远飞走。

他们的心醉神迷,没有任何话语的干扰。他们在呼吸中交换着升到嘴唇的灵魂。

天渐渐暗淡下来。两个情人的嘴唇越来越近。一种可怕的焦虑攫住了一动不动和默不作声的森林。涌出泉水的巨大岩石，向这对在黄昏中容光焕发的年轻人投下大片阴影。

这时星星出现了，他们的嘴唇在最后一吻中贴在一起。橡树们发出一声长长的呜咽。他们的嘴唇贴合了，他们的灵魂飞走了。

十一

一个聪明人在森林中迷了路，和他在一起的是一位学者。

聪明人对树林里有碍健康的潮湿发表深刻的见解，而且谈起砍掉所有这些丑陋的大树后将会获得美丽的苜蓿田。

学者梦想发现某种还不为人所知的植物以便在科学界成名，他在各个角落里搜寻，找到了一些荨麻和狗牙根。

他们来到泉边，发现了森普利斯的尸体。王子在死亡的睡眠中微笑着。他的双脚沉浸在波浪里，他的头枕在河岸的草地上。在他永远闭合的嘴唇上压着一朵白色和玫瑰色的小花，花儿娇美，芬芳沁人。

"可怜的疯子，"聪明人说道，"他大概是想采一束花，结果淹死了。"

学者不大关心这具尸体。他借口要研究而抓起了那朵花。他撕下了花冠，接着又把它撕得粉碎：

"珍贵的发现！"他高叫道，"为了纪念这个傻瓜，我把这种花命名为Anthapheleia limnaia [古希腊文，意思是'爱沼泽的花'。]。"

啊，妮奈特 [妮侬的爱称。]，妮奈特，我理想的水花，这个野蛮人把它命名为Anthapheleia limnaia！

舞　会　名　册

妮侬，你还记得我们在森林里的长途跋涉吗？秋天已经给树木撒上一层紫黄色的叶子，而夕阳的光线更把它们染得金黄。我们脚下的青草比五月初更加稀疏，而橙黄的苔藓勉强庇护着一些罕见的昆虫。我们迷失在充满凄凉声音的森林里，以为听到了女人在看到额头上第一道皱纹时低声的抱怨。这个暗淡而温柔的夜晚瞒不过叶丛，它们感觉到冬天在更凉的微风中来临，并且悲伤地任凭自己被风摇晃，同时为它们变红的青枝绿叶而哭泣。

我们长时间地在矮林中漫步，选择树荫最多和最隐蔽的小径，不大在意它们的方向。我们爽朗的笑声吓坏了在树篱中鸣叫的斑鸫和乌鸫。有时我们听到一只出神的绿色蜥蜴受到我们脚步声的打扰而哗啦啦地溜进了荆棘丛。我们的行走漫无目的，天空在整个白天布满云彩，傍晚时分我们看到它露出了笑脸，趁着这点阳光敏捷地走了出去。我们就这样走着，脚下掀起了丹参和百里香的气味。我们手拉着手，时而追逐、时而漫步。然后我为你采摘最后的花朵，或者尽量够到你像小孩一样盼望得到的山楂树的红果。而这时的你，妮侬，头戴花冠，跑向邻近的泉水，说是去饮水，其实是为了欣赏你的头饰，慵懒又爱打扮的姑娘啊！

森林模糊的沙沙声中忽然混入了远处的笑声。听得到演奏的短笛和长鼓，微风隐约送来了跳舞的声音。我们停住脚步、竖起耳朵，准备好在这段乐曲中看到精灵们神秘的舞会。在乐器声的引导下，我们悄悄地走过一棵棵树。然后当我们小心翼翼地拨开最后一个树丛的树枝时，下面这幕景象就出现在我们的眼前。

在一块空地的中央，在围着刺柏和黄连木的狭长的草地上，十来个农夫和农妇来来回回有节奏地跳着。女人都光着头，用一条围巾遮住胸脯，无拘无束地跳着，发出我们听到过的笑声。男人们为了跳得更加自在，把衣服扔到草丛里闪光的农具当中。

这些朴实的人不大重视节拍。一个干瘪瘦削的男人，背靠着一棵橡树，一边吹着短笛，一边按照普罗旺斯的方式，用左手敲打着发出尖细声音的长鼓。他似乎一直钟情地倾听着急促而刺耳的拍子，有时他的目光茫然地落在跳舞者身上，他就会怜悯地耸耸肩膀。他是某个大村庄的著名乐师，路过这儿时被留下了，可是看到这些乡下人这样破坏优美舞蹈的规则却不能不发火。农民们在四对舞时的跳跃、顿足使他感到不快，乐曲结束后他们继续蹦跳了足有五分钟，对短笛和长鼓已经停止演奏也毫无觉察，他愤怒得涨红了脸。

突然发现森林里的小妖精在神秘地嬉戏，大概会令人高兴。但是稍有风吹草动，它们就消失了。我们跑向舞场，只能勉强找到几株略微弯曲的青草，算是它们路过的痕迹。这真是荒唐：让我们听见它们的笑声，邀请我们分享它们的快乐，接着当我们走近时却逃跑了，都不允许我们跳一支比较短的四对舞。

我们不能和精灵跳舞，妮奈特；但是和农民们跳舞，就没有比这更吸引人的事情了。

我们突然从树丛中出来，这些吵吵闹闹的跳舞者绝对不会飞走。他们甚至过了很长时间才发觉我们在场。他们重新开始蹦跳。吹短笛的人假装离开，在看到闪光的几枚钱币之后又拿起了他的乐器重新吹奏起来，同时为乐曲被如此糟蹋而叹息。我相信听出了一曲华尔兹的舒缓而难以把握的节拍。我已经搂住你的腰身，期待着把你抱在怀里的时刻，而你却迅速地挣脱出去又笑又跳，就像一个长着棕色头发的不害臊的农妇。敲长鼓的人从我这个英俊舞者的准备动作中得到了安慰，现在却只好掩住面孔哀叹艺术的堕落了。

我不知道为什么，妮侬，昨天晚上我回想起这些荒唐的事情，我们的长途跋涉、自由而欢快的舞蹈。模糊的回忆之后，接着是其他许多模糊的幻想。你会原谅我把它们讲给你听吗？我慢慢地随便说，会无缘无故地停下来或者匆匆忙忙地说下去，对听众不大在乎。我的故事只是一些非常平淡的草稿，但是你对我说过你喜欢它们。

舞蹈，这位腼腆而放荡的仙女，与其说是在吸引我，不如说使我着迷。作为普通的观众，我喜欢看到她在世界上摇晃她的铃铛；在西班牙和意大利的天空下耽于享乐，在拥抱和热烈的亲吻中扭动身躯；戴着长长的面纱，梦幻般深情地滑过金黄色的德意志，甚至小心而机灵地行走在法国的沙龙里。我喜欢处处见到她，在树林的青苔和华丽的地毯上，在村庄的婚礼和光彩夺目的晚会上。

她懒洋洋地仰躺着，眼睛湿润、半张着嘴唇，在金黄色头发的头上交错或打开双臂，以此来消磨时间。随着她有节奏的脚步声，所有的门都打开了，寺院的门，快乐的隐蔽的门；那里是焚香的芬芳，这儿是被酒染红的衣裙，她和谐地敲击着地面。在那么多世纪以后，她微笑着来到我们这里，她柔软的四肢并未加快或延缓悦耳的节奏。

女神真的来了。舞伴们成双成对，女的在男的搂抱下挺起胸脯。这就是女神，她举起的双臂握着一个巴斯克（欧洲地区名，分属法国和西班牙。）的铃鼓。她微笑着，随后发出信号。舞伴们都动起来，跟随她的舞步，模仿她的舞姿，而我呢，我喜欢用眼睛注视舞伴们的轻盈旋转；力图抓住所有爱的目光和话语，我陶醉于悦耳的节奏，在偏僻的角落里梦想着，即使女神任凭我无知和笨拙，我也要感谢她，因为她至少使我爱上了她的和谐的艺术。

说实话，妮奈特，这位金黄色头发的女神，我更喜欢她随意解开和挥动白色腰带时多情的裸体。我更喜欢她远离沙龙，自信避开了一切世俗的目光，在草地上画出最变幻莫测的舞步。在那里，她只披着一层薄纱，用玫瑰色的双脚轻轻地踏着青草，她会跳得天真而自由，会发现乐章旋律的秘密。在那里，我会隐藏在叶丛当中，欣赏她修长、柔软的美丽胴体，用目光追随她任意进退时在肩膀上变幻的阴影。

不过，有时当她以娇艳少女的样子——矫揉造作、假装正经——出现在我面前，当我看到她盲目地听从一个乐队，噘着嘴露出厌倦的样子，忍住一个哈欠，像尽义务般地跳完她的舞步时，我开始讨厌她了。我要把一切都说出来：我从未在一个沙龙里不带悲伤地欣赏过这位女神。她纤细的双腿在我们优雅女子的宽大裙子里难以动弹，感到太拘束了，她只要自由和任性。她局促不安，笨拙地行我们愚蠢的屈膝礼，由于经常碰到可笑的事情而总是失去魅力。

我希望能对她关闭我们的门。如果说我有时忍受着在分支吊灯下看她而不大忧伤的话，这多亏她的爱情记事簿，她的舞会名册。

妮侬，你在她手里看到过它——这个小本子吗？看吧：书的搭扣和铅笔套都是金的，从来没有见过更柔软、更芳香的纸张，从来没有见过更雅致的封面。这是我们献给女神的礼物，其他人送给她花冠和披巾，我们由于心地善良而把舞会名册作为礼物。

她有那么多崇拜者，这个可怜的孩子，无数的邀请在催促着她，她真不知道该怎么办。每个人都来欣赏她，请她跳一曲四对舞，而这个娇艳的女人总是有求必应。她跳啊，跳啊，失去了记忆力，被所有的请求压垮，还会出错，由此产生了可怕的混乱和无数的嫉妒。她离开时双脚疲惫，记忆麻木。人们可怜她，给了她这个烫金的小本子。从那时起不再有疏漏，不再有混乱，不再有破格的优待。当情人们围着她，她向他们出示这个名册，每个人都在上面签名，最钟情的最先来到。哪怕有一百个人也不要紧，有大量的空白页。当分支吊灯暗淡下来，如果不是所有人都搂过她纤细的腰身，那他们该责备的是自己的懒惰，而不是女孩的冷漠。

妮侬，这个办法也许是简单的。你会对我为几页纸喝彩而感到惊讶，但是这几页可爱的纸散发着娇媚的芬芳，充满了甜蜜的秘密！多么长的英俊情人的名单！每个名字都是一次敬意，每一页都是一次充满喝彩和崇拜的晚会！多么神奇的本子，它包含着一种温馨的生活。外行只能在其中拼读一些空洞的名字，这位少女却能流畅地读出她的美貌和她激起的赞赏！

每个人都轮流来表示顺从，都在她的情书上签字。其实这不就是许多暗示求爱的签名吗？如果是真诚的话，难道不应该在第一页上写下这些永远焕发青春的永恒话语吗？不过小本子是谨慎的，它不想迫使它的女主人害羞，只有她和它才知道应该梦想的事情。

坦率地讲，我怀疑它极其狡猾。看看它多么会掩饰自己，多么善于使自己变得天真和必不可少。如果不是一个保持记忆的助手，一种使每个人轮流得到公平的非常原始的方法，那它又是什么呢？它谈论爱情，使少女们心烦意乱！这是完全弄错了。一页页翻过去，你连最小的"我爱你"都找不到。其实它说过，但没有什么比它更贞洁、更天真、更纯朴的了，所以祖父母们在他们女孩的手中看到它时并不害怕。只签了一个名字的纸条被藏在上衣里，而它这封有着无数签名的信却大胆地展示出来。在客厅里或在女孩的房间里，人们可以在众目睽睽之下到处看见它。它难道不是人们知道的最没有危险的小本子吗？

它一直欺骗它的女主人。一件用途如此普通、何况得到祖父母们同意的物品能有什么危险呢？她毫不担心地翻阅它。此刻人们可以谴责舞会名册的明显的虚伪。在沉默中，你认为它在女孩的耳边低语些什么呢？是普通的名字吗？哦！不是的，一定是冗长的情话。它不再有非它不可或漠不关心的神情，而是喋喋不休，爱抚、激动，结结巴巴地说着温柔的话语。少女感到透不过气来，颤抖着继续翻阅。舞会突然重现在她的眼前。分支吊灯闪闪发亮，乐队深情地奏出和谐的旋律；每个名字迅速地变成了人的象征，而舞会——她曾是舞会的王后——则在欢呼声中，在温馨和奉承的话语中重新开始了。

啊！狡猾的小本子，年轻男舞伴的队伍真是络绎不绝！那一位从容地搂住她的腰肢，赞美着她的蓝眼睛；这一位激动得发抖，只能对着她微笑；另一位在说话，不停地说话，甜言蜜语滔滔不绝，尽管没有意义，却比长篇大论更加意味深长。

当女主人有一天忘记了它，狡猾的小本子清楚地知道她会回来。她浏览书页，焦虑地查阅，以便了解仰慕她的人增加了多少。她带着凄凉的微笑注意到某些名字，她在最后几页不再看到它们，这些见异思迁的名字也许是去充实其他的舞会名册了。她的大部分仰慕者对她始终是忠实的，她冷淡地翻过去。小本子对这一切付之一笑。它知道自己的威力：它应该得到她整整一生的爱抚。

暮年来临了，舞会名册没有被遗忘，烫金封面已经褪色，纸页勉强钉在一起。和它一起衰老的女主人好像更爱它了。她仍然经常翻动纸页，并且沉醉在她青春时代遥远的芬芳中。

妮侬，舞会名册不是一个迷人的角色吗？它不是像所有未被大众理解的诗文一样，只被一些内行流利地阅读吗？它保守女人的秘密，在生命中陪伴她，如同一个慷慨地洒下希望和回忆的爱神。

二

乔瑞特刚刚从女修道院办的女子寄宿学校出来，还处在梦想和现实混合的幸福年龄。这是美好和短暂的时期，头脑看到它梦想的东西，并且梦想它看到的东西。像所有的孩子一样，她被最初几次舞会的光彩夺目的分支吊灯迷住了，真诚地以为自己具有高等的身份，处在生活一帆风顺的半神半人之间。

她双颊微呈褐色，长长的黑睫毛半掩着她目光的激情。她忘记了自己不再受到女学监的监督，遏制着在她身上燃烧的炽热的生命。在沙龙里，她只不过是一个害羞的、近乎愚蠢的小姑娘，常常为一句话就脸红和垂下眼睛。

来吧，让我们隐藏在大片的帷幔后面，我们会看到这个懒散的姑娘伸展双臂，醒来时露出了玫瑰色的双脚。不要嫉妒，妮侬，我所有的吻都是给你的。

你记得吗？11点钟敲响了，房间依然阴暗。阳光消失在厚厚的窗幔中，而一盏即将熄灭的夜灯在徒劳地与黑暗抗争。当夜灯的火苗重又亮起的时候，床上显现出一个白色的形体。纯净的额头，隐没在波浪形花边里的胸脯，更远处是一只小脚纤细的脚尖；雪一般的胳膊悬在床外，手张开着。

懒洋洋的女子在床上翻转两次以便重新入睡，但是睡得这么轻，一件家具的突然作响终于使她半坐了起来。她撩开散乱地垂在她额上的头发，擦擦睡意蒙眬的眼睛，把被角都拉到肩上，交叉双臂以便更好地遮住自己。

她完全醒来之后，把手伸向悬挂在身旁的拉铃绳。但她迅速地缩回手跳到地上，跑过去自己拉开窗帘，一缕明媚的阳光照亮了房间。女孩对时已中午感到惊讶，刚刚又在镜子里看到自己衣衫的凌乱，更是极为不安。她回来蜷缩在床的最里边，为这种不合时宜的举动而脸红和战栗。她的贴身女仆是一个愚蠢而好奇的姑娘，与这个女人的饶舌相比，乔瑞特更喜欢她的梦想。可是天哪！阳光多么明亮，而镜子都是会泄露秘密的呀！

现在，在凌乱的椅子上，看得见一件随便丢下的舞衣。快要入睡的少女把薄纱裙子留在这里了，那边放着她的披巾，更远一点是她的缎子鞋。一些首饰在她身旁的一个玛瑙盘子里闪亮，一束凋谢的花在舞会名册旁边枯萎。

额头倚在一条赤裸的手臂上，她拿起一条项链开始玩珍珠。接着她放下项链，打开舞会名册翻阅起来。小本子一副厌倦和冷漠的神情，乔瑞特浏览时并不十分在意，似乎在考虑其他的事情。

她在一页页翻看的时候，夏尔的名字总是写在每页的第一个，终于使她不耐烦了。

"总是夏尔，"她自言自语，"我表哥的字写得很漂亮，这是他的一些长长的斜体字，显得很庄重，他的手很少发抖，即使在握住我的手时也是这样。我的表哥是一个非常严肃的年轻人，有一天会成为我的丈夫。每次举行舞会，他不问我就拿起我的舞会名册，登记和我跳第一支舞。这大概是丈夫的一种权利，这种权利使我讨厌。"

舞会名册变得越来越冷淡。乔瑞特目光茫然，好像在解决某个严重的问题。

"一个丈夫，"她又说，"正是这一点使我害怕。夏尔总是把我当小姑娘看待，他在中学里得过八到十个奖，就自以为必定能卖弄学问了。总之，我不太明白他为什么会成为我的丈夫。不是我求他娶我，他自己也从未征求过我的同意。从前我们一起玩，我记得他很凶。现在他彬彬有礼，我倒更喜欢他凶的样子。就这样我要成为他的妻子了，我从未好好想过这件事情，确实看不出有什么理由要做他的妻子。夏尔，总是夏尔！好像我已经属于他了。我要请求他别在我的舞会名册上写得那么大，他的名字占的位置太多了。"

小本子似乎也对夏尔表哥感到厌烦，差一点就无聊地合上了。我怀疑舞会名册确实厌恶丈夫们。我们这一本翻动它的纸页，并且偷偷地把其他的名字介绍给乔瑞特。

"路易，"女孩喃喃低语，"这个名字使我想起一个奇特的舞伴，他来了，几乎没有看我，请我同意和他跳一曲四对舞。接着，当乐器开始调音时，他把我带向沙龙的另一头，我不知道为什么，带到一个注视着他的金黄色头发的贵妇人对面。他不时地向她微笑，并且把我忘记了，以致有两次，我不得不自己把我的花束捡起来。当舞曲把他带到她的身边，他低声地对她说话，我听着，但是一点也不明白。这人可能是他的妹妹，他的妹妹。啊！不对，他颤抖着拉起她的手，接着，当他把这只手握在自己的手中时，乐队徒劳地提醒他回到我的身边。我呆在那里像个傻子，伸着胳膊，由此产生了极坏的效果，所有的面孔都阴沉沉的。这人可能是他的妻子，我是多么愚蠢！他的妻子，确实是的！夏尔在跳舞时从不和我说话，这可能是……"

乔瑞特嘴唇半闭、全神贯注，像个面对一个陌生玩具的孩子那样不敢靠近，而是睁大双眼更仔细地观看。她用手指机械地数着被子上的流苏，右手大张着放在舞会名册上，它开始显示生命的迹象：它很激动，好像完全清楚金色头发的夫人是怎么回事。我不知道这个放荡者是否向少女吐露了这位夫人的秘密。她把滑落的花边重新拉到肩上，认真地数完被子的流苏，最后低声说道：

"奇怪，这位美丽的夫人肯定不是路易先生的妻子，也不是他的妹妹。"

她又开始翻阅纸页，一个名字马上使她停了下来。

"这个罗贝尔是个卑鄙的家伙，"她又说，"我从来都不相信穿着如此雅致的背心的人会有这样丑恶的灵魂。在整整一刻钟里，他把我与许多美好的事物——星星、花朵——相比，我知道什么呢，我？我受到奉承，感到无比快乐，以至于不知道该怎么回答。他侃侃而谈，很长时间都没有停下来。后来他把我送回我的座位，在那儿离开我时几乎要哭了。接着我走到一扇窗前，窗帘在我身后重新落下来把我遮住了。当我听到他的笑声和闲谈时，想起了我健谈的舞伴。他向一个朋友谈到有个愚蠢的小女孩，是从修道院办的女子寄宿学校逃出来的，听到一句话就脸红，垂着眼睛，由于举止过分谦卑而变得丑陋。他一定是在谈论泰莱丝，我的好朋友，泰莱丝长着一双小眼睛和一张大嘴巴，是个善良的女孩。他们也许是在谈论我，那么他们就是在说谎！真是那样的话，我就会是丑女了。丑女！可是泰莱丝更丑，他们肯定是在谈论泰莱丝。"

乔瑞特笑了，并且想去照镜子。

"还有，"她补充道，"他们是在嘲笑舞场上的夫人们。我一直听着，最后再也听不懂了。我想他们是在说脏话。我因为不能离开，就果断地堵住了耳朵。"

舞会名册高兴极了。它开始念一大堆名字来向乔瑞特证明，泰莱丝确实是一个因姿态过分谦卑而显得丑陋的愚蠢的小女孩。

"保尔有一对蓝色的眼睛，"它说，"当然，保尔不是说谎的人，我听到他跟你说了些非常温柔的话。"

"是的，是的，"乔瑞特重复道，"保尔先生有一对蓝色的眼睛，保尔先生也不是说谎的人。他留着金黄色的小胡子，我喜欢它远远超过夏尔的小胡子。"

"不要对我说夏尔，"舞会名册又说，"他的小胡子配不上一丝微笑。你对爱德华怎么看？他胆小，只敢用目光说话，我不知道你是不是懂这种语言。还有于勒呢？他坚信只有你才会跳华尔兹舞，而吕西安、乔治、阿尔贝呢？大家都觉得你迷人，都在长时间地寻求你施舍的微笑。"

乔瑞特又开始数被子的流苏，舞会名册的喋喋不休吓着她了。她觉得它在烧灼她的双手，她想合上它，但是没有勇气。

"因为你是王后，"这个魔鬼继续说道，"你的花边拒绝遮住你赤裸的双臂，你十六岁的额头使你的花冠黯然失色。啊！我的乔瑞特。你无法看到一切，否则你会心生怜悯。可怜的小伙子们此刻病得很厉害！"

一阵满怀同情的沉默。女孩听着，微笑着，害怕了。看着它沉默不语就说道：

"我裙子上的一个花结掉了，"她说，"这一定使我变得难看，年轻人经过时该嘲笑我了。这些女裁缝这么不小心。"

"他没有和你跳过舞吗？"舞会名册打断她的话。

"谁呀？"乔瑞特问道，她满脸通红，连肩膀也变成了玫瑰色。

她的嘴唇在谈论被撕破的裙子时，她的心却在一个字母一个字母地拼读，终于说出一个看了有一刻钟的名字：

"爱德华先生，"她说，"昨天晚上看来很伤心。我看到他远远地注视着我，因为不敢靠近我。我便站起身向他走去，于是他不得不邀请我。"

"我很喜欢爱德华先生。"小本子叹了口气。

乔瑞特装作没有听见，继续说道：

"跳舞时我感到他的手在我的腰上发抖。他结结巴巴地说了几句话，抱怨天气太热了。我看到他想要我花束上的玫瑰花，便给了他一朵，这没有什么坏处。"

"哦！不！然后在拿花的时候，巧得那么奇怪，他的嘴唇靠近你的手指，轻轻地吻了一下。"

"这没有什么坏处。"乔瑞特重复道，她已经在床上辗转反侧了一阵。

"哦！不！我确实要责备你为了这可怜的一吻让他等了这么久，爱德华会成为一个可爱的小丈夫。"

女孩越来越惶惑不安，没有察觉到她的围巾掉了下来，她的一只脚已经蹬开了被子。

"一个可爱的小丈夫。"她又说了一遍。

"我，我很喜欢他，"诱惑者说，"如果我处在你的位置，你瞧，我很乐意回报他的亲吻。"

乔瑞特被激怒了，善良的使徒继续说："只是在那儿，在他的名字上轻轻地吻一下，我不会告诉他的。"

少女诅咒发誓说她绝不会那样做。然而我不知道怎么回事，那页纸到了她的嘴唇下面，她好像不知情似的，一边抗议，一边在名字上吻了两次。

这时她瞥见她的脚欢快地伸展在阳光里。她惭愧地把被子拉上来，当听到钥匙在锁孔里的转动声时终于吓昏了头。

舞会名册溜到花边之间，急急忙忙地消失在枕头下面。

进来的是贴身女仆。

爱　我　的　女　子

一

爱我的女子是全身穿戴丝绸、花边和首饰，在一间闺房的沙发上梦想我们爱情的贵妇人吗？是梦一般轻盈和娇小可爱，在地毯上慵懒地拖着许多白色的裙子和衬裙，噘着比微笑还要温柔的小嘴的侯爵夫人或公爵夫人吗？

爱我的女子是不是一个漂亮轻佻的年轻女工，越过小溪时迈着小步、撩起衣裙，用目光寻求对她纤腿的赞美？她是不是性格温和的姑娘，在所有人的杯子里喝酒，今天穿绸缎，明天穿粗印花棉布。在她心灵的宝库中能为每个人找到一丝爱情吗？

爱我的女子是跪在母亲身旁祈祷的金发女孩吗？是傍晚在小巷的阴影中招呼我的轻佻女人吗？是在路过时注视我、把我的记忆带到成熟的小麦和葡萄之中的棕发农妇吗？是感谢我施舍的女乞丐吗？是我曾经有一天跟随、后来再也没见到的另一个人——情人或丈夫——的女人吗？

爱我的女子是像晨曦那样白皙的欧洲姑娘吗？是面色像夕阳般金黄的亚洲姑娘吗？或者是黑得像暴风雨之夜的沙漠姑娘？

爱我的女子是否被一层薄薄的隔板与我分开？她是在海的那边吗？是在星星的那边吗？

爱我的女子还没有诞生吗？她是在一百年前就死去了吗？

二

昨天，我在一个集市上找过她。市郊在庆祝节日，盛装打扮的人群熙熙攘攘地从各条街道上来到这里。

油灯刚刚点亮。大道上每隔一段都饰有黄色和蓝色的柱子，上面的彩色小罐里燃烧着冒烟的灯芯，被风吹得摇摇晃晃。威尼斯灯笼在树木之间闪烁。人行道边上有一些帆布小棚，红色帷幔的流苏垂在阴沟里。金黄色的彩釉陶器，刚刚上色的糖果，货架上的假首饰在油灯的强光下闪耀。

空气中弥漫着尘埃、香料蜜糖面包和油煎蜂窝饼的气味。管风琴在弹奏，搽着白粉的小丑在一阵耳光和脚踢下又哭又笑。一块炎热的乌云使这种欢乐变得沉重起来。

在乌云的上方，在这些声音的上方，夏季的天空伸展在澄净和忧郁的深邃之中。一位天使刚刚为了某个神的节日、极其宁静的无垠的节日照亮了蔚蓝色的天空。

我消失在人群之中，感到心灵的孤独。我走着，目光追随着路过时对我微笑的少女们，心想我将再也见不到这些微笑了。这么多瞬间瞥见而又永远消失的多情的嘴唇，想到它们我的灵魂就会感到焦虑。

我就这样来到大道中央的一个十字路口。左面靠着一棵榆树竖起了一个孤零零的木棚。正面用几块勉强拼接的木板搭成一个台子，两盏灯笼照着门，门只是一块像窗帘那样撩起的帆布。我停下来的时候，一个男人穿着一套魔术师服装和黑色的长袍，戴着布满星星的尖顶帽，正在木板上对人群夸夸其谈。

"进来，"他喊道，"进来，漂亮的先生们，进来，漂亮的小姐们！我从印度内地急忙赶到这里，就是为了使年轻人高兴。我在那里冒着生命危险，获得了由一条可怕的龙看守的爱镜。漂亮的先生们，漂亮的小姐们，我为你们实现了梦想。进来，进来看看爱您的女子！只要花两个苏就可以看到爱您的女子！"

一个老妇穿着舞女的衣裙，掀起了帆布门帘。她用呆滞的目光对人群扫视了一下，接着用沙哑的声音说：

"只要两个苏，"她喊道，"只要两个苏看爱您的女子！进来看爱您的女子！"

三

魔术师在大鼓上拍击着一首吸引人的幻想曲，舞女一直在敲钟伴奏。

人群犹豫不决。一头会玩扑克牌的驴能引起强烈的兴趣，一个大力士举起一百斤重量是人们看不够的表演，也不能否认一个半裸的女巨人生来就是供一切年龄的人舒适地消遣的。但是看"爱您的女子"，确实是人们最不关心的事情，不会引起丝毫的激动。

我呢，我热心地听了穿长袍男人的召唤。他的许诺符合我心里的愿望，我看到一个神在偶然中指引着我的脚步。这个坏蛋在我眼里奇特地变得高大起来，我在听到他读出我的秘密想法时感到万分惊讶。我似乎看到他用闪亮的目光盯着我，以一种着魔般的狂热拍打着大鼓，同时用比钟声更响的声音喊我进去。

我的脚踏上第一块木板，就感到被人拉住了。我转过身来，看到台下有个男人抓住了我的衣服。这个人高大瘦削，宽大的双手戴着更加宽大的线手套，戴着一顶已经变红的帽子，穿着一件肘部发白的黑衣服，因油污和泥浆而发黄的蹩脚的短绒呢裤子。他深深地弯下身子，行一个长长的优雅的屈膝礼，接着以笛声般的嗓音向我讲了这段话：

"我很生气，先生，一个很有教养的年轻人，给人们树立了坏榜样，鼓励这个混蛋无耻地对我们恶劣的本能进行投机，实在是太轻率了，因为我深深地感到这些公然叫嚷的话语是不道德的，是在呼唤少女和小伙子们坠入一场目光与精神的荒淫。啊！先生，民众是软弱的。我们，我们这些由于受教育而变得强大的人，想想吧，负有严肃与急迫的责任。我们不要屈服于罪恶的好奇心，做任何事情都要保持尊严。社会的道德取决于我们，先生。"

我听着他说，他没有放开我的衣服，下不了决心结束他的屈膝礼。他手里拿着帽子，以一种如此讨好的平静高谈阔论，以至于我没想到要生气。当他不再作声的时候，我只是正视着他，并不回答他。他在这种沉默中看到了一个问题。

"先生，"他又敬了一个礼说道，"先生，我是民众之友，我的使命是为人类谋幸福。"

他说这些话时带着一种谦卑的自豪，同时他高大的身材突然全都挺了起来。我背对着他登上台子。进去之前，我在掀起帆布门帘时最后看了他一眼。他用右手小心翼翼地抓住左手的手指，力求抹平就要脱开的手套上的皱褶。

随后，民众之友交叉双臂，温情脉脉地观赏着舞女。

四

我放下门帘进了圣殿。这是一个又长又窄的房间，没有一个座位。用帆布当墙，只有一盏油灯照明。一些人已经聚集在那里，是好奇的姑娘和吵吵嚷嚷的小伙子。一切都安排得极为得体：一根绳子拉在房间的中央，把男人们和女人们分开。

说实话，爱镜不是别的，只是两块未涂锡汞齐的玻璃。每个格子里一块，组成朝向木棚内部的圆形小玻璃窗。许诺的奇迹实现起来简单得惊人：只要把右眼贴在玻璃窗上，根本不用雷电和硫黄，另一边就出现了心爱的女子。怎么能不相信一种如此自然的幻觉呢！

从一进来我就没感到自己有勇气尝试这种考验。舞女在我经过时注视我，她的目光使我浑身冰冷。我知道这玻璃窗后面等着我的是什么吗：或许是一张可怕的面孔，有着黯淡无神的眼睛、紫色的嘴唇；一个渴望饮年轻人血的百岁老妪，一个我在夜里噩梦中见到过的畸形女人。我不再相信仁慈地布满我的荒漠的金发造物。我回想起所有对我表示一点爱意的丑女，恐惧地思忖我就要看到出现的是不是这类丑女之一。

我退缩到一个角落里。为了恢复勇气，我看着那些比我胆大的人，他们在毫不做作地咨询命运。这些不同的面孔，睁大右眼、用两个手指合上左眼，都随着幻觉产生的乐趣多少而露出各自的微笑。看到这种景象，我很快感受到一种奇特的快乐。玻璃窗有点矮，他们需要稍稍俯下身子。这些人鱼贯而来，通过一个周长几厘米的小孔观看与他们的灵魂相似的灵魂，我觉得没有什么比他们更滑稽的了。

首先上前的是两名士兵：一个是被非洲的太阳晒黑的军士，另一个是年轻的新兵，这个小伙子还带着泥土的气息，胳膊在比它大三倍的军用大衣里很不舒服。军士露出怀疑的嘲笑，新兵长时间地俯着身，特别满意有了一个情人。

接着过来的是一个穿着白上衣的胖男人，面孔浮肿发红。他平静地看着，没有快乐或不高兴的样子，似乎他能被某个人爱上是非常自然的事。

后面跟着三个学生，十五或十六岁的娃娃，故作傲慢地互相推挤着，为了让人相信他们曾经有幸喝醉。三个人都发誓认出了他们的姑妈。

好奇的人们就这样接二连三地站在玻璃窗前面，今天我已回想不起当时打动我的各种各样的面部表情。啊，心爱的女人的幻象！你要向这些睁大的眼睛显示的是多么严酷的现实呀！它们是真实的爱镜，这些镜子在可疑的微光里，把女人的魅力愚蠢地映照出来。

五

在另一个玻璃窗后面，少女们以更加正当的方式消遣。我在她们脸上只看到强烈的好奇心，毫无不良的欲望或有害的想法。她们轮流来向狭窄的小口投去惊讶的目光，退出来的时候一些人若有所思，其他人笑得像疯子一样。

说实话，我不太清楚她们在那儿做什么。如果我是女人，哪怕再不美，我也决不会愚蠢地想去看爱我的男人。在我的心为孤独而哭泣的日子里，那些阳光明媚的春日，我会到开满鲜花的小路上，让每一个路人喜欢我，晚上满载着爱情回来。

当然，这些好奇的少女并非都是同样美丽。漂亮的姑娘们嘲笑魔术师的技巧，她们早就不需要他了。丑陋的姑娘们则相反，从未来过这样庆祝节日的地方。其中有一个头发稀疏、嘴巴很大，她离不开魔镜了，嘴唇上保持着快乐而令人痛心的微笑，就像穷人在长期挨饿之后填饱了肚子一样。

我寻思是什么样的美好想象在这些疯狂的头脑里苏醒过来了，这可不是个小问题。她们一定全都在梦中见到一位王子跪在她们面前，全都想更深地了解她们醒来时模糊记得的情人。大概会有许多失望，王子变得很少了。我们灵魂的眼睛在夜里向着一个更美好的世界睁开，与我们白天使用的眼睛相比更加讨人喜欢。也有非常快乐的时候，梦想成真，情人有梦见的纤细的小胡子和黑色的头发。

每个少女在几秒钟里都这样体验了一种爱的生活。从面颊的红晕和上身更为多情的战栗中，隐约看得出这些逼真的、像希望一样迅速发生的离奇遭遇。

总之，这些少女也许是傻子。当没有任何东西可看而我却见到了那么多事情，我自己也是个傻子。然而我还是完全放心地研究她们，觉察到男人和女人通常对出现的幻象似乎都非常满意。魔术师当然决不会有坏心眼，让这些给他两个苏的好心人感到丝毫不快。

我走过去，并不激动地把右眼贴在玻璃窗上。我发现在两大块红色帘幕之间，一个女人倚在安乐椅的靠背上，被一些我看不见的小油灯照得很亮，在深处挂着的一块画布前面显得分外醒目。这块画布有些地方割破了，从前表现的应该是一片优美的青色小树林。

在清楚的幻象中，爱我的女子穿着一件白色的长裙，腰部稍稍束紧，像白云一样拖在地板上。她的额头有一块也是白色的宽大面纱，上面束在一顶山楂花的花冠里。心爱的天使这样穿戴，全身雪白，纯洁无瑕。

她优雅地靠着，眼睛向我转过来，温柔的蓝色大眼睛。我觉得她在面纱下楚楚动人：金黄的发辫消失在平纹细布中，娇小的嘴唇，适于亲吻的酒窝。第一眼我把她看成一个圣女，再看一眼就觉得她是个善良的姑娘，丝毫没有故作正经，而是非常随和。

她把三个手指放在唇边，恭敬地给我送来一吻，毫无幽灵王国的气息。看到她还没有决定飞走，我把她的相貌印在我的脑海里，然后退了出来。

我出去的时候，看到民众之友进来了。这个严肃的道学家好像在回避我，他跑来给罪恶的好奇心做了个坏榜样：他弯成半圆形的长长的脊柱因强烈的欲望而颤动，接着因为不能再往前走，他亲吻了神奇的玻璃窗。

六

我走下三块木板。重新置身于人群之中，现在我已熟悉爱我的女子的微笑，我决心去寻找她。

油灯冒着烟，嘈杂声变得更响，人群拥挤得要推翻木棚。节日的欢乐此刻已经完美，人们可能会幸福得被窒息了。

我直起身来，周围全是布帽和绸帽。我向前走着，推开男人，小心翼翼地绕过夫人们的长裙。也许就是这顶玫瑰色的女帽，也许就是这顶装饰着淡紫色缎带的罗沙帽，也许就是这顶插着鸵鸟羽毛的美丽的无边女帽。可惜啊！戴玫瑰色女帽的有六十岁了，戴罗沙帽的丑得吓人，多情地倚在一个消防队员的肩上。戴无边帽的放声大笑，睁大了世上最美丽的眼睛，但这双美丽的眼睛我却根本不认识。

人群的上方有着我不知道是什么样的焦虑、多么巨大的忧伤，仿佛人群中在冒出恐怖和怜悯的气息。每次参加民众的盛大集会，我都不可能体验不到模糊的不安。我感到一种可怕的不幸威胁着这些聚在一起的人们，只要一道闪电就足以把这些手舞足蹈和声音亢奋的人击倒，使他们一动不动和永远沉默。

我逐渐放慢脚步，注视着这种使我痛心的欢乐。在一棵树的脚下，在油灯的黄光中间站着一个老乞丐，身体僵硬，因麻痹症而弯曲得吓人。他向路人抬起苍白的面孔，悲惨地眨着眼睛，以便更能激起人们的同情。他狂热地抖动四肢，像一根枯树枝那样摇晃。面色鲜艳红润的少女们笑着从这幅丑恶的景象面前走过。

更远一点，在一家小酒馆的门口，两个工人在打架。玻璃杯在扭打中翻倒了，酒在人行道上流淌，就像是巨大伤口的鲜血！

我觉得笑声变成了呜咽。光亮变成了一场大规模的火灾，人群在恐怖的打击下晕头转向。我感到自己伤心得要死，就用目光询问一切年轻的面孔，却找不到爱我的女子。

七

我看到一个男人站在一根挂着油灯的柱子前面，并且全神贯注地观察着它。从他不安的目光中，我以为他在寻求某个重大问题的答案。这个人就是民众之友。

他转过头来看见了我。

"先生，"他对我说，"在节日中用的油每升值二十个苏。一升有二十盅，正如您在那儿看到的：也就是说每盅是一个苏的油。那么这根柱子有十六行，每行八盅：总共有一百二十八盅。还有，请注意我的计算，我在大道上数过六十根类似的柱子，也就是说有七千六百八十盅，所以价值七千六百八十个苏，或者更简单地说是三百八十四法郎。"

民众之友这样说着，做着手势，把重音放在数字上，弯下他高高的身躯，好像要置身于我贫乏的智力范围之内。他沉默不语的时候，就得意扬扬地向后仰着，接着交叉双臂，以坚信不疑的神色注视着我。

"三百八十四法郎的油！"他喊叫着，加重每一个音节，"而穷苦的民众缺少面包，先生！我问您，我眼含着泪水问您，把这三百八十四法郎分发给在郊区的三千个穷人，对于人类来说不是更体面吗？如此仁慈的做法可以给他们每个人大约两个半苏的面包，提出这个想法是要让那些慈善的人考虑，先生。"

看到我好奇地望着他，他用手指抓紧他的手套，用无力的声音说道：

"穷人不应该笑，先生。他在一个小时里忘记自己的贫困，这完全是不道德的。如果政府经常让他这样地狂欢作乐，那么谁还会为民众的不幸而悲痛呢？"

他擦去一滴泪水离开了我。我看到他进了一家酒馆，把他的激动消失在他在柜台上接二连三喝下去的五六小杯酒里。

八

最后一盏油灯刚刚熄灭，人群散开了。在路灯闪烁的光线下，我只看到树下有几个黑影在游荡，迟归的情侣、醉汉和忧郁地散步的警察。灰色和沉默的木棚在大道两边延伸，像一个荒僻营地里的帐篷。

晨风，一股带着露水的潮湿的风，使榆树的叶子一阵颤动。傍晚的辛辣气息让位于惬意的清凉。柔和的寂静、无垠的透明阴影缓缓地从天空的深处降落，璀璨的星光取代了油灯的闪亮，诚实的人们终于能稍作消遣了。

我感到自己完全恢复了活力，我快乐的时刻来到了。我大步走着，顺着小路上上下下，这时我看到一个灰色的影子在沿着房舍移动。这个影子迅速地向我走来，似乎没有看见我。从步履的轻盈和衣服摆动的节奏来看，我认出这是一个女人。

她在就要撞到我的时候本能地抬起了眼睛。在附近的一盏灯的微光下，她的面孔显露在我面前，于是我认出了那个爱我的女子：不是穿着白云般网纱的仙女，而是人间穿着褪色印花棉布的穷姑娘。她在贫困中虽然显得脸色苍白和疲倦，但在我看来依然可爱。我不能不怀疑：这正是幻象中的大眼睛和温柔的嘴唇。而且如此贴近地看她，她的面容更因痛苦而甜美。

她停了一下，我抓住并吻了她的手。她抬起头，茫然地对我微笑，并不打算抽回她的手指。看到我始终默不作声、激动得说不出话，她耸了耸肩膀，重又快步走了起来。

我向她跑去，伴随着她，用手臂搂着她的腰。她默默地笑了一下，接着战栗起来，低声地说道：

"我冷，我们快走吧。"

可怜的天使！她冷！在薄薄的黑披肩下，她的肩膀在夜晚的凉风中发抖。我吻了她的额头，轻轻地问她：

"你认识我吗？"

她第三次抬起眼睛，毫不犹豫地回答说：

"不认识。"

我不知道我的头脑里进行了多么迅速的推理，我也战栗起来。

"我们去哪儿？"我又问她。

她漫不经心地撇撇嘴，耸耸肩膀，以孩子般的声音对我说：

"看你要去哪里，去我家，去你家，无所谓。"

九

我们一直走着，沿着大街下去。

我瞥见两个士兵坐在一条凳子上，一个在严肃地谈论，另一个恭敬地听着。他们就是那个军士和新兵。军士似乎很激动，对我行了一个嘲讽的敬礼，低语道：

"富人们有时也肯借钱给人的，先生。"

新兵的心地温柔而天真，以痛苦的声调对我说：

"我只有她，先生，您把爱我的女子夺去了。"

我穿过大道，走上另一条小路。

三个男孩子相互挽着胳膊，扯着喉咙高唱着向我们走来。我认出了那三个学生，这几个不幸的孩子不再需要假装醉酒了。他们停了下来，笑出了声，然后跟着我走了几步，每人都以没有把握的声音对我喊道：

"哎！先生，夫人欺骗您，夫人就是爱我的女子！"

我感到冷汗浸湿了我的太阳穴。我加快脚步，急于逃走，不再想到这个被我用手臂搂着带走的女人。在大道的尽头，就在我终于要离开这可恶的地方时，我走下人行道，撞到一个舒适地坐在阳沟旁的男人。他把头枕在石板上，面孔朝向天空，在用手指进行着极为复杂的计算。

他转动眼睛，没有离开石板。

"啊！是您，先生，"他结结巴巴地对我说，"您应当帮我数清天上的星星。我已经找到几百万颗，但我害怕忘掉其中的某一颗。先生，人类的幸福只取决于统计。"

他停下来打了个嗝，流着泪又说：

"您知道一颗星值多少吗？仁慈的上帝在上天一定花费很大，而民众却缺少面包，先生！这些油灯有什么用呢？难道可以吃吗？它们有什么实际的用处，我请问您？我们当然需要这个永恒的节日。好了，上帝从来没有一点社会经济学的色彩。"

他成功地坐了起来，用混浊的目光环顾四周。愤慨地摇着头。就在这时他瞥见了我的女伴。他颤抖着，面孔涨得发紫，贪婪地伸出双臂。

"哎！哎！"他又说，"这是爱我的女子。"

十

"是这样的，"她对我说，"我很穷，为了吃饭，我做我能做的事。去年冬天，我每天十五个小时俯身在刺绣的绷架上，也不是每天都有面包吃。到春天，我把使用的针从窗口扔了出去，那时我刚刚找到一个不大累人但挣钱更多的工作。

"每天晚上我穿上白色的纱衣。一个人独自待在一间陋室里，倚在一张安乐椅的靠背上。我全部的工作就是从六点钟一直微笑到半夜。我不时地行个屈膝礼，向空中送出一吻。雇主每次付我三个法郎。

"在我对面，在镶嵌在隔板里的一块小玻璃后面，我不断地看到一只眼睛在看着我，有时是黑色的，有时是蓝色的。没有这只眼睛，我会非常快乐。它毁了这个行当。我不时地看到它总是独自盯着我，怕得要命，真想喊叫和逃跑。

"但是为了生活必须努力工作。我微笑，我敬礼，我送出一个个吻。到了半夜，我抹去涂的胭脂，重新穿上我的印花棉布长裙。算了！有多少女人，虽然没有被强迫，也像这样面对一堵墙壁做出优雅的姿态。"

爱　情　仙　女

妮侬，你听见十二月的雨拍打我们的玻璃窗吗？风在长廊里呻吟，这是一个天气恶劣的夜晚，在这样的夜晚穷人在富人的门口瑟瑟发抖，而富人则被舞会吸引到金黄的分支吊灯下去跳舞。放下你的缎子鞋，来坐到我的膝盖上，靠近熊熊的炉火。放下你漂亮的首饰，今天晚上我要给你讲一个故事，一个美丽的童话。

妮侬，你会知道，从前在一座山的山顶上，有一座阴森凄凉的古老城堡，只有一些小塔、围墙和装着铁链的吊桥。全副武装的人日夜守卫在雉堞上，只有士兵们受到城堡的老爷昂格朗伯爵的亲切接待。

如果你看到过这位老军人在长廊里漫步，如果你听到过他生硬可怕的洪亮声音，你会害怕得发抖，就像他的侄女、虔诚美丽的奥代特小姐那样发抖。你难道从来没有注意过在荨麻和树莓之中，一棵雏菊在朝阳最初的亲吻下开放？少女就是这样在粗犷的骑士当中喜气洋洋。她小时候在玩耍时看见她的叔叔就会停下来，眼里满含泪水。现在她长大了，漂亮了，胸中充满了模糊的叹息，每当昂格朗老爷出现时就更加惶恐不安。

她住在远处的一座小塔里，忙于刺绣漂亮的军旗，她的休息就是祈祷上帝，从她的窗口里眺望碧绿的原野和蔚蓝的天空。夜里她多少次从床上起来看星星，她十八岁的心灵多少次飞向天国，询问那些容光焕发的姐妹是什么能使她们这样激动。在这些不眠之夜以后，在这些爱情的冲动之后，她想要去吊在老骑士的脖子上，但是一句生硬的话、一道冷漠的目光止住了她，她颤抖着又拿起她的针线。你同情这可怜的姑娘，妮侬，她就像芬芳的鲜花，人们却无视它的容光和芳香。

有一天，忧愁的奥代特沉思着目送两只斑鸠飞走的时候，听到城堡脚下传来柔和的嗓音。她俯下身，看见一个年轻的美男子唱着歌请求留宿。她听了也不明白他说的话，但是那柔和的嗓音使她的心透不过气来，泪水沿着她的面颊慢慢地流淌，沾湿了她拿在手里的一根牛至的茎。城堡依然关着门，一个全副武装的人在墙上高喊：

"走开，这里只有士兵。"

奥代特一直在看着。她让被泪水沾湿的牛至茎脱手落到那位歌唱者的脚下。那人抬起两眼，看着这金发姑娘，吻了吻这根树枝走开了，一步一回头。

当他消失之后，奥代特在跪凳上做了一次长长的祈祷。她感谢上天，却不知道为什么感谢；她觉得自己很幸福，却不知道她快乐的原因。

夜里她做了一个美梦。她好像看到了那棵被她扔下去的牛至茎。从颤动的叶子里慢慢地站起来一位仙女，而且是一位如此娇小的仙女，有着火焰般的翅膀，一顶勿忘草的花冠和一条绿色的长裙，这是希望的颜色。

"奥代特，"她用悦耳的声音说道，"我是爱情仙女。今天上午是我给你送来了洛伊斯，那个嗓音柔和的年轻人；是我看见了你的眼泪，想把它们擦干。我走遍大地收集心灵，让渴望爱情的心灵相互接近。我同样巡视茅屋和城堡，经常乐于把牧棒和国王的权杖结合起来。我在受我保护的人们脚下播种鲜花，用如此闪亮和珍贵的线把他们连在一起，使他们的心为此快乐得战栗。我住在小路的青草里，冬天炉子里火花四溅的木柴里，夫妇床铺的帷幔里，我的脚所到的任何地方都会产生亲吻和甜言蜜语。不要再哭了，奥代特，我是善良的爱情仙女，我来擦干你的眼泪。"

她回到了她的花里，叶子合拢后又变成了花蕊。

你很清楚，你，妮侬，爱情仙女是存在的。看到她在我们的炉火里跳舞，同情那些不相信我的美丽仙女的可怜人吧。

奥代特醒了，阳光照亮了她的房间，外面传来鸟儿的歌唱，晨风刚刚亲吻了鲜花，带着香气轻拂着她金黄色的发辫。她高兴地起床，整天唱歌，相信善良的仙女对她说过的话。她不时地注视原野，向每只飞过的鸟儿微笑，感到身体里有阵阵的冲动，使她跳起来拍着两只小手。

夜晚来临，她下来到了城堡的大厅里。昂格朗伯爵身边有一位骑士，在听这位老人讲故事。她拿起纺锤，坐在里面有蟋蟀鸣叫的壁炉前，象牙色的纺锤在她的手指间飞快转动。

她在劳作最紧张的时候向骑士瞥了一眼，看到他两手之间的那根牛至茎，从他柔和的嗓音上认出了洛伊斯。她几乎发出了快乐的叫声，为了掩饰她的脸红，她俯向灰烬，用一根长铁条拨动烧焦的木柴。炽热的炭火噼啪作响，火焰四处乱窜，喷出一束束喧闹的火花。突然，爱情仙女出现在火星之中，热情地微笑着。从绿裙上抖掉一块块像金片那样在丝绸上滚动的火炭，冲进大厅站在两个年轻人的后面，伯爵是看不见她的。当老骑士在那儿讲述一场与异教徒的可怕战斗时，她轻声地对他们说：

"孩子们，你们相爱吧。把回忆留给严肃的老人，让他在炽热的炉火旁边讲个没完吧。但愿与火焰的噼啪声混在一起的只有你们接吻的声音。以后你们回想起这些甜蜜的时刻，就能平息你们的忧伤。人们在十六岁爱着的时候，说话是没有用的，只要看上一眼就胜过一通长篇大论。你们相爱吧，孩子们。让老人去说吧。"

然后她用翅膀把他们盖上，这样伯爵在讲述铁头巨人布什如何被重剑吉拉尔达可怕的一击杀死时，没有看见洛伊斯第一次亲吻战栗的奥代特的额头。

妮依，我应该对你说说爱情仙女美丽的翅膀，它们像玻璃那样透明，像小蝇的翅膀那样纤细。但是当两个情人有被人看见的危险时。它们就变大、变大，变得如此黑暗和浓密，挡住了一切目光和压低了接吻的声音。所以老人继续长时间地讲他惊人的故事，而洛伊斯就在严厉的老爷面前爱抚着金黄色头发的奥代特。

我的上帝！我的上帝！这是多么漂亮的翅膀。人们告诉我，听说少女们有时能找到这些翅膀。不止一个少女懂得像这样躲过祖父母的眼睛。妮依，这是真的吗？

伯爵讲完了长长的故事，爱情仙女消失在火焰之中，洛伊斯走了，在感谢他的主人时向奥代特送去了最后一吻。

这天夜里少女睡得如此香甜，她梦见了一座座被无数星星照亮的花山，每一颗星都比太阳明亮许多倍。

第二天，她来到花园寻找黑暗的葡萄棚架。她遇见一位士兵，向他致意后正要走开，却看到他手里拿着那棵浸满泪水的牛至茎，由此她又认出了嗓音柔和的洛伊斯，他刚刚重新化装了回到城堡。他让她坐在喷泉旁边草坪的长凳上，他们对视着，为在白天相见而欣喜若狂。莺儿在歌唱，人们感到善良的仙女大概在空中游荡。我不会告诉你谨慎的老橡树们听到的所有话语。看到两个恋人聊了这么长时间真让人高兴，在这么长的时间里，附近灌木丛里的一只莺来得及为自己造一个窝了。

小路上突然传来昂格朗伯爵沉重的脚步声，两个可怜的恋人害怕得发抖。但是喷泉的水响得更加柔和，爱情仙女热情地笑着从清澈的水花中出来。她用翅膀围住这对情侣，然后和他们一起轻轻地滑过伯爵的身边，他十分惊讶的是听见了话声却看不到人。

她安慰着两个被她保护的人，低声地对他们重复着：

"我是保护恋人的仙女，是让那些不再爱的人闭上眼睛、堵住耳朵的仙女。什么也别怕，漂亮的情侣：在明亮的日光下，在小路上，在泉水边，在你们去的任何地方相爱吧，我在那儿照看着你们。上帝把我放到人间，是为了让这些嘲弄神圣的人永远不来干扰你们纯洁的感情。他给了我美丽的翅膀，并且对我说：'去吧！让那些年轻人高兴吧。'你们相爱吧。我在那里照看着你们。"

她走了，采集着露水，这是她唯一的食物，同时把手拉手的奥代特和洛伊斯带进了欢乐的轮舞。

你会问我她把这对情侣变成什么样了，真的，我的情人，我不敢告诉你。我担心你不愿意相信我的话，或者你嫉妒他们的好运，不再回报我的亲吻。但是你那么好奇，淘气的姑娘，我很清楚必须满足你的愿望。

你要知道仙女就这样游荡到夜里。当她想把这对情人分开的时候，看到他们这么痛苦，因为分手而这么痛苦，就对他们低声地说起话来。看来她对他们说了一些动人的话，他们脸上喜气洋洋，兴奋地睁大了眼睛。在她说完和他们同意之后，她用她的小棒碰了碰他们的额头。

突然……哦！妮侬，你的眼睛因为吃惊张得那么大！如果我不说完，你会急得直跺脚！

洛伊斯和奥代特突然变成了牛至茎，而且是那么漂亮的牛至，只有仙女才能造得出来。它们并排挨着，彼此靠得如此之近，以至叶子都交错在一起。这是一些奇妙的鲜花，它们应当始终开放，永远交换它们的露水和芳香。

至于昂格朗伯爵，听说他每天晚上都在讲铁头巨人布什如何被重剑吉拉尔达的可怕的一击杀死，并由此得到了安慰。

现在，妮侬，当我们再到原野上去的时候，我们会寻找那些奇异的牛至，以便问它们爱情仙女在哪朵鲜花里。我的情人，在这个故事里也许蕴含着一种道德。不过，当我们在壁炉前烘着脚的时候，我对你讲这个故事，只是为了使你忘记拍打我们的玻璃窗的十二月的雨，也是为了在今天晚上，使你对讲故事的年轻人产生多一点的爱。

血

现在已经阳光明媚、百花盛开，香气袭人了。对这个永恒的春天，妮侬，你是否厌倦了？总是爱，总是歌唱十六岁的梦想。淘气的姑娘，晚上我对你长时间地讲着玫瑰的轻佻和蜻蜓的不忠，你却睡着了。你厌倦地合上了你的大眼睛，使我不能再从中汲取灵感，结结巴巴地讲不出一个结局。

我会制服你疲倦的双眼，妮侬。今天我要对你讲一个非常可怕的故事，使你听了八天都不会合眼。听着，在过于漫长的微笑之后，恐惧也是美好的。

一

在获得胜利的那天晚上，四个士兵在战场的一个荒僻角落里露营。天黑了，他们在死人堆中快乐地吃晚饭。

他们坐在草地上，围着一堆炭火，吃着在炭上烤得半生不熟的羊肉片。火堆红色的微光模糊地照亮他们，在远处投下巨大的身影。淡淡的光线不时地掠过躺在他们身旁的武器，在夜色中看得见一些睁着眼睛长眠的人。

士兵们纵声大笑着，没有看到这些盯着他们的目光。白天是艰苦的，他们不知道明天会留给他们什么，他们庆贺着此刻的饮食和休息。

黑夜和死神在战场上飞翔，它们巨大的翅膀震撼着寂静和恐惧。

吃完饭，格纳斯唱起歌来，他洪亮的声音消失在沉闷凄凉的空中，唱出的快乐歌曲随着回声变成了呜咽。他根本听不出自己嘴里发出的声音，吃惊之余更加大声地唱起来，这时从夜色中传来一声可怕的喊叫，穿过了天空。

格纳斯沉默了，似乎很不自在。他对埃尔贝说：

"去看看哪具尸体醒了。"

埃尔贝拿着一块烧焦的柴走开了。同伴们目送他照着火把的微光走了一会儿，看到他弯下腰查看尸体，用剑搜索灌木丛，然后就消失了。

"克雷里安，"格纳斯沉默了一会儿说道，"狼群今晚在游荡，去找我们的朋友吧。"

轮到克雷里安消失在黑暗里了。

格纳斯和弗莱姆等得不耐烦，两个人都裹着大衣在快要熄灭的炭火旁边躺下了。他们的眼睛慢慢闭上，这时头顶上掠过了同样可怕的叫声。弗莱姆站起身来，一声不响地走向黑暗，两个同伴就是在那里消失的。

于是格纳斯独自待着。他害怕了，害怕这个黑色的深渊，里面传播着垂死的喘息。他把干草扔进炭火里，指望火光能消除他的恐惧。血红的火焰升了起来，地上被照出了一个宽大的光环。在这个光环里，灌木丛在古怪地跳动，而在它们的阴影中安息的死者，似乎被一些看不见的手在摇晃。

格纳斯害怕这火光，他拨散燃烧的树枝，用脚跟把它们踩灭。黑暗重又降临，而且更加沉重和浓密，他颤抖起来，害怕听见传来死亡的叫声。他坐下了，接着又站起来呼喊他的同伴。他被自己响亮的声音吓着了，担心会引来尸体们的注意。

月亮出现了，格纳斯惊恐地看到一束惨白的光在战场上滑动。现在黑夜不再掩盖它的恐怖。被蹂躏的平原展现在眼前，布满了残骸和尸体，覆盖着一层光线构成的裹尸布，这种光不是日光，照亮了黑暗却驱散不了它无声的恐怖。

格纳斯站着，额头冒出冷汗，想走上山岗去熄灭苍白的月亮。他寻思那些死人现在都看得见他，为了站起来包围他而在等待着什么。他们一动不动，对他来说成了一种焦虑，他闭上了眼睛，期待着某种可怕的事情。

当他这样待在那里的时候，他的左脚跟一阵温热。他向地面俯下身去，看到脚下延伸着一股细细的血流。这股血流在一块块石子上向前跳跃，带着欢快的潺潺声流淌着，它出自黑暗，在月光下扭动，然后又消失在黑暗之中，简直可以说是一条黑色鳞甲的蛇，它的环节在滑动，一节接一节没完没了。格纳斯后退了，眼睛再也合不上，因一阵可怕的痉挛而睁大，紧盯着这股血流。

他看到它在逐渐膨胀，在河床上越来越宽。小溪变成了缓慢而平静的河流，河流变成了激流，带着低沉的声音在地面上流过，浅红色的泡沫抛向两岸，激流变成了江河，辽阔的江河。

这条江河带走了所有的尸体。从伤口涌出的鲜血多得冲走了死者，这真是个可怕的奇迹。

格纳斯面对不断上涨的血流一直在后退，他的目光不再看得到对岸，他觉得河谷变成了湖泊。

忽然，他觉得后背靠上了一处岩石的斜坡，不得不停止逃跑，于是感到波浪拍击着他的膝盖。被血流带走的死者在经过时侮辱他。他们的每处伤口都变成一张嘴巴嘲笑他的惊恐不安。浓稠的大海在上涨，不断地上涨，此刻围着他的腰部呜咽。他用最后的力气直起身来，紧紧抓住岩石的裂缝，岩石碎了，他又掉了下来，波浪就淹没了他的肩膀。

苍白而忧郁的月亮注视着这片大海，它的光消失在海上，没有反光。月光在天空中飘浮。黑暗喧嚣的辽阔海面，就像一个深渊张开的大口。

波涛在上涨，上涨，用它的泡沫染红了格纳斯的嘴唇。

二

黎明时分，埃尔贝来唤醒了头枕在一块石头上睡觉的格纳斯。

"朋友，"他说，"我在灌木丛里迷了路。我坐在一棵树下时突然睡着了。我心灵的眼睛看到发生了一些奇特的情景，醒来也没能忘记它们。

"世界处在它的童年，天空好像一个无边的笑容。大地还没有开垦，在五月的阳光下展示它贞洁的裸体。一根发绿的青草比我们最大的橡树还要高，树木在空中伸展着我们没见过的枝叶。液汁在世界的血管里奔流，波涛汹涌得不能只停留在植物里，而是流进了岩石的深处并且赋予它们生命。

"环形的地平线宁静地伸展着，神圣的大自然苏醒了。好像早晨跪下感谢上帝送来光明的孩子，它向天空散发它所有的芬芳、所有的声响，沁人心脾的芬芳，难以忘怀的声响，我的感官几乎无法承受，给我的印象是多么神奇。

"大地美好而肥沃，毫无痛苦地分娩着。水果树盲目地生长，沿路的麦田就像现在的荨麻田。人们感到在空气里上天的气息还丝毫没有掺进人的汗水，只有上帝在为他的孩子们劳作。

"像鸟儿一样，人靠上天的食物活着。他感谢上帝，去采摘树木的果实，喝泉水，晚上在树叶里的藏身处睡觉。他的嘴唇厌恶吃肉，他不知道血的滋味，觉得只有露水和阳光为他准备的菜肴才有味道。

"这样人始终是纯洁的。他的纯洁使他被公认为天地万物之王。一切都是和谐的。我不知道世界是多么洁白，什么样的极度的宁静在无限中摇晃着它。鸟儿的翅膀不因为逃跑而振动，森林没有在矮树林里隐藏避难所。上帝的所有造物都生活在阳光下，它们只形成一个民族，只有一种法律：善良。

"我呢，我在这些生物之间，在大自然当中走着，觉得自己变得更强大和优秀。我的胸膛长时间地呼吸着上天的空气。在恶臭的风突然换成一个更加纯洁的世界的微风的时候，我体验到了矿工回到露天时的美好感觉。

"由于梦幻的天使始终使我沉沉入睡，我的灵魂在它迷路的一座森林里见到了下面的情景。

"两个男人沿着一条消失在枝叶下的狭窄小道向前走。年轻的那个走在前面，嘴唇上显出无忧无虑的神情，目光中流露出对每棵青草的喜爱。他时而转过身来对他的同伴微笑，我不知道是什么样的柔情使我看出这是兄弟的微笑。

"另一个男人的嘴唇和眼睛始终阴森和不露声色。他用仇恨的目光盯着年轻人的颈背，加快步伐，在他身后跌跌撞撞，似乎在追逐一个并不逃跑的受害者。

"我看到他砍下一棵树的树干，把它粗略地做成一根大棒。接着他担心丢了同伴就跑了起来，把武器藏在身后。那个坐着等他的年轻人，在他走近时站起来吻他的额头，就像久别重逢一样。

"他们又走了起来。太阳下山了，在远处树林边缘的树干之间，年轻人瞥见一座被夕阳染黄的山丘的柔和轮廓，于是加快了步伐。那个阴森的男人以为他要逃跑，于是举起了树干。

"年轻的兄弟转过身来，正要说一句鼓劲的开心话，那根树干砸扁了他的面孔，鲜血喷了出来。

"一棵青草恐惧地把落到它身上的第一滴血抖到地上，惊恐的大地颤抖着吸进了这滴血，从它的深处发出一声厌恶的长吼，小路的沙子把这可怕的饮料变成了血腥的泡沫。

"在受害者喊叫的时候，我看到一切生物都在惊恐的气氛中四下逃散。它们向各处逃跑，避开已经开通的道路。它们守在十字路口，最强者攻击最弱者。我看到它们独处时在磨自己的獠牙和尖爪，造物的大掠夺开始了。

"当时在我面前展现的是没完没了的逃遁。老鹰扑到燕子身上，燕子在飞行中抓住苍蝇，苍蝇停在尸体上。从小虫直到狮子，所有的生物都觉得受到威胁。整个世界被推上绝路，在无休止地相互吞噬。

"大自然本身在恐怖的打击下有过一阵长时间的痉挛。地平线的完美轮廓断裂了，黎明和夕阳披上了血红的云彩。奔腾的流水不停地呜咽，树木弯曲着枝条，每年把枯萎的叶子抛到地上。"

三

埃尔贝沉默不语的时候，克雷里安出现了。他坐在两个同伴之间对他们说：

"我不知道是否看见，或者是否梦见我要讲的情景。梦有多么现实，现实就多么像一个梦。

"我在一条穿越世界的道路上，两旁是一些城市，人们沿着这条道路去旅行。

"我看到石板变黑了。我的双脚在打滑，于是发现它们是被血染黑的。道路在开阔处逐渐弯成两个斜坡，中间流动的一条小溪淌着浓稠的红水。

"我沿着这条人群骚动不安的路向前走，从一个人群走到另一个人群，观看呈现在我面前的生活。

"这里是一些父亲拿他们的女儿做祭品，答应把她们的血献给某个可怕的天神。金黄色头发的女子向屠刀俯下头颅，在死亡的亲吻下脸色苍白。

"那儿是一些战栗的、有自尊心的少女，在为躲避可耻的拥抱而忧虑不安，而坟墓则成了她们童贞的白色衣裙。

"远处是一些在亲吻下死去的情妇。这一个为自己被遗弃而哭泣，在河岸上咽气，眼睛盯着把她的心卷走的波浪。那一个在情人的怀抱中被杀害，扑到他的脖子上，两个人在永恒的拥抱中被卷走了。

"更远处是一些男人，他们厌倦了黑暗和贫困，打发他们的灵魂到另一个更好的世界，去发现一种在这块大地上白白地寻找的自由。

"国王们的双脚在石板上到处都留下血淋淋的印迹。这一位走在他兄弟的鲜血中，那一位是在他的民众的鲜血中，另一位是在他的上帝的鲜血中。他们在尘土上的红色脚印是在告诉人群：一位国王从那儿经过。

"牧师们屠杀受害者，然后愚蠢地俯向他们跳动的内脏，声称从中看到了上天的秘密。他们在道袍下佩带着宝剑，并且以他们上帝的名义鼓吹战争。听到他们的声音，民众就彼此猛扑，为了共同的天主的荣耀相互吞噬。

"人类全都发狂了，他们捶打墙壁，在被令人作呕的污泥弄脏的石板上滚来滚去。他们闭着眼睛，双手握着一把双刃短剑，在黑夜中格斗和屠杀。

"人群头上吹过一阵屠杀的潮湿气息，他们消失在远处淡红色的雾霭中。他们奔跑着，在一阵可怕的冲动驱使下，越来越狂暴地喊叫着在狂欢中打滚。他们用脚践踏那些倒下的人，让所有的伤口流出最后一滴血。他们狂怒地喘息着咒骂尸首，因为他们无法再使它发出一声呻吟。

"大地在喝着，贪婪地喝着，它的内脏不再厌恶这烈性的饮料。如同因酒醉而堕落的人一样，它毫无节制地饱尝着渣滓。

"我加快了步伐，急于想再见到我的兄弟们。在每一个新的天地，黑色的道路在每条地平线上都始终伸展得同样宽阔，我沿着走的小溪好像把血红的波浪带向某个陌生的海洋。

"我向前走的时候，看到大自然变得阴沉而严肃。平原的胸膛被深深撕开，大块的岩石把地面分成不毛的山丘和黑暗的山谷。山丘上升，山谷越来越下陷，石头在成为高山，犁沟变成了深渊。

"没有一点枝叶，没有一片青苔；荒凉的岩石，顶部被太阳晒白，黑暗的底部被阴影覆盖。道路在死一般的寂静中从这些岩石之间穿过。

"终于出现了一个急转弯，我置身于一片阴森的地势之中。

"四座山彼此沉重地倚靠着，形成了一个巨大的盆地。陡峭的或连在一起的山腰，像一座大城市耸立的城墙，使围墙内部成了一口巨大的、延伸到天边的井。

"小溪注入的这口井充满了鲜血。浓稠而平静的海面从深渊中缓慢地上升，似乎静止在岩石的河床上，天空把它映成了紫色的云彩。

"于是我明白了因暴行而倾泻的鲜血都流向那里。从第一次谋杀开始，每一处伤口都把它的泪水流进这个深渊，而流进的泪水是如此之多，以至深渊被灌满了。"

"我看到这天夜里，"格纳斯说，"一股激流就要冲进这个可恶的湖泊。"

"我吓得要命，"克雷里安又说，"我走近湖边，目测波涛的深度。我从它们沉闷的声音中看出它们在深入到大地的中心。接着我把目光转向盆地的岩石，看到湖水在升向岩石的顶部。深渊的声音对我叫道：'波涛在上涨，要一直上涨到山顶。'它还会上涨，于是一条江河将从可怕的盆地里溢出来冲进平原。群山在与波涛的搏斗中因不堪重负而被压垮，整个湖泊将崩塌在世界上并把它淹没，人们就这样在他们祖先灌注的鲜血中诞生和溺死。"

"天快亮了，"格纳斯说，"昨天夜里波涛汹涌。"

四

太阳升起来了，克雷里安讲完了梦见的故事。在北面听得到晨风吹来的军号声，这是把分散在平原上的士兵召集到旗帜周围的信号。

三个同伴站起来拿起武器，走开时对熄灭的火堆看了最后一眼，这时他们看到弗莱姆在高高的草丛中向他们跑过来，双脚因沾满尘土而变白了。

"朋友们，"他说，"我跑得这么快，都不知道我是从哪儿来的。在很长时间里，我看到身后的树木狂乱地跳跃着飞驰而过。我的脚步声抚慰着我，使我合上了眼皮，而我始终在奔跑，没有放慢脚步，所以在古怪的睡眠中睡了一觉。"

"我置身在一个荒凉的山丘上，烈日照射着高大的岩石，我的脚只要放上去肌肤就会被灼伤。我急于爬到山顶。

"当我加速跳跃的时候，我看到一个慢慢地走着上来的男人。他头戴荆冠，肩膀上压着重负，脸上淌满带血的汗水。他艰难地走着，步履蹒跚。

"地面在燃烧，我不能忍受他的酷刑。我爬到山顶的一棵树下等他，这时我看出他背着一个十字架。从他的荆冠和沾着污泥的紫袍上，我明白了他是一位国王，我对他的痛苦感到十分快乐。

"一些士兵跟着他，用长矛的尖头逼着他快走。到了最高的岩石上，他们剥掉了他的衣服，把他按倒在阴森可怖的树上。

"那人忧伤地微笑着。他向刽子手们伸出完全张开的双手，钉子在他的手上戳了两个血淋淋的窟窿。然后他把双脚并拢、交叉，这样用一根钉子就够了。

"他仰面躺着，沉默着注视天空。两行泪水在他的面颊上缓缓流淌，他感觉不到的泪水，消失在他嘴唇顺从的微笑中。

"十字架竖了起来，身体的重量吓人地扩张了伤口，我听到了骨头碎裂的声音。钉在十字架上的人长时间地颤抖着，然后他重新仰望天空。

"我凝视着他，看到他在死亡中的伟大，我说：'这个人不是国王。'

"一只莺在十字架上鸣叫着，声音凄惨，像一位哭泣的少女在我耳边说话。

"'鲜血染红了火焰，'它说，'鲜血染红了鲜花，鲜血染红了云彩。我停在沙子上，我的爪子鲜血淋漓。我掠过橡树的枝条，我的翅膀也变红了。我碰到一位义人，跟随着他。我刚刚在泉水里洗澡，我的羽毛是纯净的。我的叫声在说：我的羽毛，你们高兴吧，在这个人的肩膀上，你们不会再被这次谋杀的血雨弄脏。我的歌声今天说：哭泣吧，殉难处的莺，那个用他的胸脯庇护你的人，为你的羽毛沾染了他的鲜血哭泣吧。他是来把清白还给所有的莺的。唉！人们却迫使他用伤口的血把我弄湿。我担心，我为我弄脏的羽毛而哭泣。我上哪儿能找到你的兄弟，耶稣啊！让他为我解开他的麻布衣裳？啊！可怜的主，你生的哪个儿子将来会为我洗刷用你的鲜血染红的羽毛？'

"钉在十字架上的那个人听着莺的话，死亡之风使他的眼皮跳动，垂危的挣扎扭曲着他的嘴唇。他的目光抬向那只鸟，充满了温和的责备。他的脸上闪耀着微笑，像希望一般宁静。

"这时他发出一声大叫。他的头垂在胸脯上，莺呜咽着飞跑了。天空变黑了，大地在阴影中战栗。

"我始终在奔跑，也在睡觉。曙光降临，山谷苏醒，在晨雾中欢笑。夜里的暴风雨使天空格外清澈，使绿叶更有活力。但是小路两边依然是昨天把我刺伤的荆棘，我的脚下滚动着同样坚硬和尖利的石块。同样的蛇在灌木丛里爬行，在经过时威胁着我。义人的鲜血在旧世界的血管里流过，却没有使它恢复青春时代的纯洁。

"莺从我头上飞过，大声对我说：'嘿，嘿，我很伤心。我找不到一处非常纯净的泉水来沐浴。看吧,大地像昨天一样冷酷。耶稣死了,植物没有开花。嘿,嘿,这只是又一场谋杀。'"

五

出发的军号一直在吹响。

"孩子们,"格纳斯说,"我们的职业是一种丑恶的职业,那些被我们打死的人的幽灵扰乱了我们的睡眠。像你们一样,我感到梦魇长时间地压在我的胸口上。我杀人已经有三十年了,我需要睡眠。让兄弟们留在那儿吧。我知道有一个山谷,那儿没有人犁地。你们愿意尝尝我们劳动得来的面包吗?"

"我们愿意!"他的同伴们答道。

于是士兵们在一块岩石脚下挖了一个大洞,把他们的武器埋了进去。他们下河洗澡,然后四个人挽着臂膀,在小路的转弯处消失了。

窃　贼　和　驴　子

一

我认识一个年轻人，妮侬，你会严厉地斥责他。雷翁喜欢巴尔扎克，但受不了乔治·桑、米什莱[于勒·米什莱（1798—1874），法国历史学家、哲学家和地理学家。]的书差一点使他病倒。他天真地说女人生来就是奴隶，他说起关于爱情和害臊的话时从来没有不加嘲笑的。啊！他对你们多么粗暴！他在夜里静心冥想，也许是为了在白天更起劲地诽谤吧。他二十岁了。

他觉得丑陋是一种罪过。一双小眼睛、一张太大的嘴巴就使他怒不可遏。他硬说既然牧场上没有丑陋的鲜花，那么所有的少女生来就应该同样漂亮。当他在街上偶然面对一个丑姑娘的时候，他会一连三天诅咒她稀疏的头发和粗手大脚。如果相反的是个美女，他就恶意地微笑着，而那时他保持的沉默因含有各种恶毒的想法而令人恐怖。

我不知道你们当中哪一位能得到他的宽恕。无论是棕发还是金发，年轻还是年老，优美还是畸形，他全都同样地诅咒你们。这个卑鄙的小伙子！然而他的目光笑起来多么亲切！他说的话多么甜蜜温柔！

雷翁住在拉丁区中间。

现在，妮侬，我非常尴尬。为了点鸡毛蒜皮的事情，我会无缘无故地沉默不语，诅咒我突发奇想开始给你讲这个故事的时刻。你那好奇的耳朵想要听丑闻，我却不知道如何把你带进一个你从未用小脚尖踏进去的世界。

亲爱的，这个世界，如果不是地狱，就会是天堂。

让我们打开诗人的书，朗读二十岁时的诗歌。看吧，窗户朝南，充满鲜花和阳光的顶楼是如此之高，高耸入云，以至有时听得到天使们在屋顶上说话。正如鸟儿们为了使它们的窝躲过人们的手而选择最高的树枝一样，情人们也把他们的窝筑在房子的最高层。在那儿他们每天最早受到清晨的爱抚，最后与太阳告别。

他们靠什么生活？谁知道呢？也许靠亲吻和微笑吧。他们如此相爱，顾不上去想他们吃不上的饮食。他们没有面包，却把面包扔给麻雀。当他们打开空空的衣柜时，他们心满意足地嘲笑自己的贫穷。

他们早就听说过对方却从未见过面。他们的爱情始于矢车菊花初放的时候，他们在一片麦田里相遇，走同一条小路回城。她像一个未婚妻那样在胸前捧着一大束花。她爬了七层楼，累得无法再下来了。

她明天会有下楼的力气吗？她不知道。现在她的休息就是在顶楼上小步走着，浇浇花，照料一个并不存在的家。然后当小伙子工作的时候，她就做针线活。他们的椅子挨在一起，为了更加方便，他们俩终于渐渐地合坐一张椅子了。到了夜里，他们互相责备彼此的懒惰。

这个诗人在说多大的谎，妮侬，而他的谎言又是多么诱人啊！但愿他永远不会成人，永远是孩子！但愿当他不能再欺骗自己的时候还能欺骗我们！他从天堂来给我们讲述那里的爱情。他在那儿遇见两位圣女穆塞特和咪咪，乐于让她们降临到我们中间。她们只用翅膀轻触大地，就到把她们带来的光线里去了。今天，二十岁的心灵在寻找她们，并为无法找到她们而哭泣。

亲爱的，我是否也该对你撒谎，说我在向上天询问她们，或者我不如承认我在地狱里遇见过她们？如果在炉火旁边，在这张你坐着摇晃的安乐椅上，一个朋友在听我讲述，我会多么勇敢地掀起诗人用来装饰可耻肩膀的金色面纱！但是你，你会用你的小手堵住我的嘴巴，你会生气，会因为我说得太真实而大声抱怨我说谎。当和我们同龄的情侣在街上口渴的时候，你怎么可能相信他们在喝沟里的水呢？如果我冒昧地对你说你的姐妹们、所有的情妇，都解下了围巾披头散发，你会怒气冲天！你生活在我为你建造的安乐窝里，喜悦而平静，你不知道世界是怎么回事。我不会有勇气向你承认，这个世界的鲜花都破败零落，而所有的心灵明天或许就会死去。

别堵住你的耳朵，宝贝，你根本不用害羞。

二

雷翁就生活在拉丁区的中央。在这个所有的手都互相握过的地区，他的手是被人握得最多的了，目光的坦诚使他成了每个路人的朋友。

女人都不敢宽恕他向她们表明的仇恨，为不能承认爱他而愤恨不已，在憎恨他的同时深爱着他。

在我要向你讲述事实之前，关于他的情妇我一无所知。他说自己麻木不仁，如果他打破长时间的沉默，就会像一个苦修会会士那样谈论这个世界的种种乐趣。他喜欢佳肴，讨厌劣酒。他的内衣非常精致，外衣总是十分优雅。

我经常看到他停留在意大利画派的圣母像面前，两眼湿润，一尊优美的大理石雕像能使他久久地心醉神迷。

何况雷翁过着学生生活，尽可能少工作，在阳光下闲逛，在碰到的所有沙发上躺得忘记了时间。尤其在这些半睡半醒的时刻，他对女人发出最肮脏的咒骂。他闭着眼睛，好像抱着一种幻觉在诅咒现实。

五月的一天上午我遇见他，他百无聊赖，不知该做什么，走在街上碰碰运气。路面泥泞，他的脚下不时出现意想不到的水洼。我同情他，建议到田野里去看看山楂花开了没有。

在一个小时里，我不得不忍受他哲理性的长篇大论，他把我们的欢乐全都归结为虚无。不过房屋渐渐地越来越少，已经看得见一些脏兮兮的孩童在门槛上和大狗一起亲密地打滚。当我们深入乡村的时候，雷翁忽然停在一群在阳光下玩耍的孩子面前。他抚摸最小的孩子，接着向我承认他特别喜欢金黄色头发的脑袋。

对我来说，我始终喜爱这些夹在两道篱笆之间、没有大车轮辙的小径。地面覆盖着一层薄薄的苔藓，踩在脚下像地毯的绒毛那样柔软。人们在这里的神秘与寂静中行走。当两个情侣迷路的时候，绿色围墙的荆棘就迫使女人紧贴男人的胸膛。雷翁和我，我们走进了这样一条偏僻的小路，在这里只有莺听得见接吻的声音。春天的第一个微笑战胜了这位哲学家的愤世嫉俗。他对每滴露水都体验到长时间的感动，像个逃学的小学生那样歌唱。

小路一直向前伸展，又高又密的篱笆就是我们的地平线。这种封闭和不知身在何处更增加了我们的快乐。

通道逐渐变得更窄了，必须一个跟在另一个后面才能前进。

篱笆的几个急转弯，使道路变成了迷宫。

这时在最窄的地方我们听到了说话的声音。接着在叶丛的一个拐角出现了三个人。两个年轻人走在前面，拨开太长的树枝，一位少妇跟随着他们。

我停下来向他们致意，那个面对我的年轻人模仿我的动作，然后我们就相互注视。当时处境微妙：紧逼着我们的篱笆从来没有这样浓密，而我们之中谁都不准备转过身去。就在这个时候，走在我背后的雷翁踮起脚瞥见了少妇。他二话不说，勇敢地走进山楂树丛，他的衣服被荆棘扯破了，手上流出了几滴鲜血，我只能照着他那样做。

年轻人向我们道谢着走了过去。少妇好像要感谢雷翁的牺牲精神，犹豫不决地停在他的面前，用黑色的大眼睛注视着他。他马上想露出恶意的微笑，可是笑不出来。

她消失之后，我从荆棘中走出来，狼狈不堪。一根刺扎伤了我的脖子，我的帽子在两根树枝当中隐藏得如此巧妙，我吃尽苦头才把它拿了回来。雷翁抖了抖身体。因为我对路过的美人友好地打了招呼，他就问我是否认识她。

"当然，"我回答他说，"她名叫安托瓦内特，和我做过三个月的邻居。"

我们又上路了，他默默无语，于是我对他谈起安托瓦内特小姐。

这个小女人容光焕发、娇媚可爱。她的目光半带嘲弄半带温柔。她举止坚定，风度优雅，一句话，是个好姑娘。在她生活的圈子里，她以罕见的坦率和正直显得与众不同。她评价自己时既无虚荣之心也不妄自菲薄，乐意说她是为爱而生，为随心所欲而生。

在冬季漫长的三个月里，我看到她靠劳作生活，贫穷又孤独。她这样做并不炫耀，也不说什么美德的大话，因为这就是她当时的想法。只要她还在做针线活，我就没见她有一个情人。对于那些来看她的男人来说，她是个好伙伴。她和他们握手，和他们一起欢笑，但是刚有接吻的危险她就把门闩拉上。我承认曾经想向她献点殷勤。有一天，我给她带去一只戒指和一副耳环，她对我说：

"朋友，拿走您的首饰吧。我献身的时候，也是只为一朵鲜花献身。"

她恋爱的时候是懒惰散漫的。这时花边和丝绸代替了印花棉布。她仔细地擦去针扎的伤痕，从女工变成了贵妇。

此外，她在爱情中保持着缝纫女工的自由。她爱的男人很快就清楚了这一点，当她不再爱他时他也同样立刻就会明白。然而她并不是那种朝三暮四的美女，换起情人来就像换破鞋子一样。她很有理智，心地高贵，但是这个可怜的姑娘经常搞错。她把自己的手放在不相称的人的手里，又很快厌恶地把手缩回来。所以她厌倦了这个拉丁区，觉得这里的年轻人都很老了。

每次新的失败都使她的面孔更加忧伤一些。她对男人们说着严酷的真相，她责备自己离开了爱就活不了。然后她闭门不出，直到她的心冲出栅栏。

昨天我遇见了她，她感到非常痛苦：一个情人刚刚离开了她，而她还有点爱他。

她对我说："我很清楚，八天之后我就会把他丢在一边，这是个蹩脚的小伙子，可我还是温柔地亲吻他的两颊。我至少损失了三十个吻。"

她补充说从那时起，身后就跟着两个老是向她献花的爱慕者。她任凭他们这样做，有时对他们说："朋友们，你们两个我一个都不爱：你们争夺我的微笑真是傻透了。你们还是做兄弟吧。看得出来你们是好孩子。我们要像老朋友那样开心。但一有争吵我就离开你们。"

可怜的小伙子们就热烈地握手，同时都希望对方滚蛋。我们刚刚碰到的大概就是他们。

这就是安托瓦内特小姐——可怜的多情的心灵，迷失在放荡之国里；温柔而迷人的姑娘，把她的柔情像面包屑一样撒给路上所有偷吃的麻雀。

我把这些详情告诉了雷翁。他听我说的时候并未表现出浓厚的兴趣，也没有用最微不足道的问题来探听我的隐情。当我沉默不语的时候，他对我说：

"这个姑娘太直爽了，我不喜欢她理解爱情的方式。"

他力图显示他那恶意的微笑，最后成功了。

三

我们终于走出了篱笆。塞纳河在我们的脚下流淌。对岸的河水里显出了一座村庄的倒影。我们来到了熟悉的地方，多少次我们曾在这些顺着水流延伸的岛屿上闲逛。

在附近的一棵橡树下休息了很长时间之后，雷翁对我说他饥渴难忍，我也正要对他说又渴又饿，难以忍受。于是我们商议了一下，一致做出了诱人的决定：我们应该到村里去，在那里弄一个大篮子，及时地装满菜肴和酒瓶。最后，篮子和我们，一起到最青翠的岛上去。

二十分钟以后，我们只要找到一只小船就行了。我必然要拎着篮子，我说篮子，这还是谦虚的说法。雷翁走在前面，向每个渔夫要小船，但小船都在野外。我正要向同伴提议把餐桌摆在陆地上的时候，有人指着一个出租小船的人，他或许可以满足我们的要求。

这个出租小船的人住在村庄尽头两条街拐角处的一间小屋里。而转过这个街角，我们又迎面碰到了安托瓦内特小姐，身后跟着她的两个追求者。一个像我这样在一个巨大的篮子的重压下弯着腰，另一个像雷翁那样神色慌张，如同一个找东西找不到的人。我怜悯地看了一眼满头是汗的可怜虫，而雷翁似乎感谢我甘愿接受了一个重负，使得少妇稍带恶意地笑了起来。

出租小船的人站在门槛上抽着烟。五十年来，他见过无数对男女来向他借船桨到荒岛上去。他喜欢这些金黄色头发的女恋人，她们出发时都衣衫整齐，返回时弄皱了，系带也乱七八糟。她们回来时感谢他的小船，说它们非常熟悉水路，自动就驶到杂草丛生的岛上去了，而他则报以微笑。

这个朴实的人瞥见了我们的篮子，向我们走来。

"孩子们，"他对我们说，"我只有一条小船了，让那些肚子饿极了的人到那边树下去吃饭吧。"

这句话确实太冒失了：人们从来不会在一个女人面前承认自己饿极了。我们默不作声，犹豫不决，不敢再拒绝小船。安托瓦内特虽然始终带着嘲笑的神情，这时却怜悯起我们来了。

"这两位先生，"她朝着雷翁说，"今天上午给我们让了路，现在该轮到我们来给他们让路了。"

我看着哲学家。他犹豫不决，结结巴巴，好像不敢说出自己的想法。看到我的眼睛盯着他，他激动地说道：

"可是，这里用不着牺牲精神：我们有一条小船就够了。这两位先生送我们到路过的第一个岛上去，归来时再来接我们。先生们，你们同意这样安排吗？"

安托瓦内特回答说同意。篮子被小心地放在小船的底部。我挨着我的篮子坐着，尽量远离船桨。安托瓦内特和雷翁大概没法安排，只能并肩坐在空着的凳子上。那两位追求者一直在竞相献殷勤和显示愉快的心情，在亲密的合作中抓起船桨。

他们划到了水流中央。在那里控制着小船顺流而下的时候，安托瓦内特小姐却声称河流上游的岛屿更加僻静和阴凉。两个桨手沮丧地相互注视，掉转船头，顶着此处的湍急破浪逆流而上。这是一种非常沉重而温柔的暴政：这是一个朱唇暴君的愿望，她一时心血来潮就要用一个吻来换取整个世界。

她俯下身，把一只手浸到水里。她把装满水的手缩回来，接着若有所思，似乎在数从手指间滑出的水珠。雷翁看着她这么做，一言不发，和一个女对头挨得那么近使他觉得很不自在。他两次张开嘴，可能想说什么蠢话，但是看到我在微笑就立刻闭上了。再说，无论是他还是她，他们似乎对邻座都不大重视，甚至稍稍转过身去，以背相对。

安托瓦内特不想弄湿她的花边，就对我说起她前一天的痛苦，并且告诉我她已经得到了安慰。不过她还是那么伤心。在夏天的日子里，她没有爱就活不下去。在秋天来临之前她不知道做些什么。

"我在找一个窝，"她补充说，"我希望它都是用蓝色的丝绸做成的。当家具、地毯和窗帘都有天空的颜色，人们一定爱得更加长久。太阳也会弄错，晚上在这里忘掉了时间，以为是躺在一朵云彩里。不过我寻找也是白费力气，男人们都是坏蛋。"

我们来到一个岛的对面，我告诉桨手们让我们在这里下船。我的一只脚已经踏上地面，安托瓦内特却叫嚷起来，觉得这个岛既丑陋又没有树荫，宣称决不会同意把我们抛弃在这样一块岩石上。雷翁没有离开他的凳子，我重新坐到我的座位上，我们继续溯流而上。

她带着孩子般的喜悦，开始描述她梦想的家。卧室应该是方形的，天花板应该有高高的拱顶。壁纸是白色的，布满用彩带系着的一束束矢车菊。四个角上有摆满鲜花的蜗形脚桌子，中央的一张桌子上同样放满了鲜花。还有一张小沙发，两个人要紧挨着才能勉强坐下。没有使人在自私的调情中目光迷离的镜子，厚厚的地毯和窗帘可以盖住接吻的声音。鲜花、沙发、地毯、窗帘都是蓝色的。她要穿一条蓝色的裙子，在天空多云的日子里不打开窗户。

我也想装饰一下房间。我谈起壁炉、挂钟和衣柜。

"可是，"她惊讶地对我说，"我不取暖，要时钟也没有用。我觉得您的衣柜是可笑的。您以为我会蠢得把这些一钱不值的东西拖到我的家里吗？我要在我的家里自由自在和无忧无虑地生活。并非永远如此，只要在每个夏夜度过美好的几个小时。男人们如果变成天使，对上帝本身也会腻烦的。我知道是怎么回事，我的口袋里会有天堂的钥匙。"

第二个绿岛出现在我们面前，安托瓦内特拍起手来。这显然是鲁滨孙在二十岁时所能梦想的最迷人的荒僻小岛。稍高的河岸环绕着高大的树木，犬蔷薇和野草在树木之间竞相疯长。每年春天，那里都会竖起一堵穿不透的墙，树叶、枝条和苔藓的墙，它在水中的倒影变得更加高大。外面是枝杈交错的围墙，里面不清楚是什么样子。不为人知的林间空地，迎风抖动、从不分开的宽大绿幕，使这个岛变成了一个神秘的隐蔽处，附近岸边的行人都乐于看到河里有许多白皙的姑娘。

在找到一处码头之前，我们围着这个巨大的树丛转了很长时间，它似乎只要自由的鸟儿做它的居民。最后，我们在一个伸向河水上方的大荆棘丛下面上了岸。安托瓦内特看着我们下了船，探着头想看看树木的那一边。

一个桨手抓住树枝以稳住小船，他松开了手。于是少妇感到自己被船带走了，也伸出胳臂紧紧抓住一条树根。她紧抓不放，叫人救她，喊着说她不想走得更远了。后来桨手们系好了小船，她跳到草地上向我们走来，为她的愚蠢行为而满脸通红。

"先生们，不用担心，"她对我们说，"我不想妨碍你们，如果你们乐意到北边去，我们就去南边。"

四

　　我又提起篮子。认真地寻找最不潮湿的草地。雷翁跟着我，安托瓦内特和她的两个追求者跟着她。我们就这样在岛上绕了一圈。回到我们的出发点，我坐了下来，决定不再寻找。安托瓦内特又走了几步，好像在犹豫，接着回来坐在我的对面。我们在北边，她根本不想到南面去，而雷翁觉得这里景色迷人，发誓说我不可能找到更好的地方了。

　　我不知道是怎么搞的，篮子并排放着，食品那么巧妙地混在一起，以致我们把它们摆放在草地上的时候，谁都永远不可能认出自己的东西了。我们不得不只在一张台布上进餐，出于公平的精神，我们平分了所有的菜肴。

　　两个追求者赶紧坐到安托瓦内特的两边，他们迎合她的愿望。她要一块食物，就必定接到两块，而且吃起来胃口大开。

　　雷翁相反地吃得很少，看着我们狼吞虎咽。他只能坐在我的身旁，一言不发。每当安托瓦内特向她的邻座微笑，他就向我投来嘲弄的目光。她从两边接受食物，同样亲切地向左边和右边伸出手去，每次都用她温柔的声音道谢。他边看边向我打明显的手势，可是我根本不懂。

　　那天她的媚态确实令人失望。双脚盘在她的裙下，她几乎消失在草丛里。一个诗人会乐意把她比作一朵巨大的、具有注视与微笑天赋的鲜花。她平时是如此自然，那时却有些任性的动作，声音里带有我从来不知道的矫揉造作。两个追求者被她的甜言蜜语弄得晕头转向，都以胜利的姿态盯着对方。我对这种意外的媚态感到惊讶，不时地看到她暗自露出恶意的笑容。心想我们之中是谁把这个朴实的姑娘变成了狡猾的长舌妇。

草地上的食物快要吃完了。大家笑的比说的多。雷翁时时地变换位置，但没有一个位置使他满意。他恢复了恶意的神色，我担心他的长篇大论，用目光请求我们的女伴原谅这样一位令人不快的朋友。不过她是勇敢的姑娘：一位二十岁的哲学家，无论怎样严肃，都不会使她感到难堪。

"先生，"她对雷翁说，"您很伤心，您似乎讨厌我们的快乐，我不敢再笑了。"

"笑吧，笑吧，夫人，"他回答说，"我之所以不说话，是因为我根本不会像两位先生那样，讲些动听的话来使您高兴。"

"这是不是说您不是阿谀奉承的人？那么您快说吧，我听着，我想听粗话。"

"女人们不喜欢听这样的话，夫人。不过当她们年轻漂亮的时候，人们能对她们说什么不真实的谎言呢？"

"好了，您看，您也像别人一样是个献殷勤的人。您这么一来我就不能不脸红了。先生们，当我们不在场的时候，你们极力诽谤我们；但是只要我们当中最差的那个出现，你们就找不到足够深的敬意和足够温柔的话了。这，这是虚伪！我嘛，我有话直说：男人们是凶恶的，他们不懂得爱。得了，先生，您也该直爽点了，您对女人有什么看法呢？"

"我可以随便说吗？"

"那当然。"

"您不会生气吗？"

"哎！不会，我倒是会笑的。"

雷翁摆出演说家的姿态，我听他说过一百多次，知道他要说些什么，为了忍受他的演说，我把小石子扔进塞纳河作为消遣。

"当上帝，"他说，"发现在用完一切污泥之后，在他的创造物中还缺少一个生灵，他不知道到哪里去取必要的材料来弥补他的疏忽。他只得找他的创造物帮忙。他在每一种动物身上取下一点肉，用这些从蛇、母狼和秃鹫身上借来的材料创造了女人。因此了解这个被《圣经》遗漏的事实的智者，见到由这些成分组成的忠实形象、性情总是喜怒无常的古怪女人的时候并不惊讶。每一种生物都给了她一种恶习，分散在创造物中的罪恶集中在她身上，由此产生了她虚伪的爱抚，她的背叛，她的放荡……"

简直可以说雷翁在背诵课文。他停下来，考虑如何往下说。安托瓦内特鼓起掌来。

"女人们，"演说家又说了起来，"生来就是轻浮与卖弄风情的，如同她们生来就是棕发或金发的一样。她们出于自私委身于人，不大关心根据人品进行选择。一个愚蠢的男人自命不凡，只要美得中规中矩，她们就相互争夺他。男人如果纯朴而多情，满足于做个有头脑的人，而且并不大肆宣扬，她们甚至就不知道他的存在。在所有的物品中，她们需要的就是闪光的玩物：丝绸裙子，金项链、宝石和油头粉面的情人。至于这个好玩的傀儡的发条，运行是否正常她们都无所谓。她们没有灵魂。她们以黑色的头发和多情的嘴唇相识，但是对心中的感情一无所知。她们就这样投入第一个遇到的傻瓜的怀抱，因为相信他的堂堂仪表。她们爱他，因为他讨她们喜欢。他讨她们喜欢，只是因为他讨她们喜欢。有一天傻瓜动手打她们，她们就大叫受到虐待，痛心地说一个男人伤害了一颗心就必定使它破碎。这些疯女人为什么不到爱情之花开放的地方去寻找它呢！"

安托瓦内特再次鼓掌。像我知道的那样，演说到这里就停止了。雷翁一口气说出来，好像急于结束。说出了最后一句话，他看了看她，似乎在沉思。接着他不再高谈阔论，而是补充说：

"我只有过一个情人，她那时十岁，我十二岁。有一天她为了一条任人折磨却从不龇牙咧嘴的大狗欺骗了我。我哭了很久，发誓再也不爱了。我信守这个誓言，对女人一无所知。如果我爱，我会嫉妒和不快。我会爱得太深，人家会恨我、欺骗我，我会因此死去。"

他沉默了，两眼湿润，徒然地想笑出来。安托瓦内特不再嘲笑，而是非常认真地听着他说。然后她离开她的同伴们，面对雷翁注视着他，把手放在他的肩上。

"您是个孩子。"她只对他说了一句话。

五

最后一线阳光在河上滑动，把河流变成闪光的金带。我们要等到第一颗星星出现，以便趁着夜晚的清凉顺水而下。篮子被送到船上去了，我们都在草地上各自随便找个合意的地方躺了下来。

安托瓦内特与雷翁置身于一株大犬蔷薇下面，它的树枝伸展在他们的头上，绿色的枝叶半遮着他们。他们背对着我，我无法看到他们是在笑还是在哭。他们低声说话，好像在争吵。我呢，我选了一处长满细草的小丘懒洋洋地躺着，同时看着天空和搁着双脚的草地。那两个献殷勤的人大概欣赏我舒适的姿态，也过来躺下，一个在我的左边，另一个在我的右边。

他们充分利用自己的位置来同时对我说话。

在我左边的那一位看到我不再听他说话，就轻轻地碰我的手臂。

"先生，"他对我说，"我难得遇到比安托瓦内特小姐更任性的女人，您可能不会相信，有一丝风她的头就跟着转动。举个例子吧，今天上午我们和你们相遇的时候，我们是到离这里两里远的地方去吃饭。你们刚刚走开，她就让我们往回走。她说她喜欢这个地方，真是昏了头。我呢，我喜欢说得清楚的事情。"

我右边那一位在同时说话，也迫使我听他讲：

"先生，我从今天上午起就想和您单独谈谈。我的同伴和我，我们认为应当对您做些解释。我们注意到您对安托瓦内特小姐的深情厚谊，为妨碍了您的计划而深感遗憾。如果在一个星期之前就知道您的爱情，我们就会退出，不给一个高雅的人造成丝毫的烦恼。但是今天有点为时已晚，我们不再感到有作出牺牲的勇气。此外我想直言相告：安托瓦内特爱我。我同情您，所以任凭您处置。"

我赶紧让他放心。我向他发誓我从来不是而且永远不会是安托瓦内特的情人。可是没用，他仍然不停地给我最温柔的安慰。想到偷走了我的情妇，他觉得真是太美了。

另一位对我注意他的同伴感到不快，向我俯下身来。为了迫使我洗耳恭听，他向我吐露了一个重要的秘密。

"我想坦率地告诉您，"他对我说，"安托瓦内特爱我，我真诚地同情其他爱慕她的人。"

这时我听到了一种奇特的声音，是从雷翁和安托瓦内特藏身的荆棘丛里发出来的，我不清楚这是接吻的声音还是一只受惊的莺的轻微叫声。

这时我右边的人突然发现我左边的那位对我说安托瓦内特爱他，所以站起身来，以威胁的神色盯着对方。我任凭自己从他们之间溜出去，偷偷地走到一处树篱后面蹲在那里，那时他们面对面地站着。

我的荆棘丛选得恰到好处。我看得到雷翁和安托瓦内特，不过听不见他们说话。他们一直在争论，只是他们似乎互相挨得越来越近了。至于那两位求爱者，他们在我的上方，我可以听着他们争吵。女士背对着他们，他们可以随心所欲地大发脾气。

"您做错了，"其中一个说，"两天前您就该退出了，您没有看清这一点的头脑吗？安托瓦内特最爱的是我。"

"确实，"另一个回答说，"我根本没有这种头脑。可是您，您却愚蠢地把她向我投来的微笑和目光看成是属于您的。"

"请您相信，可怜的先生，安托瓦内特爱我。"

"请您相信，可怜的先生，安托瓦内特崇拜我。"

我看了看安托瓦内特，荆棘丛里确实没有莺。

"我对这一切都厌倦了，"一个求爱者又说道，"现在我们之中的一个该消失了，您难道不同意我的看法吗？"

"我要向您提议相互割断对方的喉咙。"另一个回答说。

他们提高了嗓门，指手画脚，愤怒地站起来又坐下去。越来越响的争吵声打扰了安托瓦内特，她转过头来。我看到她先是惊讶，接着微笑起来。她要雷翁注意这两个年轻人，并且说了几句话把他逗乐了。

他站起来带着女伴走近河岸，他们抑制住笑声，走路时避免滚动地上的石块。我以为他们要去躲起来，然后等着大家去寻找。

那两个花花公子叫喊得更厉害了，没有剑就准备动拳头。这时雷翁已走到船边，他让安托瓦内特上去，并且平静地解开缆绳，接着自己也跳到船上。

当一个追求者就要向另一个挥动胳膊的时候，他看见了河流当中的小船，目瞪口呆地忘记了动手，而是指给对方看。

"喂，喂，"他边喊边跑向岸边，"开这个玩笑是什么意思？"

他们把我彻底忘记在荆棘丛后面了，幸福与不幸使人自私。我站起身来。

"先生们，"我对这两个惊慌失措得可怜的小伙子说，"你们记得某个寓言吗？这个玩笑的意思就是：你们以为从我这里偷走了安托瓦内特，而有人却从你们那里偷走了她。"

"这比喻真文雅！"雷翁朝我高喊，"这些先生是窃贼而夫人是一头……"

夫人亲吻他，这亲吻压住了那个粗俗字眼。

"弟兄们，"我转向失败的同伴们说道，"我们现在没有食品，也没有栖身的房子。我们来搭一个窝棚，靠野浆果为生，等着一条船乐意来把我们从这个荒岛上带走吧。"

六

后来呢？

后来，我，我知道什么呢？你要我说的太多了，妮奈特。安托瓦内特和雷翁在那天蓝色的家里已经生活两个月了。安托瓦内特依然是个善良与直爽的姑娘。雷翁以前所未有的狂热诽谤女人。他们在相爱。

穷　人　的　妹　妹

十岁的她显得如此瘦弱，可怜的孩子，看到她像农场的女仆一样干活真是可怜。像那些受苦而没有怨言的人们那样，她有着吃惊得睁大的眼睛和忧伤的微笑。富裕的农夫们晚上常常遇见她从树林里出来，衣衫褴褛、肩扛重担。有时在粮食卖出好价钱后，他们会提议为她买一条粗布裙子。这时她就会这样回答："我知道，在教堂的门廊下有一个可怜的老人，在十二月的严寒里只有一件长衫。你们给他买一件厚呢外套，明天我看到他穿得暖暖的，我就会感到暖和了。"所以人们给她起了"穷人的妹妹"这个绰号。有些人这样叫她是讽刺她破烂的裙子；其他人这样称呼是奖赏她仁慈的心灵。

穷人的妹妹曾经有一个镶着花边的精致摇篮和满屋子的玩具。后来有一天早晨，她的母亲没有在她起床时来拥抱她。当她为看不到母亲而哭泣的时候，有人告诉她上帝的一个圣女把她妈妈带向了天堂，于是她就不再流泪了。一个月以前，她的父亲也这样走了。可爱的小姑娘以为他是到天上去找她母亲，两个人团聚之后，生活中不能没有他们的女儿，所以他们很快会派一位天使来把她也带走。

她记不起是怎样失去自己的玩具和摇篮的。她从有钱的小姐变成了穷苦的姑娘，没有人感到吃惊。或许一些恶人装成正直人剥夺了她的财产。她只记得一天早晨，看到纪尧姆叔叔和纪尧梅特婶母在她的床边。她非常害怕，因为他们根本不拥抱她。纪尧梅特匆忙地给她穿上一件粗布衣服，纪尧姆拉着她的手，把她带到她现在生活的破烂小屋里。后来的情况就是如此，每天晚上她都疲惫不堪。

纪尧姆和纪尧梅特从前也曾拥有大量的财富。但是纪尧姆喜欢宴请兴高采烈的客人，整夜地喝酒，不顾酒桶就要倒空。纪尧梅特喜欢饰带、丝绸衣裙，花费许多时间徒劳地想把自己打扮得年轻漂亮。因此有一天地窖里没有酒了，为了买面包把镜子也卖掉了。以前他们有过某些富人的这种仁慈，它往往只是安逸和自我满足的结果。他们在和别人分享时会更加深切地感到幸福，从而在他们的慈善中掺杂了许多自私的成分。所以他们不能忍受痛苦和保持仁慈，他们惋惜自己失去的财富，只为自己的苦难流泪，对穷苦的人们变得冷酷无情。

他们忘记了是自己造成了贫穷，反而责怪每个人都要对他们的破产负责。他们被自己的黑面包激怒了，感到心里有一种强烈的复仇欲望，力图在看到比他们更深的痛苦时得到安慰。

所以他们喜欢穷人的妹妹的破衣烂衫、她的被泪水泡白的枯瘦的小脸。当她两手捧着沉重的水罐，跌跌撞撞地从泉边回来时，他们对这个孩子的虚弱感到一种不愿承认的恶意的快乐。他们为了一滴洒出的水就打她，说必须惩罚她的坏脾气。他们经常迫不及待和充满怨恨地打她，不难看出这不是正当的惩罚。

穷人的妹妹忍受着他们给的全部苦难。他们让她做最累的活儿，打发她在中午的烈日下拾落穗，在冰天雪地里捡柴火。然后一回来就要扫地洗衣，把破屋子里的每样东西整理好。可爱的小姑娘不再抱怨，幸福的日子已离她如此遥远，她甚至不知道人可以活着而不哭泣，从来没有想到还会有一些爱笑的和被疼爱的小姐。她对玩具和亲吻一无所知，得到的是拳打脚踢和每天晚上的干面包，好像这也是生活的一部分。看到一个十岁的女孩对所有的痛苦都表现出深切的怜悯，却不想到自己的不幸，正直的人都感到惊讶。

一天晚上，我不知道纪尧姆和纪尧梅特祭祀什么圣人，他们给了她一枚漂亮的新苏 [法国旧辅币名，相当于5生丁。]。并且允许她玩到天黑。穷人的妹妹慢慢地走到城里，这枚苏使她很为难，不知道该怎样玩耍。她就这样来到了大街上。左边的教堂附近有一家店铺，摆满了糖果和洋娃娃，夜间它在灯光的照耀下是如此美丽，使这个地区的孩子把它梦想得像天堂一样。那天晚上，一群孩子张着嘴巴，羡慕得说不出话来。他们站在人行道上，双手按着玻璃橱窗，尽量接近奇妙的陈列品。穷人的妹妹羡慕他们的大胆，她停在街道中间，垂着瘦小的手臂，拉住被风吹开的破衣烂衫。她为自己有钱而稍感自豪，紧紧地抓住那枚漂亮的新苏，并且用目光挑选她要买的玩具。最后她决定买一个头发像大人的洋娃娃：这个洋娃娃和她一样高，穿着一件白色的丝绸衣裙，就像圣母玛利亚的衣裙一样。

小姑娘朝前走了几步，出于害羞，在进去之前察看着周围，发现在漂亮的店铺对面的一条石凳上，有个衣衫褴褛的女人摇晃着一个在她怀里哭泣的孩子。她再次停下来，背对着那个洋娃娃。听到孩子的哭声，她的双手怜悯地交叉在一起。这一次她不害羞了，迅速地走过去把她那枚漂亮的新苏给了那个可怜的女人。

这个女人刚才对穷人的妹妹已经注视了一阵。看到她停下，接着向玩具走去。所以当孩子向她走过来的时候，她明白了孩子善良的心灵。她接过这枚苏，眼睛湿润，把给她这枚苏的小手握在自己手里。

"我的孩子，"她说，"我接受你的施舍，因为我明白，我拒绝接受会使你伤心的。不过你自己，你不想要点什么吗？我虽然穿得破烂，却能满足你的一个愿望。"

这个穷女人这么说着，眼睛像天上的星星那样闪光，一道火焰围绕着她的头滚动，犹如一线阳光织成的王冠。孩子此刻在她的膝盖上睡着了，在宁静中神奇地微笑着。

穷人的妹妹摇摇披着金发的头。

"不，夫人，"她回答道，"我没有任何愿望，我本想买下对面这个您看到的洋娃娃，但是我的婶婶纪尧梅特会把它砸碎的。既然您不愿意白拿我的苏，那么我喜欢您给我一个友好的亲吻作为交换。"

女乞丐俯下身，吻了吻她的额头。在这样的爱抚下，穷人的妹妹觉得自己从地上升了起来，感到永无尽头的疲惫消失了，同时心中产生了更高尚的仁慈。

"我的孩子，"这个陌生的女人又说，"我不想让你的施舍没有回报。我像你一样也有一个苏，在遇见你之前我不知道拿它派什么用场。有些王公贵妇抛给我装着金子的钱袋，但我认为他们不配拥有它。拿着吧，无论发生什么事情，都要按照你的心愿去做。"

她把这枚苏给了小女孩。这是一枚旧苏，是用黄铜做的，周边已经被腐蚀，中间有一个小扁豆那么大的孔。钱币磨损得很厉害，人们无法知道它来自什么地方，但在钱币的一面还可以看到一圈模糊的光环，它或许是天国的钱币。

穷人的妹妹看到它如此细薄就伸出手去，知道这样一件礼物决不会给女乞丐造成损失，并且把它看成她留给自己的一个美好回忆。

唉！她想，这个可怜的女人不知道她在说什么。王公和漂亮的贵妇拿她的苏有什么用？它这么难看，连一点面包都买不了，我都不能把它给一个穷人。

女人的眼睛越来越闪亮，她微笑着，仿佛孩子在高声说话。她温柔地说道：

"永远把它带在身边，你会明白的。"

于是为了不伤她的心，穷人的妹妹收下了这枚苏。她低下头把它放进裙子的口袋里，当她抬起头的时候，长凳上没有人了。她大吃一惊，回家的路上都在想着刚才的奇遇。

二

穷人的妹妹睡在顶层的一间阁楼里，那儿乱七八糟地躺着旧家具的碎片。在有月亮的日子里，靠着一扇狭窄的天窗，她上床时可以看到月光。其他日子里她摸索着上床，可怜的床铺只是四块拼合不严的木板，草垫的套子里有几处没有草了。

那天晚上是满月，一道亮光照在梁上，使整个顶楼充满光明。

纪尧姆和纪尧梅特躺下后，穷人的妹妹才上楼。在阴暗的夜里，她有时非常害怕，以为听到了突然的呻吟和脚步声，其实那只是屋架的喀喀声和快速奔跑的老鼠。所以她酷爱美丽的月亮，它友善的光芒驱散了她的恐惧。在月亮照耀的夜晚，她打开天窗，在祈祷时感谢它来看望她。

她很高兴看到家里有亮光。她累了，要去平静地睡觉，感受到好朋友月亮对她的看护。她在睡梦中经常觉得它在房间里无声地轻轻踱步，赶走冬夜的噩梦。

她迅速地走过去，跪在一片金黄色月光当中的一只旧箱子上，祈祷仁慈的上帝，然后她走到床边解下裙子。

裙子滑到地上，大苏却像雨一样从略微张开的口袋里落了下来。穷人的妹妹看着它们滚动，一动不动地惊呆了。

她弯下身去，用指尖把它们一枚枚地捡起来。她把它们堆放在旧箱子上，不想知道有多少，因为她只会数到五十，但完全看得出有几百枚。她在地上捡完后提起裙子，裙子的重量使她明白口袋还是满满的。在整整一刻钟里，她从口袋里掏出一把把苏，为永远摸不到底而发愁。最后她感到只有一枚了，她拿出来认出了它：这就是女乞丐当天晚上给她的那枚苏。

她于是心想仁慈的上帝刚刚创造了一个奇迹，而这枚被她轻视的丑陋的苏，是一枚富人们没有的苏。她感到它在手指间颤动，还要成倍地变出来。所以她担心它会突发奇想，把财富装满整个顶楼。她已经不知道如何处置在月光下闪亮的一堆堆新钱币，局促不安地看着周围。

她是一个勤劳的姑娘，围裙的口袋里总是装着针线。她找了一块旧布做一个口袋，做得如此狭小，她的小手勉强能塞进去。布料不够，再说穷人的妹妹很匆忙。然后她把穷女人的那枚苏放到口袋底里，开始把盖满箱子的那些钱币一堆堆地塞进钱袋里。每堆钱币在掉进去的时候都塞满了口袋，但是口袋立刻又重新变空了。成百枚的大苏装在里面绰绰有余，不难看出它还能多装四倍。

穷人的妹妹做完这些事情已经很累，把它藏在草垫子下面就睡着了。想到第二天可以分发的慷慨施舍，她在梦中都笑出声来。

三

早晨醒来的时候，穷人的妹妹以为自己做了个梦。她需要摸摸自己的宝贝之后才相信它确实存在。它比前一天稍微重了一些，使孩子明白这枚奇妙的苏夜里也在工作。

她匆忙穿上衣服，拿着木屐下楼，为的是不发出一点声音。她把口袋藏在围巾下面，紧紧地贴在胸前。纪尧姆和纪尧梅特睡得很沉，没有听到她的声音。她必须从他们的床前经过，知道他们靠她这么近，她害怕得差点跌倒。接着她开始跑起来，把门大开着溜了出去，忘了把门再关上。

当时是冬天，是十二月最冷的早晨，天刚蒙蒙亮。空中黎明的白色曙光，似乎和雪后的大地颜色相同。布满天际的白色显得无比宁静。穷人的妹妹沿着通往城里的小路走得很快，只听见自己的木屐在雪地上发出的吱吱声。她虽然要忙于大事，但还是出于好玩而专走那些陷得最深的车辙。

快到城里的时候，她想起匆忙之中忘记了向上帝祷告。她跪在小路边上，独自置身于沉睡的大自然无限而忧伤的宁静之中，她以如此柔和的童声做着祈祷，上帝都无法把它与天使的声音区分开来。她不久就站了起来，在逼人的寒气里加快了步伐。

这个地方非常贫困，尤其这一年的冬季严寒，面包昂贵，只有富人能买得起。穷人靠阳光和怜悯活着，早晨就出来看看春天是否来了，带来了更加慷慨的施舍。他们走在大路上，或者坐在路碑上和城门口向行人乞求，因为天那么冷，在他们的顶楼里就和露宿在大路上一样。他们的人数是如此众多，简直可以住满一个大村庄。

穷人的妹妹打开了小口袋。在走进城里的时候，她看见一个盲人向她走来，一个领着他的小姑娘忧伤地看着她，看到她穿得那么破烂，把她当成了一个姐妹。

"大爹，"她对可怜的老人说，"伸出您的双手，耶稣让我来到您的面前。"

她对老人说着话，因为她的手指太小，顶多只能抓住十多枚大苏，所以为了装满盲人伸给她的两只又长又宽的手，她需要在口袋里掏七次。接着她在走开之前，又让小姑娘拿上最后一把钱币。

她匆忙来到教堂前的石凳边，那里是每天早晨穷人聚集的地方。上帝的殿堂为他们挡住北风，太阳升起时正好照进门廊下面。她又不得不停了下来：在一条小路的街角处，她发现一个大概在那里过夜的少妇，冻得不住地发抖，闭着双眼，胳臂紧抱在胸前，好像在睡觉，在死亡里不再抱有什么希望了。穷人的妹妹站在她面前，手里拿满了苏，不知道如何给她施舍。她哭泣着，以为来得太迟了。

"大姐，"她说道，并且轻轻地碰碰少妇的肩膀，"拿着吧，拿着这些钱。您应当到客店里去吃饭，在温暖的炉火前面睡觉。"

听到这柔和的声音，少妇睁开了眼睛，伸出双手。她或许以为自己还在睡觉，梦见一位天使下凡来到她面前。

穷人的妹妹很快来到大广场，门廊下有一群人在等待最初的阳光。乞丐们坐在圣像的脚下冷得发抖，互相挨着却不说话，像垂死的人那样轻轻转动着脑袋。他们挤在所有的角落里，以便在太阳出来时能晒到全部阳光。

穷人的妹妹从右边开始，将一把把的苏迅速地放进一顶顶毡帽和一条条围裙里。她如此乐意地这么做，以致许多钱币滚落在石板上，可爱的孩子毫不吝惜。小口袋创造着奇迹，它总是满满的。小女孩每抓一把它就立即鼓起来，像从一只装得太满的罐子漏出来一样。穷人们被这欢快的钱雨惊得目瞪口呆，他们捡着落下的苏，忘记了正在升起的太阳，匆忙地说着："让上帝回报你！"她的施舍是如此慷慨，一些善良的老人还以为是石雕的圣人把这些财富抛给他们的，甚至到现在还坚信不疑。

孩子为他们的欢乐而高兴。她在他们之间转了三圈，为的是给每个人同样多的钱。接着她停了下来，不是小口袋空了，而是因为傍晚之前她有许多事要做。她正要走开的时候，瞥见角落里有一个残疾老人，他无法走过来向她伸着双手。她为刚才根本没有看到他而难过，走上前去把口袋倒过来，以便给他更多的钱。钱币像泉水一样从这只淘气的钱袋里往外流，哗哗地流个不停，穷人的妹妹赶紧用拳头握住袋口，因为钱堆很快就会升得和教堂一样高。可怜的老人用不着那么多钱，而富人们或许会来把钱偷走。

四

广场上的人都装满了口袋，她向乡村走去。乞丐们忘了缓解自己的痛苦，开始跟着她走。他们惊讶和尊重地看着她，被吸引到一种友爱的冲动之中。她独自环顾四周，领头向前走，人群在后面跟着她。

女孩穿着破烂的印花棉布衣服，确实是跟着她的穷人们的妹妹，穿着褴褛衣服的妹妹，对他们怀着温柔怜悯的妹妹。她在那儿就像在家里一样，给她的兄弟们施舍却忘记了自己。她全力迈动两只小脚严肃地走着，为显出大姑娘的样子而高兴。这个十岁的金发姑娘焕发出天真而庄严的光彩，跟随她的是老人们的队伍。

她手里拿着小钱袋，从一个村庄到另一个村庄，在整个地区分发施舍。她向前走着，不管什么路，走平原的大道，也走山丘的小径。然后她离开道路，穿越田野，以便看看是否有某个流浪汉藏身在树篱脚下或者沟壑的深处。她踮起脚望着天际，为无法呼唤当地所有的穷苦人而惋惜。她叹息着想到或许在后面留下了某个受苦的人，这种担心使她有时走回去察看一处灌木丛。无论她在道路转弯处放慢脚步，还是跑向一个穷人，她的队伍总是跟着她转来转去。

当她穿过一片草地的时候，一群麻雀突然扑到她面前。可怜的小东西在雪地中迷失了方向，凄楚地呼叫着，想要它们一直没找到的食物。穷人的妹妹停下来愣在那里，因为她的钱币无法帮助这些可怜的小鸟。她气愤地盯着钱袋，诅咒着拒绝行善的金钱。然而麻雀们围着她，意思是它们和她是一家人，要分享她的那份善心。她不知道该怎么办，几乎要哭出来。她在口袋里抓了一把苏，因为下不了决心不给施舍就打发它们。可爱的孩子一定是昏了头，以为这些大苏是麻雀们的钱币，仁慈上帝的这些孩子有磨坊工来磨面，有面包师傅来揉每天的面包。我不知道她想做什么，但是人所共知的是施舍时扔出来的是一把苏，落到地上就变成了一把麦子。

穷人的妹妹并不显得惊讶。她让麻雀们吃了一顿真正的盛宴，送给它们各种各样的种子，数量是如此之多，明年春天草地就会像森林那样覆盖着又高又密的青草。从这个时候起，大地的这个角落就属于天上的飞鸟，它们虽然从方圆二十多里的地方成千上万地飞来，但无论在什么季节都能在这里找到丰富的食物。

穷人的妹妹继续往前走，很高兴拥有新的能力。她不再满足于分发大苏，而是按照遇到的人来赠送暖和漂亮的长衫、厚实的羊毛裙子，或者轻巧结实的鞋子，这些鞋子几乎不到一两重，却不怕石子磨损，这一切都出自一家不为人所知的工厂。又结实又柔软的衣料美不可言，针脚扎得如此细密，我们的针扎出的一个孔，魔针可以轻松地扎上三针。还有并非最小的奇迹，是每件衣服对穿它的穷人来说都完全合身。或许在钱袋深处建造了一个仙女们的作坊，带来了精巧的金剪刀，可以在一朵玫瑰花的叶子上裁剪出十条小天使的衣裙。这肯定是上天做的事情，因为迅速地缝制出来的衣服都完美无瑕。

小口袋并未因此而显得更加骄傲。它的周边被轻微地磨破了，穷人的妹妹的手或许把它们扩大了一些，现在它足有两个莺窝那么大。为了使你不指责我说谎，我应该告诉你像裙子、大衣这样有四五米宽的大件衣服是怎样从口袋里出来的。真相是它们在口袋里就一层层地折叠起来，就像尚未从萼上脱落下来的丽春花的叶子。它们折叠得如此巧妙，几乎不比这种花的花蕾大。穷人的妹妹用两个手指夹住小包轻轻地摇晃，衣料展开、延长，变出来的衣服天使不好穿，倒是适于遮盖宽大的肩膀。至于鞋子，我没能弄清楚它们是怎么从口袋里出来的。我听说，当然不能肯定，每双鞋都装在一颗蚕豆里，蚕豆碰到地面就爆裂开来。这一切当然都不妨碍像三月的冰雹那样密集地落下的一把把钱币。

穷人的妹妹不停地走着，她虽然从早晨开始不吃不喝地已经走了二十里路，却丝毫不觉得累。看到她在路边经过，几乎没有留下脚印，简直可以说是被看不见的翅膀带走的。那一天，人们看到她走遍了这个地区。无论是平原还是山川，你在这个地方找不到一个角落，她的小脚没有在雪上留下浅浅的脚印。真的，纪尧姆和纪尧梅特如果追赶她的话，恐怕要跑上整整一个星期才赶得上她。不是对她走哪条路犹豫不决，不是因为她像国王们经过时那样让人群跟在身后，而是因为她走得如此矫健，在别的时候，她不用整整六个星期的时间是走不了这么多路的。

她的队伍每到一个村庄都在扩大，所有被她救助的人都跟着她走，以至于傍晚时她身后的队伍伸展出好几百米。这样跟着她的是她的善心影响的人们，从来没有一个圣徒带着如此盛大的队伍出现在上帝面前。

这时夜色降临，穷人的妹妹不停地走着，小口袋不停地工作着。最后人们看到孩子停在一座山丘顶上。她一动不动地注视着她刚刚使之富裕起来的平原，黑色的褴褛衣衫在苍白的暮色中格外醒目。乞丐们围绕着她，形成黑压压的人群，隐约可见地战栗着，接着是一片沉默。穷人的妹妹高高地站在空中微笑着，脚下是她的人民。她从早晨以来长大了许多，这时站在山丘上，向天空举起手，对她的人民说：

"感谢耶稣，感谢玛利亚。"

她的人民全都听到了她柔和的声音。

五

穷人的妹妹回到住处的时候，天已经很晚了。纪尧姆和纪尧梅特整天发火咒骂，已经累得睡着了。她从只用插闩关着的牲口棚的门进去，很快走到顶楼。她看到了好友月亮，如此光明，如此欢快，它似乎知道白天过得很美好。上天就是经常用更加明亮的月光来感谢我们。

孩子感到急需休息，但是在上床之前，她想再看看口袋底里的那枚奇妙的苏。它工作了那么长时间，而且干得那么好，确实应该被亲吻。她坐在箱子上，开始倒空钱袋，把一把把钱币放在脚下。在一刻钟的时间里，她尽力想摸到口袋底。钱堆一直升到她的膝盖，于是她绝望了，明白即使装满顶楼也拿不到那个苏。她困惑不安，找不到别的办法，只能敏捷地把小口袋翻过来。于是大苏神奇地崩塌下来，阁楼一下子装满了四分之三，口袋空了。

这时听到声音的纪尧姆醒了。这可爱的汉子虽然在睡梦中没有听到地板的崩塌，但只要有一个铜钱掉在石板上就会睁开眼睛。他连忙摇晃纪尧梅特。

"唉！老婆子，"他说，"你听见了吗？"

老婆子不快地嘟哝着。

"那小的回来了，"他又说，"我相信她偷了某个过路人的东西，因为我听到上面有一个大钱袋的响声。"

纪尧梅特直起身子，不再指责，完全醒了过来。她赶紧点亮油灯，一边说："我就知道这个女孩会耍花招。"接着她又说："我要给自己买一顶有饰带的帽子和斜纹布鞋子，星期天我会神气十足。"

于是两个人衣服都没穿好就向阁楼爬去，纪尧姆走在前头，纪尧梅特举着油灯，在墙上投下他们细长而奇怪的身影。

在梯子顶部，他们吃惊地停住了。地面上有一层三尺厚的钱币，分布在各个角落，连巴掌大的地板都看不到。钱堆在好几个地方升起，可以说是这个大苏海洋的波浪。在房间中央的两堆钱币之间，穷人的妹妹在一线月光下沉睡。这孩子没能上床就睡着了，任凭自己轻轻地滑在地上。在这张用施舍的财物做成的床上，她梦见了天国。她的双臂放在胸前，右手拿着那个女乞丐的神奇礼物。寂静之中听得到她微弱而均匀的呼吸声，而可爱的月亮倒映在她周围崭新的钱币里，像一道金环围绕着她。

纪尧姆和纪尧梅特不是会一直惊讶下去的老实人。这个奇迹使他们有利可图，他们才不想去弄清楚，管它是来自善良的上帝还是魔鬼。他们用眼睛稍微估算了这笔财富，要确定不仅仅是阴影和月光的作用。他们张开双手，贪婪地俯下身去。

这时突然发生的情景是如此难以置信，我真不知道该不该说出来。纪尧姆刚抓起一把钱币，它们就变成了巨大的蝙蝠。他惊恐地松开手指，这些丑陋的动物立刻逃走，同时尖叫着用长长的黑翅膀拍打他的脸。纪尧梅特则是抓住了一窝小老鼠，牙齿又白又尖，它们在顺着她的腿逃跑的时候狠命地咬她。老太婆看到一只老鼠就会昏过去，觉得它们在她的裙子里奔跑就更是吓得要命。

他们站起身来，不敢再抚摸看起来崭新、但摸起来令人厌恶的金钱。他们不安地对视着，用一个刚刚被一块过热的甜点烫着的孩子才有的半笑半恼的目光相互鼓劲。纪尧梅特第一个经不住诱惑，她伸出两只瘦削的手臂，又抓了两把苏。当她握紧双拳毫不放松的时候，却发出一声痛苦的大叫：其实她抓住的是两把针，它们又长又尖，使她的手指好像被缝在手心上。纪尧姆看见她弯下身去，也想拿他那份宝贝。他急急忙忙，但是捡到的只是两大把炽热的木炭，像火药一样在他的皮肤上熊熊燃烧。

这时他们痛苦得发狂，愤怒地扑向大苏，在钱堆里搜寻，力图迅速地赢得惊人的成果。但是这些大苏不是任凭他们抓住的苏。它们刚被碰到，就像蚱蜢那样飞走，像蛇那样爬行，像沸水那样流淌，像烟雾那样消失。任何形式对它们似乎都适用，而它们离开时总要给这两个贼留下一点烫伤或咬伤。

多得吓人的迅速变幻，产生出众多不同的创造物，弥漫着一种无法表达的恐怖。会飞的癞蛤蟆、猫头鹰、吸血蝙蝠、尺蛾涌向天窗，拍打着翅膀，大群大群地逃走。蝎子、蜘蛛，所有潮湿地带的丑恶居民排成受惊的长列爬向角落。顶楼虽然有许多裂缝，但没有足够的洞穴给它们用，它们就在缝隙里互相推挤和碾轧。

纪尧姆和纪尧梅特吓得发疯，奔跑起来，被这些奇特的创造物弄得晕头转向。右边，左边，四面八方，他们加速了新的生物的出现。从他们的手指间流淌出生命，活物的波涛在上升。刚才倒映着月亮的这些财宝，现在只成了黑乎乎的一团，它笨重地移动着，像桶里的酒那样起伏。

很快就不再有一个大苏，整堆都活了起来。这时纪尧姆和纪尧梅特抓住的只是爬行动物，他们逃跑时向对方脸上扔出了两把游蛇。

他们似乎在这最后两把里带走了所有的怪物，顶楼变空了，穷人的妹妹什么也没有听到，平静地睡着时还在微笑。

六

穷人的妹妹醒来时感到一阵内疚，心想她到很远的地方去寻找当地所有的穷苦人，却没有想到减轻自己的叔叔和婶婶的苦难。

这可爱的女孩同情所有人的痛苦，一个穷人无论是善是恶，对她来说就是穷人。她对眼泪不加任何区别，她乐于认为自己没有散发惩罚和奖励的任务，而是负有擦去所有眼泪的使命。这个十岁小孩的理智，没有正义的崇高思想，全是仁慈和施舍。她想到入地狱的人，心中就涌起怜悯之情，而她对炼狱里的人的同情从来没有这样强烈。

有一天某个人告诉她有个穷人不配得到她给的面包，她不明白，她不能相信饿了还不能吃饭。

为了弥补自己的疏忽，穷人的妹妹拿起小口袋，很快去用漂亮的新钱买了一块紧靠叔父母陋屋的土地。她还买了一对黄牛，白棕相间的毛色像丝绸一样发亮。犁是决不会忘记的。然后她用了一个雇工，让他把套上犁的牛赶到田边，就在茅屋门口。趁这工夫，她在城里收集了各种必需品：可以烧得很旺的葡萄根、精白面粉、腌货、干菜。她让三辆大车跟着自己，从一家店铺走到另一家店铺，在车里装上她认为一个家庭所必需的东西。令人不可思议的是她像一个大姑娘那样花费仁慈上帝的金钱，不买人们以为像她这样年龄的小女孩会买的无用的东西，而是买结实的家具，一块块布料，铜锅，一个三十岁的主妇所梦想的一切。

三辆大车装满后，她把它们停放在牛和犁的旁边。这时她明白要装下这些财富，茅屋显然是太破烂和窄小了。她发愁的是无法买一个农场，倒不是因为她缺钱，而是因为在这个地区根本就没有农场。她决定招来泥瓦工，让他们就在这简陋住所的原址上建造一座大的住宅。在此期间，由于匆忙，她就直接在地上、在车前撒下几堆大苏，用来支付建造的费用。

她干得如此出色，没用一个小时就把一切都这样安排好了。纪尧姆和纪尧梅特还在睡觉，既没有听见车轮声，也没有听见雇工的鞭子响。

这时穷人的妹妹靠近门边，嘴角上挂着一丝狡黠的微笑，因为她有时会开善意的玩笑。她调皮地稍稍加快了步子，庆幸自己在叔父母醒来之前成功地做完了这一切。

她最后看了一眼购买的东西，接着用全身的力气敲着门，开始大叫起来：

"纪尧姆叔叔，纪尧梅特婶婶！"

由于两个老人没有动静，她用拳头敲击百叶窗上关闭不严的木板，高声地反复叫了几次：

"纪尧姆叔叔，纪尧梅特婶婶，快开门，财富要进来！"

纪尧姆和纪尧梅特在睡梦中听到了她的喊声，还没完全清醒就从床上跳了起来。穷人的妹妹还在呼喊，他们互相推挤着出现在门槛上，揉着眼睛想看得更加清楚。他们刚才太仓促了，纪尧姆穿着裙子，纪尧梅特穿着短裤。他们对此毫无觉察，因为有许多别的令人吃惊的事情。一堆堆大苏升得像干草垛那么高，耸立在三辆很有气派的大车前面，雪地上显现出铜锅和橡木家具。黄牛在早晨的寒风中大声地喘气，犁铧在曙光的映照下白得像是银子做的。

雇工走上前对纪尧姆说：

"主人，我应当把套犁的牲口赶到哪里去？现在不是耕种的季节。不用担心，您的田地已经播种好了，您会获得丰收的。"

这时车夫们走近了纪尧梅特。

"尊敬的夫人，"他们对她说，"这里是您的家用器具，还有过冬的生活用品。您快些告诉我们应当把车上的东西卸在什么地方，用不了一天就能把这些财富都搬进屋里。"

两个老人张着嘴，不知道怎样回答。他们畏畏缩缩地注视着这些没见过的财富，想着昨天夜里如此残酷地捉弄他们的讨厌的钱币。穷人的妹妹藏在一个角落里，取笑他们古怪的面容。对于他们在不幸的日子里对她很不友善的行为，她不想再进行别的报复。可怜的小女孩有生以来从未笑得这么多。纪尧姆穿着裙子，纪尧梅特穿着短裤，他们不知道是该笑还是该哭，做着世界上最滑稽的鬼脸，我向你保证，你如果看到了也会像她一样笑的。

最后，她看到他们要回去并且关上门窗的时候，她走了出来。

"朋友们，"她对雇工和车夫们说道，"把这一切都搬进茅屋里去，丝毫不用担心把房间都装满到天花板。我没有想到房子太小，我买了那么多东西，现在我们需要一座大宅子。这是付给瓦工的钱。"

她说这些话是为了让她的叔父母听到，因为要使他们放心，就要使他们明白她就是给他们送这些礼物的仙女，这个想法是有道理的。纪尧姆和纪尧梅特从前一天起就准备打她，以惩罚她离开他们整整一天。但是当他们听到她这样说，看到一些人把家具和生活用品放在他们的家门口的时候，他们看着她，不知为什么号啕大哭起来。他们觉得一只手扼住了自己的咽喉，他们站在那里几乎窒息，不知如何是好，沉浸在他们没有体验过的感动之中，突然明白了他们爱穷人的妹妹，破涕为笑地跑过去亲吻她，并且从中得到了安慰。

七

　　一年以后，纪尧姆和纪尧梅特成为当地最富有的农场主。他们拥有一个巨大的新农场，田地向四周延伸得如此遥远，同一条地平线都无法把它们全部包容。一个穷人成为富人并不鲜见，现在任何人都不会对此感到惊讶。可是当纪尧姆和纪尧梅特从恶人变为善人时，有些人却不肯相信。然而这毕竟是事实：穷人的妹妹的叔父母由于不再饥寒交迫，恢复了他们昔日的慈悲心肠。他们流过许多眼泪，现在感到自己是穷苦人的兄弟，并且毫无私心地去减轻这些人的痛苦。

　　我知道眼泪能促使人行善。不过，如果纪尧梅特不再过分喜爱花边，如果纪尧姆不再喝酒而更爱劳动，我认为是大苏在他们身上起了促成奇迹实现的秘密作用。因为它们不像那些最初得到并胡乱花费的苏，它们不接受恶人，而是指引着拥有它们的正派人的手，使他们仁慈行善。啊！这些尽职的大苏丝毫不像我们丑陋的金币、银币那样阴沉和愚蠢！

　　纪尧姆和纪尧梅特从早到晚亲吻穷人的妹妹。在最初的日子里，他们避免让她干劳累的活。只要她一谈到干活就不高兴。不难看出他们想让她变成一位漂亮的小姐，双手白皙，适于系饰带。"你要变得神气，"他们每天早晨对她说，"不要为其他的事情发愁。"但是小女孩充耳不闻，她要是整天坐着无所事事，只能看着天上飞逝的云彩，那样会伤心死的。财富并不使她快乐，她宁可擦拭橡木家具和仔细整理细布床单。她随心所欲地获得快乐，回答叔父母说："随我的便吧，我穿得暖暖和和的，要那些花边衣服有什么用？我喜欢料理家务，不喜欢为打扮操心。"

　　她如此谨慎地说出这些话，纪尧姆和纪尧梅特明白她很有道理。他们不再妨碍她做自己乐意的事情，她因此非常快乐。她像过去一样在清晨五点钟起床，负责做家务，但是不像在不幸的日子里那样扫地洗衣，因为维持这样一个庞大住宅的清洁是她力所不及的事情。不过她管理那些女仆，帮助她们从事奶场和家庭饲养的工作，丝毫不感到虚伪的羞愧。她的确是当地最富有和最勤劳的少女。大家赞叹她虽然成了大农场主却毫无变化，只是由于劳动面颊变得更加红润，心情变得更加愉快。"高尚的苦难啊，"她经常说，"你教会了我致富。"

　　她年龄不大却想得很多，有时会感到忧伤。我不知道她如何发现她的大苏变得对她没有什么用处了。田地给她面包、酒、油、蔬菜、水果，牛群和羊群为她提供穿衣的羊毛、吃饭的肉食，她从四周可以得到一切，农场的产品完全能满足她和手下人的需要。甚至穷人都能得到的充足的份额，因为她不再施舍金钱，而是给他们肉、面粉、木材、呢绒料子。她这样做显得很明智，提供的是她知道穷人必需的东西，使他们免受诱惑去胡乱花费施舍的金钱。

　　在她的大量财产中，有几堆大苏沉睡在顶楼上。穷人的妹妹忧愁地看到它们占据着二三十捆谷草的地方。这些谷草是劳动的报偿，她喜欢它们远胜于这些堆积的没有多大价值的钱币。因此她逐渐感到自己对这种财富产生了深深的蔑视，它们只能在守财奴的钱箱里沉睡，或者在城里商人们的手中磨损。

　　她对这些讨厌的财富如此腻烦，一天早晨决定清除它们。她保存着那个能轻易吞掉大苏的小口袋，它认真地行使自己的职责，把顶楼打扫得一干二净。穷人的妹妹留了个心眼，没有把女乞丐的那个苏放在口袋底里。这样金钱完全跑了进去，不想再出来了。

她也注意不要变得太富裕，感到富裕对于心灵是有害的，她逐渐把她的一部分土地送人，这些土地对于养活一个家庭来说是太大了。她按照自己的需要来衡量自己的收入。后来，由于农场里不缺强壮的劳力，当钱币不顾她的心愿堆积在顶楼的时候，她悄悄地上去，乐意把自己变穷。为了保证满足自己的愿望，她终身保管这个奇异的钱袋，穷困时它慷慨施舍，富裕时它只会回收。

穷人的妹妹还有一桩心事：那个穷女人送给她的礼物使她为难。她害怕它赋予她的能力，因为当人对自己充满信心的时候，与有权势相比，在感到自己卑微时心里更加快乐。她真想把它扔到河里，但是一个恶人可能在沙子里找到它，并且用来做损害大家的事情。确实如此，如果他把她用来行善花费的金钱的一半用来作恶，毫无疑问会毁了整个地区。因此她才明白女乞丐把这份施舍交给她之前，为什么寻找了很长时间：这个礼物由于接受它的人不同，可以使一个国家的人民欢乐或绝望。

她保存着这枚苏，因为它是有孔的，她就穿了一根饰带把它挂在脖子上，这样就不会丢失了。使她难过的是感到它就在自己的胸前，她愿意做任何事情来重新找到那个穷女人。长期保管这枚苏是过于沉重的负担，她真想请求那个女人把存放的这枚苏收回去，让她像个温和的姑娘那样生活，除了劳动和心情愉快之外不再创造别的奇迹。

然而她白费力气地找过了，对于从来没有碰到那个穷女人感到失望。

一天晚上，她经过教堂的时候，走进去做一段祈祷。她一直走到教堂深处的小偏祭台，她喜欢它的阴暗和清静：深蓝色的彩画玻璃窗像月光一样照亮了石板，略显低矮的拱顶没有回声。但是那天晚上，小偏祭台沉浸在欢乐之中。一道游移的光线穿过殿堂，正照在简陋的祭台上，照亮了黑暗中的一幅旧画的金黄色的画框。

穷人的妹妹跪在裸露的石头上，出神地看了一会儿夕阳的余晖，它照在她一无所知的画框上。然后她垂下头开始祈祷，祈求仁慈的上帝派一位天使来收走这枚大苏。

她在祈祷得最热烈的时候抬起了额头。太阳的亲吻在缓缓地上升，抛下了画框来到了画布上，简直可以认为从圣像中射出了一道金光。它在黑色的墙壁上闪耀，仿佛有个小天使拉开了一角天幕，因为在令人惊叹的壮丽和辉煌之中，人们看到圣母玛利亚让耶稣睡在她的膝盖上。

穷人的妹妹注视着，试图回想起来。也许是在梦中，她见过这个美丽的圣母和这个圣婴。他们一定也认出了她，对她微笑，她甚至看到他们从画布中向她走来。

她听到一个柔和的声音说道：

"我是天上神圣的女乞丐。地上的穷人把他们的泪水奉献给我，我向每一个受苦人伸出手去，以便使他得到安慰。我把这些痛苦的施舍带到天上，正是它们世世代代一点点地堆积起来，在最后的日子将会形成选民的极乐珍宝。

"我就这样走遍世界，像一个平民姑娘那样穿着破旧的衣衫。我安慰我的穷苦兄弟，我用慈悲拯救富人。

"一天晚上我见到了你，在你身上认出了我要找的女孩。我做的是一件艰难的事情。当我在大地上遇见一位天使，我就把我的一部分使命托付给她。我为此拥有一些天上的苏，它们有善的智慧，能使纯洁的双手具有魔力。

"看吧，我的耶稣在对你微笑，他对你很满意。你曾是天国的乞丐，因为每个人都把他的灵魂施舍给你，而你将把穷人的队伍一直带到天国。现在交出压在你身上的这枚苏吧，只有小天使们有力量把这份财富永远载在他们的翅膀上。愿你谦恭，愿你幸福。"

穷人的妹妹听着神的话语，在那儿半弯着腰，默不作声、心醉神迷。在她睁大的眼睛里，映出了令人惊叹的幻象。她久久地一动不动，随着亮光不断地上升，她觉得天国的门在重新关上，圣母拿走了挂在她脖子上的饰带，慢慢地消失了。女孩仍然注视着，但是只看到金黄色画框的上部在最后的阳光下微微闪亮。

这时她不再感到胸前的这枚苏的重量，因此相信刚才见到的情景。她画了十字，边离开边感谢上帝。

就这样她不再有烦恼，生活了很久，直到那一天，她从年轻时就期待的天使把她带到母亲和父亲身边，他们一直想念她，早就召唤她去天国了。她在他们身边见到了纪尧姆和纪尧梅特，他们也是在有一天觉得疲惫时离开她的。

在她死后的一百多年里，当地连一个乞丐也找不到。倒不是在人们家中的衣柜里有丑陋的金币或银币，而是不知道为什么，总能遇到圣母的那枚苏，这些黄铜做的大苏的后代，它们是有头脑的劳动者和普通人的钱币。

第二辑

给妮侬的新故事

沐　　　　　　　　　　　　　浴

你猜一千次也猜不到，妮侬。猜吧，想吧：这是一段真正的海外奇谈，是些吓人的不可信的事情……你知道，矮小的男爵夫人，这个出色的阿德利娜·德·R…她曾经发誓……不，你不用猜了，还是我把一切都告诉你吧。

是这么回事！阿德利娜又结婚了，千真万确的。你不信，对吧？我也只能在离巴黎六十七里的梅斯尼尔-鲁日才会相信这样的事情。你笑了，这桩婚姻实在令人担心。这个可怜的阿德利娜在二十二岁时成了寡妇，而对男人们的仇恨和蔑视却使她变得这样美！她的前夫是个正直的人，显然保养得并不坏，若不是有致命的残疾的话，他本来可以完美无缺。在两个月的共同生活中，他把有关婚姻的一切都教给了她。她发誓说自己的经验便足以使她接受教训了。可她却再婚了！而这毕竟发生在我们当中！

阿德利娜过去确实运气不好。现在谁也没想到她会有这样一桩奇遇。要是我曾告诉你她嫁给了谁就好了！你认识奥克塔夫·德·R…伯爵，这个她恨之入骨的身材高大的年轻人。他们一见面就要彼此尖刻地微笑，就要用亲切的词句惬意地扼杀对方。这两个可怜的人啊！你要是知道他们最近一次在什么地方相遇就好了……看来我必须向你讲讲这件事情。这完全是一部小说。今天早晨下雨了，我要把这件事一章章地写下来。

一

城堡离图尔有六里路。从梅斯尼尔-鲁日，我就见到了它隐现在花园绿丛中的板岩屋顶。人家称它为睡美人城堡，因为这里从前住过一位领主，他差点儿娶了他的一个农妇。这个可爱的女孩子在这里被关了一生，我现在相信她的幽灵又重现了，因为这里的石头都散发出一种别处从来没有的爱的香气。

现在睡在这儿的美人是年迈的M伯爵夫人——阿德利娜的一个婶婶。三十年前她大概到巴黎去住过一个冬天，她的侄子侄女们春天里每人来住半个月。阿德利娜总是准时前来，何况她也喜欢城堡，这座在原始森林中的、饱受风雨侵蚀的传奇般的废墟。

年迈的伯爵夫人曾正式关照过不要碰有裂缝的天花板，也不要碰横在小路上的疯长的树枝。她对这堵由树叶构成的、每年春天都在加厚的墙壁感到很满意，平时总说这幢房屋比她还要结实。其实有一面的房屋全部倒塌在地上了。这些僻静可爱的房屋建造于路易十五时代，像当时的爱情一样不能持久。灰泥开裂了，地板弯曲了，连卧室里都爬满了绿色的苔藓。花园里潮气袭人，还散发着从前柔情的气息。

花园挡住了房屋的入口。台阶下面和石级缝里长出了一些树木。只有大道还可以通马车，但车夫必须用手牵着牲口。右面和左面都是未曾开发过的矮林，小路极少，黑乎乎的，人在里面要伸着双手把草拨开才能前进。砍倒的树干使小路成了一段段死胡同，而狭窄的林中空地则像是一些向蓝天开口的井。苔藓附在树枝上，欧白英在大树下形成了屏障。麇集的昆虫、看不见的鸟儿的鸣叫，使这片庞大的叶丛有一种奇异的生气。我在看伯爵夫人的时候，曾常常恐惧地战栗，脖子后面总有矮林吹拂的令人不安的气息。

不过花园里有一个美妙而撩人的角落：在城堡左面、一个花坛的尽头，那里只生长着和我一样高的丽春花。在一个树丛下面有个凹进去的洞穴，它隐没在一片常春藤之中，藤的末端爬入了草丛。被蔓延的常春藤堵塞的洞穴黑乎乎的，只能瞥见里面有一个发白的、用石膏做的爱神，它微笑着，一个指头按在嘴上。可怜的爱神只有一只手臂，右眼被一块苔藓遮住，成了独眼龙。它带着残疾者的暗淡的微笑，似乎在守护着某个死了一个世纪的多情的夫人。

从洞穴里流出来的一股活水，在林中空地上形成了宽阔的水面，然后注入一条隐没在绿丛中的小溪里。这是一个在沙地低洼处形成的天然的池塘，它倒映着大树和正对着它的一块蓝天。这里有一些长大的灯心草，伸展着宽大叶子的睡莲。这口在草木丛中的井的上面和下面似乎都有足够的空间，在带暗绿色的日光中，听得见水在不停地潺潺流动。池塘的一角滑动着一些长长的水蝇。一只燕雀飞来喝水，它神态微妙，担心弄湿了自己的爪子。树叶一阵突然的抖动，池塘犹如眨着眼皮昏厥一般。在这个天然的、令人快乐的角落里，石膏爱神从黑暗的洞穴里俯瞰着流水和树林的寂静、安宁和它们保守的各种各样的秘密。

二

当阿德利娜向她的婶婶表示同意来住半个月的时候，这个蛮荒地区便变得有人情味了。为了使阿德利娜的裙子能够通过，必须把小路加宽。今年春天她来了，带来的三十二个箱子不得不让人用手提着，因为铁路上的卡车从来不敢开进树林，否则就会陷在里面，我向你担保。

再说你也知道，阿德利娜是个孤僻的人，在我们当中有点疯疯癫癫。在修道院里，她有过一些实在古怪的幻想。我疑心她到睡美人城堡来，是为了远离好奇的人，以便满足她对荒诞行为的渴望。婶婶待在她的安乐椅里。城堡就属于这个亲爱的孩子，她可以在这里产生最惊人的奇思异想，这样会使她感到轻松。她出了这个洞穴之后，便能在一年里都规规矩矩。

在半个月里她成了仙女、青翠草木的灵魂。人们看到她盛装打扮，在荆棘丛中摆动着白色的花边和丝绸的花结。有人甚至向我肯定，曾碰到她像蓬巴杜侯爵夫人 [蓬巴杜夫人 (1721—1764)，法国国王路易十五的著名情妇。] 那样面搽香粉，贴着假痣，坐在花园最偏僻的角落里的草地上。有人则瞥见一个金黄色头发的矮小青年几次悄悄地走在小路上。我呢，我非常害怕，担心那个矮小的青年就是这个神经质的亲爱的孩子。

我知道她把城堡从地下室一直搜到顶楼。她在最黑暗的墙角落里搜索，用她的小拳头探测墙壁，用玫瑰色的鼻子嗅着过去留下的灰尘。人们发现她待在梯子上，消失在大柜子的深处，伸着耳朵听窗外的动静，在壁炉面前出神地梦想，显然想进去看看。后来，她大概没有找到她要找的东西，便跑遍了长着大丽春花的花坛、树荫下的小路和有阳光的林中空地。她总是在寻找，伸着鼻子去捕捉那遥远而模糊的、她无法采摘的一种柔情之花的香气。

我对你说过，妮侬，古老的城堡确实在蛮荒的树林当中散发着爱情的气味。从前这里曾关闭过一个姑娘，所以墙壁就像存放过紫罗兰花束的旧匣子那样，保存了这种柔情的香气。我可以发誓，正是这种香气冲昏了阿德利娜的头脑并使她陶醉。当她闻了这种古老爱情的香气，当她陶醉以后，她就在月光下巡视传说中的地区，让一切经过这里、想把她从百年的睡梦中唤醒的骑士吻她的额头。

她感到倦怠，把一些小凳子带到树林里去，以便坐下。不过在炎热的天气里，使她轻松的是夜里到高大的叶丛下面的池塘里去沐浴。那儿是她的隐居之地。她是泉水的女儿，灯心草为她而显得柔情脉脉。当她脱去衣裙，像自信不受打扰的狄安娜[罗马神话中的月亮与山林女神。]那样平静地走入水中时，石膏爱神在向她微笑。她只有睡莲作为腰带，知道连鱼儿们都已进入梦乡。她轻轻地游着，白皙的肩膀露出水面，犹如一只展开翅膀、无声地飞翔的天鹅。水的凉爽平息了她的焦虑，如果不是独臂的爱神在向她微笑的话，她就会十分安宁。

一天夜里，她走进洞穴的深处，尽管她对这种潮湿的阴暗异常恐惧。她踮起脚尖，把耳朵贴在爱神的嘴唇上，听听它是否会向她说些什么。

三

这个季节里，讨厌的是当可怜的阿德利娜来到城堡的时候，她发现奥克塔夫·德·R⋯伯爵已经住在最漂亮的房间里。

这个身材高大的年轻人是她的死敌。他似乎有点算得上是老M夫人的小表弟，阿德利娜发誓要把他赶走。她果断地打开了她的箱子，又开始不停地周游和搜索起来。奥克塔夫在八天里抽着烟，从窗户后面平静地注视着她。每天傍晚，他们不再互相挖苦，不再暗斗。他如此彬彬有礼，使她终于感到厌烦，再也不理会他了。他总是抽烟，她则一直在侦察花园和沐浴。

她总是在将近午夜、所有的人都入睡之后才走进水里，尤其要核实奥克塔夫伯爵是否吹灭了他的蜡烛。然后她迈着小步走去，似乎怀着对冷水的肉欲去赴一个爱情的约会。自从知道城堡里有一个男人之后，她由于美妙的担忧而微微地战栗。他会不会打开一扇窗户，会不会透过树叶瞥见她的肩头！她水淋淋地从水里出来、洁白的月光照着她雕像般的裸体时，仅仅这种想法就会使她哆嗦起来。

一天夜里，她在将近十一点钟时下了水。城堡已沉睡了足有两个小时了。这天夜里她觉得特别大胆。她在伯爵的门上听了听，相信听见他在打鼾。呸！一个打鼾的男人！这使她对男人们分外蔑视，更加渴望水的凉爽的爱抚，沐浴之后的睡眠是多么甜蜜。她在树下流连，以一件件地脱衣为乐。天色十分阴暗，月亮刚刚升起，这个亲爱的孩子的白皙肉体，在池塘边上只显出小桦树般的模糊的白色。从天上吹来的热气，像柔和的吻一样拂过她的肩膀。她非常自在，由于炎热而有点慵倦和气闷，但却满意而又漫不经心地在岸边用脚点水。

这时月光转过来照亮了水面的一角。于是阿德利娜万分恐惧地瞥见这个明亮角落的水面上，有一个脑袋在注视着她。她不由自主地滑了下去，让水齐到下巴，划着手臂，似乎要把池塘上所有飘动的雾气都拉来遮住胸脯，并且用发抖的声音问道：

"谁在那儿？……您在那儿干什么？"

"是我，夫人，"奥克塔夫伯爵平静地答道，"别害怕，我在洗澡。"

四

一阵可怕的沉默。水面上只有在阿德利娜肩膀周围漾起的波纹，带着轻微的汩汩声漫过去消失在伯爵的胸前。他若无其事地举起手臂，做了个要抓住柳枝上岸的姿势。

"待着，我命令您，"阿德利娜用吓坏了的声音喊道，"回到水里去，马上回到水里去！"

"可是，夫人，"他一边回答一边回到齐脖子深的水里，"我在这儿已经有一个多小时了。"

"没什么，先生，我不想让您出来，您明白……我们等着吧。"

她吓昏了头，可怜的男爵夫人。她说是等着，自己也不大明白为什么要这样说，威胁着她的可怕的意外情况破坏了她的想象力。奥克塔夫微笑了一下。

"不过，"他大胆地说，"我看只要转过身去……"

"不，不，先生！您没看到月亮吗！"

确实，月亮已经升高了，正照在池塘上面。皎洁的月亮使池塘在树叶的黑影中像镜子般地闪着银光。岸边的灯心草和睡莲，似乎用蘸墨的画笔渲染一样，在水面上勾勒出精致的阴影。无数热情的星星穿过叶丛的缝隙倒映在池塘里。阿德利娜背后的水流声音更低了，好像在嘲笑。她冒险地向洞穴瞥了一眼，看到石膏爱神正狡黠地向她微笑。

"月亮，当然，"伯爵低声地说，"不过转过身去……"

"不，不，绝对不行。我们等到月亮不再在那儿……您看，它在走呢。等它到了这棵树这儿，我们就会在阴影里了……"

"等它落到这棵树后面还要一个多小时呢！"

"哎！至多三刻钟……这没什么。我们等着……等月亮到了这棵树的后面，您就可以走了。"

伯爵想表示反对，但是他说话时比比画画，以至于上半身露出了水面，她小声而又如此尖厉地呼叫起来，使他出于礼貌不得不回到齐脖子深的水里去。并且体贴地一动不动。于是他们两人就这样待着，简直是在密谈。两个脑袋，一个是男爵夫人可爱的、头发金黄的脑袋，你知道还有一双大眼睛；一个是伯爵优美的脑袋，长着略显讽刺意味的胡子，都在宁静的水面上非常小心地保持不动，彼此相距至多只有两米。石膏爱神在常春藤的垂幕下笑得更厉害了。

五

阿德利娜扑到睡莲当中。当水的凉意使她镇静下来之后，她打定主意要在那儿待上一个钟头。因为她发觉水清澈得确实令人不快。在水底的沙地上，她能瞥见自己赤裸的双脚。这个见鬼的月亮一定也在沐浴，在水里打滚，它的光芒像鳗一样在整个水塘里抖动。这是一个用液态的、透明的金子做的浴池。伯爵也许看到了沙地上裸露的双脚，如果他看得到双脚和脑袋的话……阿德利娜在水下用睡莲当作腰带遮住自己。她悄悄地拉着游动不定的宽大的圆形叶子，把它们做成一个大环。这样遮盖一番之后，她觉得比较安心了。

这时伯爵终于对这件事情处之泰然了。由于找不到一个可以坐的树根，他只好跪在沙地上。水齐到他的下巴，就像一个人掉在一个巨大的刮胡子盆里一样，为了不使自己显得可笑之极，他和男爵夫人攀谈起来，以便使彼此尽量避免想起各自的尴尬姿态。

"今天天气真热，夫人。"

"不错，先生，热得受不了。幸亏这些树荫还有点凉爽。"

"哎！当然……这个正直的婶婶是一个高尚的人，是吧？"

"一个高尚的人，确实如此。"

接着他们谈起了最近的比赛，还有已经宣布要在下个冬天举行的舞会。开始感到冷的阿德利娜在考虑，当她在岸上逗留时伯爵一定已经看到她了，这实在是要命的事情。不过她对这次意外事件的严重性还有所怀疑。当时树下面很黑，月亮尚未升起。还有，她现在想起来，她那时是站在一棵大橡树的后面，这棵树的树干一定庇护了她。其实这个伯爵是个可憎的人，她恨他，真希望他脚底一滑淹死了。不用说，伸手去拉他的人绝不会是她。他看到她过来，为什么不大声说自己在这里洗澡？她头脑里形成的问题是如此清晰，她无法忍住不说。她打断了正在谈论新式帽子的伯爵的话。

"不过我不知道，"他回答说，"我向您担保我当时很害怕……

您浑身雪白，我以为是睡美人的幽灵重现了，您知道，就是那个曾被关在这儿的姑娘……我害怕得要命，连叫都叫不出来。"

六

半个小时以后，他们成了好朋友。阿德利娜说她在舞会上衣领敞得很开，总之可以露出肩膀。她稍微离开了一点水面，把脖子周围浮上来的睡莲裙向下按了按。接着她露出了双臂。她活像泉水的女儿，胸口赤裸，双臂张开，穿着这大片的绿叶，它们铺开来移向她的身后，犹如一幅宽大的缎子裙裾。

伯爵感动了。他向前走了几步，以便靠近一个树根。他的牙齿有点咯咯作响。他极为关切地注视着月亮。

"嗯！它走得慢吗？"阿德利娜问道。

"唉！不，它长了翅膀。"他叹息一声答道。

她笑了起来，接着说：

"我们还有足足一刻钟呢。"

　　于是他狡猾地利用了目前的处境：他向她求爱了。他对她说他爱她已有两年了，他之所以和她斗嘴，是因为他感到这比对她说些庸俗的恭维话更有意思。阿德利娜不安起来，又把绿色的睡莲裙拉到脖子上，把两只手臂也遮住了。只有玫瑰色的鼻子尖露在睡莲上面。她的眼睛正对着月亮，所以她觉得晕头转向，眼前发花。她看不见伯爵了，只听见一阵响亮的淌水声，感到水面摇动起来，齐到了她的嘴唇。

　　"请您不要动弹！"她喊道，"请您不要这样在水里走！"

　　"可是我没走，"伯爵说，"我滑了一下……我爱您！"

　　"闭嘴，别再动了，等天黑下来我们再谈这一切……等月亮落到树后面……"

七

　　月亮躲到树后面去了。石膏爱神哈哈大笑起来。

草　　　　　　　　　　　　　　莓

一

六月的一天早晨，我打开窗户，一股凉爽的风扑面而来。夜里刮过一场猛烈的暴风雨。天空的每个微小的角落都被大雨冲洗得干干净净，蓝得那么新鲜、那么柔和。屋顶和我从壁炉之间看得见树梢的树木都还挂着水珠，而这段地平线已在黄色的阳光下露出了笑容。从邻近的花园里升起了湿土的清香。

"我们走，妮奈特，"我快活地喊道，"戴上你的帽子，我的姑娘……我们到乡下去。"

她拍了拍手，十分钟就打扮好了，这对于一个二十岁的爱美的姑娘来说可真不容易。

九点钟我们已经在韦里埃尔树林里了。

二

多么隐蔽的树林，多少情人曾在这里谈情说爱！在这一周里，矮林里都人迹罕至，情人们可以互相挽着腰并肩漫步，放心地不时亲吻，能看见他们的只有灌木丛里的莺。又高又宽的小路接连不断，穿过巨大的乔木林，地面覆盖着一层地毯般的嫩草，透过树叶的阳光在草上映出了金色的圆环。也有一些低洼的小径，非常阴暗的羊肠小道，情人们这时就不得不互相搂紧。更有一些难以通过的茂密的树丛，在这里如果只顾响亮地接吻就会迷路了。

妮侬离开我的怀抱，像一只小狗一样跑开了，为嫩草拂着她的脚踝而高兴。然后她又跑回来倚在我的肩上，疲倦而温柔。树林一直向前伸展，像翻腾着绿色波浪的海洋一望无际。万籁俱寂，大树在我们头上投下活泼的阴影，以春天所有热情的活力使我们陶醉。我们在神秘的矮林中又成了孩子。

"哎！草莓，草莓！"妮侬喊着像一只逃跑的山羊一样跳过一条沟，在荆棘丛里搜寻起草莓来了。

三

草莓，真可惜！不是草莓的果实，而是一大片生长在荆棘下面的草莓。

妮侬不再去想使她吓得要命的野兽了。她快活地把双手伸进草丛里摸索，把每片叶子都翻过来，因为连最小的草莓都没看到而失望。

"有人来过了，"她说着做了个气恼的鬼脸，"哎，你说，我们好好找找，大概还会有的吧。"

于是我们怀着堪称典范的诚意开始找了起来。弯着腰，伸着脖子，两眼盯着地面，谨慎地迈着小步前进，连话都不说，怕把草莓惊飞了。我们忘记了森林、寂静和阴影，忘记了宽阔的小路和羊肠小道。草莓，只要草莓的果实。看到一簇草莓我们便弯下身去，我们的手战栗着在草下互相触摸。

我们就这样走了有八里多路，弯着腰，一会儿向右，一会儿向左。草莓长得好极了，有着深绿色的漂亮叶子，可是却连最小的草莓果实都没有。我看见妮侬咬紧嘴唇，眼里涌上了泪水。

四

我们来到一个宽阔的斜坡面前，阳光闷热地直射在它上面。妮侬走到这个斜坡跟前，决定不再找了。突然她尖叫了一声。我吓得赶紧跑过去，以为她受了伤。我发现她蹲着，由于激动而坐在地上了，她用手指把一颗刚有一粒豌豆那么大、只有半边成熟的小草莓指给我看。

"你把它摘下来。"她温柔地低声对我说。

我在斜坡脚下挨着她坐下来。

"不，"我回答说，"这是你发现的，该你去摘。"

"不，让我高兴一下吧，把它摘下来。"

我决不同意，所以妮侬终于用她的指甲割断了草莓的茎。可是当决定让谁来吃这颗让我们找了一个多小时的可怜的小草莓时，却完全变成另外一回事了。妮侬用尽力气要把草莓塞进我的嘴里，我坚决反抗，最后作了一点让步，即两人合吃这颗草莓。

她把草莓用嘴唇夹住，微笑着对我说：

"来，吃你那一半吧。"

我吃了我的一半，不知道草莓是否分得公平。我甚至不知道我是否尝到了草莓，只感到妮侬的甜蜜的吻是多么美妙。

五

这个斜坡上长满了草莓，而这些草莓又结着果实。这是令人快活的丰收。我们在地上铺了一块白手绢，并且严肃地保证把采到的草莓都放在手绢上，绝不偷吃。不过我好几次都似乎看见妮侬把手伸到嘴边。

收获完毕，我们感到是找个阴凉角落美餐一顿的时候了。我走了一会儿找到了一个迷人的洞穴，一个用树叶铺成的窝，便把手绢一本正经放在我们身边。

伟大的众神啊！坐在青苔上，享受着绿色的凉爽，这里是多么美好！妮侬用湿润的眼睛注视着我，阳光把她的脖颈晒出了柔和的微红。她看出了我目光里的全部柔情，向我俯过身来，以动人的忘情姿态向我伸出了双手。

在高处树叶上闪亮的阳光，在我们脚下的嫩草上映出了金色的圆环。莺都停止了鸣叫，也不再向外面看了。当我们想找草莓来吃的时候，才吃惊地发觉我们正好躺在手绢上面。

大 个 子 米 舒

一天下午，在四点钟课间休息的时候，大个子米舒把我拉到院子的一个角落里。他神情严肃，使我有点害怕，因为大个子米舒是个男子汉，有一双硕大无朋的拳头，我无论如何都不想与他为敌。

"听着，"他用刚有点文雅的农民那种含糊不清的声音对我说，"听着，你愿意参加吗？"

我明确地回答："愿意！"因自己能为大个子米舒出力而得意。于是他向我解释说，要参加的是一桩秘密活动。他向我吐露的机密，引起了我一种从那以后也许从未体验过的美妙之感。我终于进入了生平疯狂的冒险，我就会有一个需要保守的秘密，一场需要投入的战斗。当然，我由于初次参与阴谋而感到的强烈快乐，有一半多是想到自己身受牵连而产生的、没有说出来的恐惧。

当大个子米舒说话的时候，我也在欣赏着他。他用略显生硬的语调向我传授诀窍，似乎在接纳一个他不太信任却充满活力的新兵。然而我在听他说话时的兴奋的激动和着迷的神态，最终使他对我有了更好的评价。

当钟响第二下，我们俩都回到教室里的座位上去的时候，他低声对我说：

"一言为定，对吧？你是我们的人了……至少你不会害怕，你不会叛变吧？"

"哎！不会，你看着好了……我发誓。"

他怀着成年男子的真正的尊严，用他那双灰眼睛面对面地注视着我，又对我说道：

"要是你叛变了，你知道，我不会揍你，不过我要到处去说你是一个叛徒，那样谁都不会理你了。"

我现在还记得这种威胁在我身上产生的奇特效果，它给了我巨大的勇气。"得了吧！"我反复思忖着，"要是我背叛了米舒，他们会给我写上两千行见鬼的诗呢！"我焦躁不安地等待着晚饭的时间。我们要在食堂里造反。

二

大个子米舒是瓦尔省人。他的父亲是个有几块地的农民，在1851年由政变激起的起义中曾开过枪。人家以为他死了，把他扔在乌夏纳平原上，他成功地躲了起来。当他重新露面的时候，人家也不找他的麻烦了，不过地方当局、著名人士、大小食利者从此都只称他为这个米舒强盗。

这个强盗，这个一字不识的老实人，把儿子送进了A中学。他也许是想让儿子有学问，以便使他手拿武器却未能捍卫的事业获得胜利。在中学里我们都模糊地知道这段历史，因此都把这位同学视为极其可怕的人物。

何况大个子米舒的年龄比我们大得多。他虽然还在上四年级，却快有十八岁了，但是谁都不敢跟他开玩笑。他属于这类正直的人，学习很费力，对什么都不猜疑，然而他明白一件事以后，却是一清二楚并永远牢记在心。他像是用斧子雕刻出来的那么健壮，课间休息时像主人一样占据着支配地位。话虽如此，他的性情却极为温和。我只有一次见过他发怒：他想掐死一个对我们说一切共和党人都是小偷和凶手的学监，为此他差点儿被逐出校门。

我只是后来重新见到这位留在我记忆中的老同学时，才明白了他既温和又强烈的态度：他的父亲很早就把他培养成了一个男子汉。

三

大个子米舒喜欢中学，使我们颇为惊讶。他在学校里只经受一种他不敢说的折磨：饥饿。大个子米舒总是挨饿。

我不记得在别的地方还见过这么好的胃口。他为人非常骄傲，但往往会装出一副可怜相，以便骗取我们的一块面包、一顿午饭或一份点心。他是在莫尔山脉脚下的露天里长大的，因此对中学里粗劣的饭菜比我们更为痛苦难熬。

这就是我们在院子里围墙阴影的掩护下谈话的一个重要主题。我们其他人对伙食都爱挑剔。我尤其记得有一种拌红酱油的鳕鱼，还有一些拌白色调味汁的菜豆，这些菜引起了普遍的咒骂。只要桌上是这些菜，我们都不会吃完。大个子米舒出于对别人的尊重，也和我们一起叫嚷，尽管他非常乐意地把他桌上的六份菜都狼吞虎咽地一扫而光。

大个子米舒几乎只抱怨饭菜的数量不够。学监是个矮小瘦弱的年轻人，任凭我们在散步时抽烟，偶而会让他坐在自己身边，即桌子的一端，似乎是为了激怒他。因为按照规矩，学监有权吃两份饭菜。所以当红肠端上来的时候，大个子米舒总是瞟着矮小的学监的盘子里并排放着的两段红肠。

"我个子比他大一倍，"有一天他对我说，"可是他吃的却比我多一倍，还什么都不剩，他倒不嫌多！"

四

于是煽动者们决定我们最终要起来造反，反对拌红酱油的鳕鱼和拌白色调味汁的菜豆。

当然，谋反者们都推举大个子米舒当他们的头。这些先生的计划简单而又悲壮：他们认为只要绝食，不吃任何东西就够了，校长最后会庄严宣布改善伙食的。大个子米舒同意这个计划，最为动人地表现了我所了解的忘我精神和勇气。他以古代罗马人为公共事业献身的坦然的英雄气概，同意担任这次行动的领袖。

想想看吧！他是最担心没有鳕鱼和菜豆的，他希望的只有一点，即有更多的鳕鱼和菜豆，随便吃个够！可是倒霉的是别人却要求他禁食！他向我承认，他父亲教给他的共和党人的道德，即团结一致、个人忠于团体的利益，从未使他像现在这样经受最严峻的考验。

晚上在食堂里——今天是吃拌红酱油的鳕鱼的日子——全体一致开始了动人的绝食，即只吃面包。菜端上来了，我们碰都不碰，啃着干面包，而且态度严肃，没人窃窃私语，似乎我们一向如此，只有低年级的孩子在笑着。

大个子米舒确实了不起。这第一个晚上，他甚至连面包都不吃。他把两肘放在桌上，藐视地看着狼吞虎咽的小个子学监。

这时管理员让人去叫校长，他像一阵风暴一样刮进了食堂。他严厉地责备我们，问我们对这顿晚饭有什么可挑剔的，他尝了之后说味道好极了。

于是大个子米舒站了起来。

"先生,"他说,"是鳕鱼烂了,我们没法消化。"

"哎!不错,"矮个子学监不等校长回答便喊了起来,"可是平时您一个人几乎把所有的菜都吃了。"

大个子米舒满脸通红。那天晚上,校方只是打发我们去睡觉,说第二天我们大概会想个明白。

五

第二天和第三天,大个子米舒模样吓人。学监的话刺痛了他的心。他支持我们,对我们说如果让步就是胆小鬼。现在他的骄傲都表现在他只要愿意就不吃东西。

他是一个真正的殉难者。我们其他人的课桌里全都藏着巧克力、果酱罐以至猪肉食品,所以不用完全干啃塞在口袋里的面包。他在城里没有一个亲戚,再说也拒绝这类享受,因此只吃一些他能够找到的面包皮。

第三天,校长宣布,既然同学们坚持不吃菜,他就要停止分配面包,于是吃午饭时造反开始了,那天的菜正是吃拌白色调味汁的菜豆。

可能被饥饿煎熬得失去理智的大个子米舒忽然站了起来。学监正在大口吞吃以藐视我们和激起我们的食欲,他抓起学监的盘子扔到大厅中间,以雄壮的声音唱起了《马赛曲》。这就像一阵强有力的风一样,把我们全都吹了起来。盘子、杯子、瓶子四处飞舞,学监们跨过杯盘的碎片,赶紧丢下我们逃离了食堂。矮个子学监逃跑时肩膀被一盘菜豆打中,调味汁在他脖子周围洒成了一个白色的大圆圈。

这时的问题是要加固阵地。大个子米舒被任命为将军。他让人把桌子拿来堆在门口。我记得我们每个人都把刀拿在手里。《马赛曲》始终在雷鸣般地回响。造反变成了革命。幸亏校方让我们独自待了足有三小时。看来他们是去找警卫队了。这三个小时的喧闹已足以使我们平静下来。

食堂深处有两扇朝向院子的大窗户。最胆小的人由于我们这么长时间未受惩罚而惊慌失措，悄悄地打开窗户溜走了。其他学生也逐渐随之而去，大个子米舒身边不久就只剩下十来个造反者。于是他用粗暴的声音对他们说：

"你们到别人那里去吧，有一个人顶罪就够了。"接着又对犹豫不决的我说："我让你收回诺言，你明白！"

当卫队把门砸开时，发现在打成碎片的盘子当中，只有大个子米舒独自平静地坐在一张桌子边上。当晚他就被送回他父亲那里。至于我们，从这次造反中得了一点好处，有好几个星期尽量不让我们吃鳕鱼和菜豆。后来这些菜又出现了，不过改成用白色调味汁拌鳕鱼，而用红酱油拌菜豆了。

六

过了好久，我又见到了大个子米舒。他没有能继续学习，而是种着他父亲去世时留给他的那几块地。

"本来，"他对我说，"我会成为一个蹩脚的律师或庸医，因为我头脑不灵。我最好还是做个农民，这是我的行业……不管怎么样，你们都出色地甩掉了我。可我正是最喜欢吃鳕鱼和菜豆的！"

斋　　　　　　　　　　　　　戒

一

　　当副本堂神父穿着他天使般洁白的宽袖法衣登上讲台的时候，娇小的男爵夫人正怡然自得地坐在她习惯的位置上——靠近圣天使祭台前面的一个暖气口。

　　副本堂神父照例集中一下精神，用一块细麻布手绢轻轻地擦了一下嘴唇，接着他像即将起飞的六翼天使那样张开双臂，侧着头开始讲话。在宽阔的殿堂里，他的声音起初像远处潺潺的流水，像风在绿丛中充满柔情的呜咽。接着风逐渐越来越大，微风变成了风暴，他的声音以雷鸣般的威严在拱顶下滚动，但即使在最可怕的霹雳声中，副本堂神父的声音始终不时地突然变得柔和，在他雄辩的黑暗风暴中投下一道明亮的阳光。

　　作为一个听觉敏锐、准备欣赏一首喜爱的交响曲的所有微妙之处的女人，娇小的男爵夫人从绿叶最初的簌簌声开始，就摆好了贪婪而又着迷的姿势。起初动听的话语里美妙的柔情似乎使她心醉神迷，接着她以内行的关注听着声音越来越响亮，如此巧妙地安排到最后暴发的狂风暴雨；而当声音完全展开，被殿堂的回声放大成为雷鸣的时候，娇小的男爵夫人情不自禁地偷偷叫了一声好，满意地点了点头。

　　从这时起就是一种天堂般的享受，虔诚的女信徒都陶醉了。

二

　　当时副本堂神父在说着一些事情，他悦耳的声音在为他的讲话伴奏。他宣讲的是斋戒，说人的苦修会使天主多么高兴。他靠在讲台边上，保持着白色大鸟的姿态，叹息道：

"时间到了，兄弟们和姐妹们，我们全都应该像耶稣那样，背着我们的十字架，戴上荆冠，在岩石上和荆棘里，赤足爬上我们的髑髅地［耶稣受难的地方。］。"

娇小的男爵夫人大概觉得这句话软软地说得漂亮，因为她轻轻地眨着眼睛，似乎心痒难耐。接着副本堂神父的交响乐抚慰着她，她在继续听着悦耳话语的同时，任凭自己进入了充满隐秘快感的半梦半醒的状态。

在她对面，她看到祭坛长长的窗户中，有一扇被雾气蒙成了灰色，雨大概还没有停。这个可爱的孩子来听讲道碰上了如此恶劣的天气。人有了信仰自然就要受点罪。她的车夫淋了一场可怕的暴雨，她自己从车上跳到路面上，脚尖稍微湿了一点。何况她的四轮轿式马车非常好，像卧室会客间那样密闭和装有软垫。但是透过潮湿的车窗玻璃，看到每一边的人行道上都有一行打伞的人在匆忙地奔跑，她是多么伤心！她想如果天气晴朗，就可以坐四轮敞篷马车前来，那一定愉快多了。

她内心深处最担忧的，是副本堂神父会过快地抓紧结束他的讲道，那样的话她就必须等她的马车，因为她当然不会同意在这样的天气里踩着泥泞走回去。她估计副本堂神父照这样的速度绝不会讲到两个小时，她的车夫会来得太晚，这点焦虑多少败坏了她虔诚的兴致。

三

　　副本堂神父因突然发怒而挺直了身体，抖动着头发，向前伸出两只拳头，像一个报仇心切的人那样训斥道：

　　"特别是你们，女罪人，如果不把你们悔恨的香料和忏悔的香油倒在耶稣的脚上，就要遭到不幸了。相信我，颤抖吧，双膝跪在石头上吧。在这些普世忏悔的日子里，教会打开了悔罪的炼狱，你们只有来把自己关在炼狱里，用你们因斋戒而苍白的额头来磨地上的石板，陷入饥饿和寒冷、寂静和黑夜的焦虑，你们才配在胜利的光辉日子里得到天主的宽恕。"

　　这可怕的响亮声音使娇小的男爵夫人摆脱了忧虑，她慢慢地点着头，好像完全同意狂怒的教士的意见。应该拿起鞭子，到一个很黑、很湿、很冷的角落里去抽打自己，这对她来说是没有疑问的。

　　接着她重又陷于她的梦想之中，感受到一种深深的安逸，一种温柔的心醉神迷。她舒适地坐在一把宽背的矮椅子上，脚下有一个绣花的垫子，使她感觉不到石板地面的寒冷。她半仰着身体，欣赏着教堂，这艘香烟缭绕的大船，它的深处全是神秘的阴影，充满了可爱的幻象。殿堂里红色的丝绒帷幔，黄金和大理石的装饰，被小长明灯柔和地照亮的、充满撩人的香气、似乎为非凡爱情而准备的封闭的巨大客厅，以它的排场的魅力逐渐把她迷住了。这是她感官的节日，她的漂亮丰腴的身体沉湎于满足、陶醉和爱抚之中。她的快感尤其来自于在如此巨大的福乐之中感到自己多么娇小。

　　然而她不知道，最使她感到美不可言的还是几乎开在她裙子底下暖气口的温暖气息。娇小的男爵夫人非常怕冷，暖气口沿着她的丝袜轻轻地送来温暖的抚爱，她在这使人柔软得无力的浴室中昏昏欲睡。

四

副本堂神父始终怒气冲天，把所有在场的女信徒都投入地狱里沸腾的油锅。

"如果你们不听天主的声音，如果你们不听我的、也就是天主本身的声音，我对你们说实话，你们有一天会听到自己的骨头痛苦地折断，会感到你们的肉体在炽热的炭火上裂开，那时你们会徒然地呼喊：'发发慈悲吧，主啊，发发慈悲吧，我后悔了！'天主那时没有慈悲心，会用脚把你们踢进深渊。"

最后这段话在听众之间引起了一阵战栗。娇小的男爵夫人茫然地微笑着，裙子里面流动的暖气确实使她睡着了。她非常熟悉副本堂神父，这位娇小的男爵夫人，前一天他还在她家里吃晚饭呢。他最爱吃块菰鲑鱼丁，波马尔酒是他最喜欢的葡萄酒。他当然是个英俊的男人，在三十五岁到四十岁之间，棕色头发，面孔是那么丰满、那么红润，人们会乐于把这张教士的脸看成一个农场女仆的容光焕发的面孔。除此以外，他还是一个上流社会的男人，胃口很好，侃侃而谈，女人们都崇拜他，娇小的男爵夫人也迷恋他。他用那么温柔甜蜜的声音对她说："啊！夫人，您这身打扮能把一位圣徒打进地狱。"

这个可爱的人没有让自己下地狱。他跑来跑去对伯爵夫人、侯爵夫人和其他忏悔的女信徒滔滔不绝地说着同样的奉承话，使得他成了这些夫人们的宠儿。

星期四他到娇小的男爵夫人家里吃晚饭的时候，她把他当成稍微吹风就会感冒、一口食物不合适就会影响消化的心肝宝贝来照料。在客厅里，他的扶手椅放在壁炉旁边；在餐桌上，伺候吃饭的用人奉命特别注意他的碟子，而且只给他一个人倒上存放了十二年之久的波马尔酒，他喝的时候闭着虔诚的眼睛，好像是在领圣体。

副本堂神父是多么亲切、多么亲切啊！当他在讲台的高处谈论骨头断裂和肢体烤焦的时候，娇小的男爵夫人在当时半睡半醒的状态中，却看到他坐在她家的餐桌上，心满意足地擦着嘴唇，对她说："亲爱的夫人，如果说您的美貌还不足以已经确保您进入天堂，这一份虾酱浓汤一定可以使您得到天主的恩宠。"

五

副本堂神父在发怒和威胁之后就哭了起来，这是他惯用的策略。他几乎是跪在讲台后面，只露出肩膀，然后一下子重新站起来，好像被痛苦击倒那样弯下腰去，擦着眼睛，把笔挺的平纹细布衣服都弄得皱巴巴的。他向空中的右边和左边伸出双臂，摆出受伤的鹈鹕的姿势。这是最精彩的部分，是大型交响乐队的最后一章，是结局的生动场面。

"哭泣吧，哭泣吧，"他眼泪汪汪、有气无力地说着，"为你们哭泣吧，为我哭泣吧，为天主哭泣吧……"

娇小的男爵夫人完全睡着了，却睁着眼睛。香气和逐渐增加的阴影似乎使她麻木了。她隐藏在享受的快感中蜷缩成一团，偷偷地梦想着一些非常惬意的事情。

在她旁边的圣天使祭台里有一幅很大的壁画，画着一群英俊的年轻人，半裸着身子，背上长着翅膀。他们微笑着，是胆小局促的情人的微笑，而他们侧身下跪的姿态，仿佛在崇拜某个看不见的娇小的男爵夫人。英俊的小伙子，温柔的嘴唇，缎子般的皮肤，肌肉发达的手臂！最要命的是其中有一个绝对像年轻的德·P…公爵，娇小的男爵夫人的好朋友之一。在昏昏欲睡的状态中，她寻思公爵是否会完全赤裸，背上长着翅膀。有时她想象高贵的玫瑰色的小天使穿着公爵的黑礼服，接着她的梦就确定了：这确实是公爵，穿着很短的衣服，从黑暗的深处向她送来飞吻。

六

娇小的男爵夫人醒来的时候，听到副本堂神父在说施行圣事时的惯用语："我祝你们得到圣宠。"

她惊讶地愣了一会儿，以为副本堂神父在祝她得到年轻公爵的吻。

响起了一阵椅子挪动的嘈杂声，所有的人都走了。娇小的男爵夫人猜得不错，她的车夫还根本没到台阶下面。这个该死的副本堂神父匆匆结束他的讲道，在他的女信徒们那里至少省去了二十分钟的雄辩。

娇小的男爵夫人正在耳堂不耐烦的时候，遇到了匆匆忙忙从圣体室出来的副本堂神父。他看了看手表上的时间，露出一个绝不想错过一次约会的人的忙碌样子：

"啊！我要迟到啦！亲爱的夫人，"他说，"你知道他们在伯爵夫人家里等我，有一个宗教音乐会，接下来还有一顿便餐。"

侯 爵 夫 人 的 肩 膀

一

侯爵夫人睡在大床上，四周是宽大的黄色缎子床帏。中午了，在挂钟清脆的声音中，她决定睁开眼睛。

卧室里很暖和，地毯、门帘和窗帘，使它变成了一个挡住寒气的安乐窝，弥漫着温暖和香气，这里是永恒的春天。

一旦完全醒过来，侯爵夫人就似乎感到一种突然的焦虑。她掀开被子，打铃叫朱莉：

"夫人打铃吗？"

"告诉我，化冻了吗？"

哦！善良的侯爵夫人，她问这句话的声音是多么动人！她第一个想到的就是可怕的寒冷，就是她感觉不到，但会在穷人的茅屋里肆虐的北风。她是在问老天是否开恩，她是否可以享受温暖而不必内疚，不必去想所有冻得发抖的人。

"化冻了吗，朱莉？"

贴身女仆给她穿上刚刚在很旺的炉火面前烤热的晨衣。

"哦，没有，夫人，没有化冻，反而冻得更厉害了。公共马车上刚发现了一个冻死的人。"

侯爵夫人高兴得像个孩子，拍着手喊道："啊，好极了，今天下午我要去溜冰。"

二

朱莉慢慢地拉着窗帘，以免突然的亮光伤害可爱的侯爵夫人的娇嫩的眼睛。雪地的浅蓝色的反光使卧室里充满了欢快的光线。天空是灰色的，但灰得那么美，使侯爵夫人想起她前一天晚上在部里舞会上穿的一条珠灰色的绸裙。这条裙子镶着白色的镂空花边，就像她在灰白色的天空下看到的屋顶边缘上的一条条雪线。

前一天晚上，她戴着新钻石非常迷人，她到五点钟才上床，所以头脑还有点昏沉。不过她还是在镜子前面坐了下来，朱莉梳理了她的金黄色的鬈发。晨衣滑落到脊背当中，露出了赤裸的肩膀。

整整一代人已经在观赏侯爵夫人的肩膀中老去。多亏了一个强有力的政权，生性快乐的夫人们能够袒胸露肩，在杜伊勒里宫里跳舞了。从那以后，她就在所有官方沙龙的嘈杂声中展示她的肩膀，而且是如此热心，使她成了第二帝国魅力的活生生的招牌。她必须追随时尚，连衣裙的开口有时直到腰背以下，有时直到胸脯的两个乳头。这个亲爱的女人就这样一点一点地呈现出上半身的全部珍宝。从马德莱娜教堂到圣托马斯·阿奎那教堂，她的背部和胸部没有一处不为人所知。侯爵夫人慷慨地展示的肩膀，是独裁统治的肉感的纹章。

三

当然，没有必要去描写侯爵夫人的肩膀，它就像新桥[巴黎的第一座桥。]一样家喻户晓。十八年来，它是公众场合的组成部分。在客厅、剧院或其他地方，有人只要稍微瞥见它就会叫起来："瞧，侯爵夫人！我认得她左肩上的黑痣！看看她左肩上的黑痣！"

何况这是极美的肩膀，白皙丰腴，撩人心弦，被内阁成员的全部目光扫过后更为精致，正如石板路面久而久之被人群的脚磨光了一样。

如果我是她的丈夫或情人，我宁可亲吻部长办公室的被求职者的手磨损的水晶按钮，也不会用嘴唇去碰这副被整个风雅巴黎的火热气息吹拂过的肩膀。想到围绕着她战栗的千百种欲念，人们会寻思她是用什么样的黏土揉成的，才不至于像公园里露天陈放的裸体雕像那样，被侵蚀而成为碎块。

侯爵夫人把羞耻心抛在一边，把她的肩膀变成了一种习俗。她同时在杜伊勒里宫、在部长们的家里、在大使馆和普通的百万富翁家里，始终在第一线为她选择的政府而战斗。她用微笑挽回优柔寡断的人，用晶莹洁白的乳房支撑宝座，在危险的日子里露出隐秘和美妙的角落，这些小角落比雄辩家的论证更有说服力，比军人的剑更有决定作用，而为了夺走一张选票，她威胁要剪开自己的短衫，直到最凶狠的反对派成员宣布认输。

侯爵夫人的肩膀始终完好无损，所向披靡。它承担着一个世界，却没有一道皱纹来使这尊洁白的大理石雕像出现裂痕。

四

今天下午，侯爵夫人由朱莉梳妆之后，穿着一套雅致的波兰服装去滑冰，她滑冰的技巧令人羡慕。

树林里冷得要命，凛冽的北风刺激着夫人们的鼻子和嘴唇，就像风把细沙吹到她们的脸上一样。侯爵夫人笑着，寒冷使她觉得好玩。她不时地到小湖边上点燃的炭火旁去烤热她的双脚，然后像一只掠地疾飞的燕子回到冰冷的寒风之中。

多么愉快的运动啊！多么幸运，还没有解冻！侯爵夫人整个星期都可以滑冰了。

回去的时候，侯爵夫人在一条与香榭丽舍大街平行的侧道上，看到一个穷女人在树下发抖，已经冻得半死了。

"可怜的女人！"她低声地喃喃自语。

由于马车跑得太快，侯爵夫人无法找到她的钱包，就把花束扔给这个穷女人，一束完全值五个路易的白百合花。

我 的 邻 居 雅 克

一

我二十岁时住在美惠街的顶楼里。美惠街是一条崎岖的小街道，它沿着圣维克多小山岗下来，在植物园的后面。

这里的房子都不高，为了不在破旧的楼梯上滑倒，我借助一根绳子爬过两层楼，在一片漆黑之中走进我的陋室。房间又大又冷，家徒四壁，光线暗淡，像地下室一样。不过在我的内心怀着希望的日子里，在这种阴暗之中也会感到有明亮的阳光。

接着就会从隔壁的顶楼里传来女孩子的笑声，那里住着一家人：父亲、母亲和一个七八岁的女孩。

父亲长得模样消瘦，两个尖尖的肩膀斜扛着脑袋。瘦削的脸黄黄的，黑色的大眼睛深陷在浓密的眉毛下面。这个人在凄凉的神色中保持着一种和善而胆怯的微笑，可以说他是个五十岁的大孩子，会像姑娘那样发窘和脸红。他专门找阴暗的地方，像一个被特赦的苦役犯一样卑微地沿着墙壁溜开。

打过几次招呼之后，他就成了我的朋友。我喜欢这张奇特的、充满纯朴而又惶惑不安的面孔。渐渐地我们开始互相握手了。

二

六个月过去了，我还不知道我的邻居雅克一家人靠什么职业谋生。他很少说话。纯粹是出于关心，我问过他的妻子两三次，但得到的回答都是含糊其词，尴尬的结结巴巴的搪塞。

有一天——前一天下了雨，所以我心里很痛苦——我下来到了地狱大街，看到有一个在巴黎被人看不起的力工向我走来，这个男子穿着黑衣、戴着黑帽，系着白领带，腋下夹着一个死婴的小棺材。

他低着头向前走，心不在焉地夹着这件不重的东西，用脚踢着路上的鹅卵石。上午街上空荡荡的，我希望这幕凄惨的景象快点过去。听到我的脚步声，男人抬起头来，立即又转了过去，但是太迟了：我认出了他。我的邻居雅克是个埋葬尸体的人。

我看着他羞愧满面地离去，后悔为什么不走另一条路。他走远了，头垂得更低，大概在想不可能像每天晚上那样和我握手了。

三

第二天，我在楼梯上碰到他。他胆怯地缩在墙边，自惭形秽，卑微地拉平衬衣上的皱褶，以免使它碰到我的衣服。他呆在那儿，额头倾斜，我看得见他头发灰白的可怜的脑袋在激动地战栗。

我停下来，盯着他的面孔。我向他大方地伸出手去。

他抬起头来，犹豫片刻，也盯着我的面孔。我看到他的大眼睛激动不安，黄黄的脸上泛起了红晕。然后他突然抓住我的手臂，陪我进了我的顶楼，终于开始说话了。

"您是一个正直的年轻人，"他对我说，"您的握手刚刚使我忘记了许多恶意的目光。"

于是他坐了下来，向我忏悔。他承认在干这一行之前，也和别人一样，碰到埋葬尸体的人便感到不舒服。但是从他干这一行之后，在长时间的步行中，在送殡行列的沉默之中，他都思考过这些问题，并且对他路过时引起的反感和恐惧感到惊讶。

那时候我才二十岁，连一个刽子手都会去拥抱。我陷入了哲学思考，想向我的邻居雅克证明他干的活是神圣的。但是他耸了耸尖尖的肩膀，默默地搓了搓手，用缓慢而又尴尬的声音又说了起来：

"您看得见，先生，我对本区的流言蜚语和路人的恶意目光都不大在乎，只要我的妻子和女儿有面包就行了。只有一件事情使我担心。我一想起来夜里就睡不着。我们，我的妻子和我都老了，不会再感到羞愧。可是姑娘们都想出人头地。我可怜的玛尔特今后会为我脸红。她五岁时见过我的一个同事，她哭得要命。害怕得不得了，以致现在我都不敢在她面前穿上黑外套。我一直在楼梯上换衣服。"

我同情我的邻居雅克，请他把衣服放在我的房间里，需要时再来穿上，以免受凉。他万分小心地把他那套阴森的旧衣服拿到我这里。从这一天开始，我看着他有规律地早出晚归，在我顶楼的一个角落里把衣服换掉。

四

我有一个旧箱子，木头被虫蛀出了碎屑。我的邻居雅克把它当成了衣橱，在箱底铺上报纸，细心地把他的黑衣服折叠起来放在里面。

夜里当噩梦把我惊醒的时候，我常常向像棺材一样靠墙放着的旧箱子投去惊恐的目光，似乎看到帽子、黑外套、白领带都从箱子里出来了。

帽子在我的床铺周围流动，打着鼾声，敏捷地一步步向前跳跃。外套张开来，扇动像巨大的黑翅膀似的衣襟在房间里飞翔，宽大而又沉寂无声。白领带伸长，伸长，悄悄地向我游来，昂着头，尾巴在抖动。

我猛然睁开眼睛，看到旧箱子在角落里一动不动，阴森可怖。

五

在那个时期，我生活在梦幻之中，梦想爱情，也梦想悲哀。我喜欢我的噩梦，我喜爱我的邻居雅克，因为他和死者生活在一起，也因为他带给我墓地的刺鼻气息。他告诉我一些秘密。我写下了《一个埋葬死者的人的回忆》的开头部分。

晚上，雅克在脱衣服之前，坐在旧箱子上向我讲述白天的事情。他喜欢谈他的那些尸体。有时是个少女——可怜的孩子得肺病死了，背起来并不重；有时是个老人——这个老人的棺材把他的胳膊都累断了，这是个肥胖的官儿，大概把金钱都放在口袋里带走了。我了解了每个死者的细节，知道他们的体重，棺材里发出的声响，以及在楼梯拐弯处把他们抬下来的方法。

有些晚上，我的邻居雅克回来时比平时的话多，也更快活。他靠在墙上，外套搭在肩膀上，帽子向后歪过去。他碰到了慷慨的遗产继承人，他们付给他"作为安慰的酒和面包"。说到后来他动了感情，向我发誓，当我大限来到的时候，他一定以满怀友谊的手轻轻地把我埋入土中。

我就这样又过了一年多充满死者名单的生活。

一天早晨我的邻居雅克没有来。八天以后，他死了。

当他的两个同事抬走他的尸体时，我站在我的房门口。我听见他们抬着棺材下楼时开着玩笑，棺材不时发出撞在楼梯上的沉闷声响。

其中一个矮个小伙子向另一个瘦高个说道：

"埋葬尸体的人被埋葬了。"

猫 的 天 堂

一个姑妈遗赠给我一只安哥拉猫，它确实是我见过的最愚蠢的动物。冬天的一个夜晚，在壁炉里暖和的灰烬前面，我的猫给我讲了下面这些事情。

一

那时候我两岁，完全是人们所能见到的最肥胖和最天真的猫，我如此年幼，却显示出一只鄙视家庭乐趣的动物的全部傲慢。可是老天爷把我安置在您的姑妈家里，我应该如何感谢她呀？这个善良的女人宠爱我，在一个橱柜里面，我有一间真正的卧室，还有羽毛垫子和三层厚的毯子。食物堪与卧具媲美，从来没有面包，从来没有汤，只有肉，带血的鲜肉。

嗯，怎么说呢？食宿这么舒适，我却只有一个愿望、一个梦想，就是从半开的窗户溜出去逃到屋顶上。爱抚使我觉得难受，床铺软得令人讨厌，我肥得连自己都感到恶心。我幸福得整天都无聊透了。

应该告诉您我曾经伸着脖子，从窗口看到了对面的屋顶。那一天有四只猫在打架，须毛倒竖，尾巴高翘，在大太阳下的蓝色石板瓦上打滚，夹杂着兴头十足的咒骂。我从未见过如此令人激动的奇特场面。从那以后，我的信心就坚定不移：真正的幸福就在这个屋顶上，在这个被人仔细关好的窗户后面。

我自信的证据是人们这样小心地关好橱柜的门，是因为门后藏了肉。

我确定了逃跑的计划，除了带血的鲜肉，生活中应该还有别的东西，就是未知的事物，就是理想。有一天，厨房的窗户被忘了关上，我跳到了下面一个小屋顶上。

二

多么漂亮的屋顶啊！周边宽宽的檐槽散发出美妙的香味，我快活地沿着这些檐槽走着，爪子陷在细细的烂泥里，觉得无比温暖和柔软，就像走在天鹅绒上一样。屋顶被阳光晒得很热，简直要把我的脂肪都融化了。

不瞒您说，我的四条腿都在发抖，我的快乐中也有恐怖的事情。我尤其记得一次可怕的骚动，使我差点儿一个跟斗摔到路面上。三只猫吓人地喵喵叫着，从一所房子的屋顶上向我冲过来。我吓昏了，他们就把我当成大傻瓜，对我说他们喵喵叫是闹着玩的。于是我也和他们一起喵喵地叫起来，真好听。这些机灵的家伙没有我这身臃肿的脂肪，当我像球一样在被大太阳晒热的锌板上滑动的时候，他们都嘲笑我。这群猫里有一只老公猫对我特别好，他提议负责教育我，我心怀感激地接受了。

哎，让您姑妈给我的吃的远离我吧。我喝檐槽里的水，觉得加了糖的牛奶也从来没有这么香甜。我感到一切都尽善尽美。一只母猫路过，一只迷人的母猫，见到她使我充满了一种从未有过的激动。迄今为止，我只是在梦中见过这种美妙的、脊背柔软得令人爱慕的母猫。我们，这三个同伴和我，赶紧迎着这个新来者走上去，我走在他们前面，正要向迷人的母猫致意的时候，一个伙伴残忍地咬住了我的脖子，我发出了一声痛苦的喊叫。

"算啦，"老公猫把我拉开的时候对我说，"这样的事情你以后会碰到很多的。"

三

漫步了一个小时以后，我感到饿得要命。

"在屋顶上吃什么？"我问我的朋友老公猫。

"找到什么就吃什么。"他很有学问地回答我。

这个回答使我为难，因为我徒然地找来找去，却什么也没有找到。最后我看到在一间顶楼里有一个年轻的女工在准备午饭，窗户下面的桌子上放着一大块排骨，透着开胃的红色。

"这就是我要的。"我想得非常天真。

我跳到桌子上咬住了排骨，但是女工发现了，她用扫帚狠狠地猛击了一下我的脊梁。我丢下肉逃走，发出可怕的咒骂。

"你是刚从村庄里出来的吧？"老公猫对我说，"放在桌子上的肉是用来从远处看着解馋的，应该找的地方是在檐槽里。"

我永远不能理解厨房里的肉为什么不属于猫。我的肚子开始大为光火。使我绝望的是老公猫告诉我必须等到夜里，那时我们可以下去到街上的垃圾堆里去寻找。"等到夜里。"他像个冷酷的哲学家那样平静地说。我呢，只要想到还要继续挨饿，就觉得自己要虚脱了。

四

夜幕缓缓降临，一个雾气笼罩、使我浑身冰冷的黑夜。在阵阵狂风的吹打下，不久就下起了湿透皮毛的蒙蒙细雨。我们从楼梯上的玻璃窗洞下去，我觉得街道是如此丑陋，不再那么热，不再有大太阳，不再是我们如此舒适地打滚的、被阳光晒成了白色的屋顶。我的爪子在泥泞的路面上打滑，我悲伤地想起了我的三层厚的毯子和羽毛垫子。

我们刚到街上，我的朋友老公猫就开始战栗起来。他尽力缩小，缩小，偷偷地沿着房子向前溜，同时要我尽快地跟上他。一旦遇到一个能通车辆的大门，他就急忙躲了进去，并且发出一阵满意的呼噜声。

我问他为什么要逃跑。

"你看到那个背着背篓拿着一个钩子的人了吗？"

"看到了。"

"好吧。如果他看到，就会把我们打死后用铁扦烤着吃！"

"用铁扦烤着吃！"我叫道，"这么说街道不属于我们了，我们不但没有吃的，反而要被吃掉！"

五

这时人们已经把垃圾倒在门前。我一堆堆地搜寻后只有失望。我碰到两三块沾满了灰却没有肉的骨头。这时我才明白新鲜的肺有多么美味。我的朋友老公猫像艺术家那样扒着垃圾。他让我一直跑到早晨，察看了每一处路面，一点都不慌忙。我被雨淋了将近十个小时，四肢发抖。该死的街道，该死的自由，我多么怀念我的监狱啊。

天亮了，看到我走起路来摇摇晃晃，老公猫神情古怪地问我："你受够了吗？"

"哦，是的。"我答道。

"你想回家吗？"

"当然，不过怎样才能找到我的房子呢？"

"来吧。昨天早上看到你出来的时候，我就明白像你这样的肥猫，不是为了享受自由这种充满坎坷的快乐而生的。我认识你的家，我把你送到门口。"

这只可敬的老公猫，简单地说了这些话，我们就到了。

"再见。"他对我说，完全无动于衷。

"不！"我叫了起来，"我们不能就这样分手，您跟我一起去，我们分享床铺和肉，我的女主人是个善良的女人。"

他没有让我说完。

"住口！"他粗暴地说，"你是一个傻瓜。在你的温暖舒适中我会死去的。你的食物丰盛的生活只适合娇生惯养的猫。自由的猫永远不会用监狱作代价来换取你的食物和羽毛垫子……再见。"

他重新爬上屋顶，我看见他又高又瘦的倒影在初升太阳的抚摸下舒服地抖动着。

我回到家里，您的姑妈拿起掸衣鞭打了我一顿，我挨打时非常高兴，充分地领略到暖和与被打的快乐。在她打我的时候，我就在无比喜悦地想着她就会给我吃的肉。

六

"您看到了吧，"我的猫在火炭面前伸开了身体，做了结论，"真正的幸福，天堂，亲爱的主人，就是关在一间有肉吃的屋子里挨打。"

我是在替猫说话。

莉   莉

一

　　你从田野里来，从芳香扑鼻、天际开阔的真正的田野里来。你没有笨到把自己关闭在某个时髦海滩旁边的娱乐场里。你去的是大家不去的地方，是勃艮第中央一个绿丛掩映的角落。你隐居的白色房子像一个窝巢一样藏匿在树林之中。你就是在那儿，在清新自由的空气里度过你美好的时光。所以当你回到我这里来过些日子的时候，你的面颊像山楂花一般鲜艳，你的嘴唇像犬蔷薇一般红润，使你的好朋友们都大为惊讶。

　　可是你的嘴是那么甜，我能担保你昨天还在吃樱桃，因为你不是一个害怕胡蜂和荆棘的小主妇。你在骄阳下昂首阔步，完全清楚你脖子的肤色像精致的琥珀那样透明。你穿着布裙、戴着宽边帽在田野上奔跑，像一个热爱土地的农妇。你用你的小绣花剪子剪水果，活儿确实不重，可是你全心全意地干着，所以回到家里还为白皙的双手被刺划出了玫瑰色的伤痕而自豪。

　　到十二月份你能干些什么呢？什么活儿都没有。你会感到厌倦，对吧？你不是个热衷于社交生活的人。你记得有天晚上我带你去参加的舞会吗？你裸露着肩膀，在车里冷得哆嗦。舞会上的吊灯发着强烈的光，热得令人窒息。你一直沉住气靠在扶手椅里，闷得用扇子遮着轻轻地打呵欠。多么无聊啊！等我们回到家里时，你把你的枯萎的花束指给我看，喃喃地说：

　　"看看这些可怜的花，要是我在这么热的空气里生活，会像它们那样死去。我亲爱的春天，你在哪里？"

　　我们不再参加舞会了，妮侬。我们要待在自己家里，待在壁炉旁边。我们要相爱，而当我们疲倦的时候，我们还会相爱。

我想起那天你的叫声："一个女人真是非常空闲。"我直到傍晚都在考虑你这句实话。男人把一切事情都做了，而让你们耽在危险的梦想里。错误是想入非非的结果。人整天绣花在想些什么？是在建造一些城堡，像林中的睡美人一样睡着，等待第一个路过这里的骑士的亲吻。

你常常对我说："我的父亲是个诚实的人，任凭我自在地在家里长大。在寄宿学校里，这些美妙的少女把她们表兄的信藏在自己做弥撒的经文里。我可一点没有学坏。我从未把仁慈的上帝与妖怪混为一谈，而且我承认，与在魔鬼的锅里挨煮相比，我更害怕的是使我父亲痛苦。还应该告诉你，我跟人打招呼毫不做作，没有研究过行屈膝礼的技巧。我的舞蹈教师没有再训练我垂下眼睛、微笑、装模作样；一个出身高贵的姑娘所受的最明显不过的教育，就是卖弄风情地搔首弄姿，我对此却一窍不通。我像一棵茁壮的植物那样自由地生长，所以在巴黎的空气里我就感到烦闷。"

二

不久以前，在春天里才有的一个难得的风和日丽的下午，我坐在杜伊勒里宫大栗树嫩叶的阴影下面。公园里空荡荡的，只有一些夫人三三两两地在树下刺绣。有些孩子在玩耍，清脆的笑声打破了附近街道上沉闷的喧哗。

我的目光最后停留在一个六七岁的小女孩身上。她年轻的母亲正在离我几步远的地方和一位女友闲谈。这是个金黄色头发的孩子，像我的长筒靴那么高，却已经有了大小姐的风度。她穿着一身只有巴黎女人才会用来打扮她们婴孩的雅致的装束：一条鼓起的、玫瑰色的绸裙，露出穿着珠灰色长袜的双腿；一件绣着花边的、领口敞开的短上衣；一顶饰有白色羽毛的无边小帽，戴着一些首饰、一条项链和一副珊瑚红的手镯。她很像她的母亲，只是稍多几分娇态。

她已经会打小阳伞了，尽管树荫里没有一丝阳光，她却打着阳伞在庄重地散步。像她见过的大人们那样，她尽量使步履轻盈，优雅地滑动。她不知道自己正在被人观察，极其认真地反复扮演着她的角色，试着做出撇嘴等一些姿态优美的表情，学着巧妙地使用头部、目光、微笑。最后她碰上了一棵老栗树的树干，便对着它严肃地行了六个深深的屈膝礼。

这是一个小女人。她的镇定和技巧确实使我惊恐不安。她还不到七岁，却已经懂得如何迷惑别人。只有在巴黎才看得到如此早熟的、在认识字母之前就会跳舞的女孩。我想起外省的孩子，他们笨拙迟钝，傻呵呵地在地上爬来爬去。莉莉可不会去弄脏她漂亮的打扮，她宁肯不玩，在浆过的裙子里站得笔直，她的乐趣就在于被人注视，听周围的人说："啊！多可爱的孩子！"

这时莉莉一直在向老栗树的树干行礼。突然，我看到她站起身来并进入戒备状态：斜打着小阳伞，嘴唇上带着微笑，神色有点异常。我很快就明白了。另一个小女孩，一个穿着绿裙的褐发女孩正从林荫道上走来。那是一个朋友，应该十分优雅地相互攀谈。

两个孩子彼此轻轻地碰了碰手，露出同属这一阶层的女人惯有的做作神态，以及在这类场合中合乎礼仪的、使人高兴的微笑。她们客套完毕，便并肩走着，用细弱的声音闲谈，这可绝不是在玩耍。

"您的裙子很美。"

"这是瓦朗西纳的吧，对吗？这套花边。"

"妈妈今天早晨不舒服了。我真担心不能来了，因为我答应了您要来的。"

"您见过泰蕾斯的洋娃娃吗？她有一套很漂亮的洋娃娃。"

"这是您的吗，这把小阳伞？它真好看。"

莉莉满脸通红。她是用母亲的小阳伞来做出讨人喜欢的样子，看到自己已战胜了这个没有小阳伞的朋友。朋友的问题使她尴尬，她知道如果说出真相就会失败。

"是的，"她优雅地答道，"这是爸爸送给我的礼物。"

这是她胜利的顶点，她善于撒谎，正如她善于使自己显得美一样。她会长大：她不会对怎样成为一个美貌女子一无所知。她们受到如此的教养，可怜的丈夫们怎么能安然入睡呢？

就在这时，一个八岁的小男孩拖着一辆装着鹅卵石的小车走了过去。他"吁！吁！"地发出吓人的喊声，他是在装车夫，玩得那么专心，经过时差点儿撞倒了莉莉。

"做个男人太粗野了！"她轻蔑地说，"您就看看这个男孩有多么放肆！"

这两位小姐发出相当轻蔑的嘲笑声。确实，这个装着赶马的男孩在她们看来大概是太小了。从现在开始再过二十年，如果她们当中有一个嫁给了他，她就会永远对他占有优势：她是一个在七岁就会玩小阳伞的女人，而他在这个年龄还只会扯破自己的短裤。

莉莉细心地弄平了裙子的皱褶，然后又走了起来。

"您瞧瞧，"她又说，"那个穿着白裙子的傻大姐，在那边孤零零地闲得无聊呢。有一天她让人问我是否乐意让别人把她介绍给我。您想想看，我亲爱的。她是一个小职员的女儿。您明白我是不乐意的：人不应该损害自己的名誉。"

莉莉像个被侮辱的公主一样撇了撇嘴。她的朋友彻底战败了：她没有小阳伞，也没有一个人想得到被介绍给她的荣幸，她脸色苍白，像一个目睹对手获胜的女人。她用手臂搂住莉莉的腰，尽量从后面弄皱莉莉的衣裙而不被发觉，所以她同时还向莉莉微笑，笑得那么可爱，露着雪白的、准备啮咬的小牙齿。

她们离自己的母亲越来越远，终于发现我在观察她们。从那时起，她们显得更加温柔：像愿意引人注目的小姐们那样卖弄风情，因为一位先生在那里注视她们。啊！夏娃的女儿们，你们在摇篮里就受到了魔鬼的诱惑！

然后她们放声大笑起来。我的装束有什么地方使她们吃惊，她们觉得非常滑稽：一定是我的帽子，它的式样已不再时髦了。她们毫不掩饰地讥讽我，嘲笑着，像沙龙里的夫人们那样，用手按在嘴唇上掩住她们的笑声。我终于因羞愧而脸红起来，不知所措。于是我逃开了，把位子让给了这两个像成年女子那样快乐和目光奇特的女孩。

三

啊！妮侬，妮侬，给我把这两位小姐带到农场去，让她们穿上灰布衣服，让她们在鸭子扑水的水潭里打滚吧。她们回来的时候会像鹅一样笨，像小树一样健康和结实。当我们娶她们的时候，将教会她们爱我们。她们会变得很有学问。

铁　　　　　　　　　　匠

铁匠身材高大，是本地最高大的，肩膀上的肉结成了疙瘩，炉火和铁屑熏黑了面孔和手臂。方正的额头，乱蓬蓬的浓发，孩子般蓝色的大眼睛像钢一样明亮。宽阔的下颚随着笑声扭动，喘气的声音呼呼作响，就像他巨大的风箱在快活地通风。打铁这种劳动使他习惯于举起胳膊，摆出一种对自己的力气感到得意的姿势，似乎在表明他五十岁了还能更加矫健地举起"小姐"，这是一个二十五公斤重的可怕的少女，从韦尔农到鲁昂，只有他一个人能舞得动它。

我在铁匠家里生活过一年，整整一年的病后康复期。我曾经心力交瘁，头脑混乱，于是四处奔走，寻找自己要走的道路，找一个可以工作的安宁的角落，来恢复我的男子气概。就这样在一天傍晚，走过一个村庄以后，我在大路上瞥见了孤零零的、炉火熊熊的铁匠铺，斜对着四条路的交叉处。通火车的门敞开着，火光是如此强烈，以至映红了十字路口，对面小溪边的一排杨树也像火把一样在冒着热气。远处柔和的黄昏之中，铁锤有节奏的音响传出有两公里，犹如某个愈来愈近的骑兵军团在奔驰。后来到了那里，在敞开的大门下面，在火光和喧闹、在雷鸣般的震动之中，我停了下来，看到这种劳动，看到人的双手在扭曲和拉平这些烧红的铁块，已经感到了幸福的快慰。

在这个秋天的晚上，我第一次见到了铁匠。他在锻造一张犁铧。敞开的衬衣露出了肌肉突起的胸脯，肋骨在每次吸气时都显示出它们久经考验的、金属般的骨架。他向后仰去，一猛劲地把大锤砸下去。锤声不停地震响，他不断灵活地扭动着身体，狠命地鼓起身上的肌肉。铁锤抡着规则的圆圈，带起火星，在他身后形成一片亮光。铁匠双手这样抡着的就是"小姐",他的儿子则是一个二十岁的小伙子,也在另一边锤打用钳子夹住的烧红的铁块,不过声音低沉,被老人舞着的可怕少女的响亮声音盖住了。当、当——当、当,就像是一个母亲在用庄重的声音鼓励孩子牙牙学语。"小姐"始终在飞舞,每次它从铁砧上重新跃起的时候,它的裙子都在闪光,脚跟都落在它加工的犁铧上。一股血色的火舌一直卷到地上,照亮了这两个工人凸起的脊背,背影则延伸到铁匠铺阴暗模糊的角落里。火焰逐渐减弱,铁匠停了下来。他浑身黧黑,靠着铁锤柄站在那里,额头上的汗连擦都不擦。在他儿子用一只手慢慢拉动的风箱的吼声中,我听得见他的还在起伏的胸脯发出的气息。

那天晚上我睡在铁匠家里,而且不再离开。铁匠铺楼上有一个空房间,他让我住,我也接受了。天还没亮,刚五点钟,我就听见房东在干活了。我每天在他们一家的笑声中醒来,这种无比热闹的欢乐气氛一直持续到夜里。铁锤在我的下面飞舞。"小姐"似乎在锤打天花板,要把我扔下床来,把我当成一个懒汉在对待。整个简陋的房间,连同它的大橱、白木桌子和两把椅子,都在咯咯作响,大声叫我快点起床。我也只能下楼。到了楼下,我发现铁匠铺已经红通通的。风箱在呼呼作响,在火炭当中扇出了一个圆形,像一颗发光的天体,升起了一股红蓝相间的火焰。这时铁匠在准备要干的活儿。他在角落里翻动着铁块,把那些犁转过来察看着上面的轮子。这个可敬的人看到我便两手叉腰笑了起来,嘴巴一直咧到了耳边。看到我五点钟就被从床上赶起来,他很开心。我想他每天早晨打铁,是在用大锤的可怕声响来代替闹钟。

他把大手放在我肩膀上，像对一个孩子说话那样俯身告诉我，我自从在他的铁块当中生活以来，身体已好多了。此外我们每天都坐在一辆翻倒的旧推车的尾部一起喝白葡萄酒。

后来我经常在铁匠铺里度过白天。尤其在冬季下雨的时候，我整天都待在这里，对这里的工作产生了兴趣。铁匠按照自己的意愿加工这种生铁，这种连续不断地锤打，像一幕感人的戏剧一样令我激动。我注视着从炉里取出放在铁砧上的金属，它在工人成功的锤击下像一块软蜡那样展开、伸长、蜷缩，始终使我惊讶不已。我蹲在打好的犁面前，再也认不出那块昨天尚未成形的毛坯，我观察着它们，想象着它们不是用火，而是被无比有力的手指加工的结果。有时我会微笑着想起从前瞥见的一位姑娘，在我的窗户对面，她整天整天地用纤细的双手扭着一些铜丝，借助一根丝线来扎上一些假蝴蝶花。

铁匠从不抱怨。白天打了十四个小时的铁之后，晚上我看到他满意地擦着手臂，呵呵大笑。他从不悲伤，从不疲倦。如果房子要倒的话，他也可以用肩膀撑住。冬天他说铁匠铺里天气不错。夏天他大开着门，让干草的气味飘进来。在夏天的日落时分，我就到门口去坐在他身边。我们位于半山腰。从这里看得见整个宽阔的谷地。耕地一望无际，在淡紫色的黄昏中伸向天边，他很高兴有这块辽阔的地毯。

铁匠经常说笑话。他说这些土地都属于他，两百多年来，铁匠铺都在提供整个地区所需要的犁。这是他的骄傲，没有他就不可能有任何收获。平原五月份变绿，七月份变黄，这幅变色绸多亏了他。他像爱女儿一样喜爱收获。炎炎烈日使他欣喜若狂，见到要下雹子的云彩他就举起拳头威胁。他常常指给我看远处的某一块看来还没有他的背宽的土地，说某一年他为这块燕麦地或黑麦地打过一张犁。在耕种季节，他有时会放下铁锤来到大路边，用手遮着阳光凝视，看着许许多多的家庭在整块谷地上用他的犁插进土里，在他的对面、左面和右边划出犁沟。套犁的牲口在缓慢地前进，看起来就像是行进中的军团。犁铧在太阳下闪着银光。他总是举起手臂招呼我，喊我过来看这些犁铧在干多么"神圣的工作"。

这一切在我下面叮当作响的铁器，使我变得血气方刚，比药房里的药品更有疗效。我习惯了这种喧闹，需要这种铁锤敲击铁砧的乐曲来体验生活。我的房间因风箱的呼呼声而充满生气，使我可怜的头脑恢复了正常。当、当——当、当，像欢快的钟摆一样调节着我的工作时间。在劳动最紧张的时候，铁匠发火了，我听着烧红的铁块在发狂般地锤击下震响，手腕就会感到巨人般的狂热，想用我的笔一下子扫平这个世界。后来当铁匠铺归于沉寂，我的头脑冷静下来，我下楼看到已被打好、还在冒烟的金属，便为自己干的一点活感到羞愧。

啊！在炎热的下午，我看到的铁匠常常是多么健美！他上身赤裸，肌肉坚实饱满，犹如米开朗基罗笔下的高大形象已极力重新站立起来。凝视着他，我发现了艺术家们在希腊死者的肌肉上艰难地寻找的，现代塑像的线条。他在我看来就像因劳动而伟大的英雄，不知疲倦的世纪儿，他在铁砧上不断地锤打我们要用的工具，用铁与火造就着明天的社会。他玩耍着他的铁锤，想笑的时候便举起"小姐"，使劲锤打，于是在炉火的喘息之中响起了雷鸣般的吼声，我相信是听见了人民在劳动时的叹息。

正是在这个铁匠铺里，在犁铧之中，我永远治愈了因懒惰和怀疑而造成的痛苦。

失　　　　　　　　　　　　　　　　　　　　　　　业

一

早晨工人们来到车间，发现里面冷冷清清的，似乎在为破产的悲哀而忧伤。在大厅深处的机器沉寂无声，伸着干巴巴的支杆，齿轮一动不动，更平添了几分凄凉，因为平时它的喘息和震动使整个车间充满生气，像一个使劲干重活的巨人的心脏一样跳动不息。

老板从他的小办公室里下来，愁眉苦脸地对工人们说：

"我的孩子们，今天没有活儿干了……不再有订货了，我收到的各地来的要求都是取消订货，我待在这里是为了处理存货。我以为这个十二月份像往年一样会很繁忙，可是它却使最有实力的厂家都面临破产的危险……现在必须停止一切工作。"

他看到工人们在相互注视，担心被打发回家，担心第二天就要挨饿，便以更为低沉的声调补充说：

"我不是利己主义者，不是的，我向你们发誓……我的境况和你们一样可怕，也许要更加可怕。我在八天里损失了五万法郎。我今天把工作停下来，是为了不再雪上加霜；何况在十五日的期票到期之前，我现在是分文不名……你们都清楚，我是作为朋友对你们讲话，什么都没有隐瞒。明天执法员可能就要到这里来了。这不是我们的过错，对吧？我们已经奋斗到底了。我真想帮助你们度过这个艰难的时刻，可是完了，我现在倒下了，没有面包分给你们了。"

于是他向他们伸出了手。工人们沉默地握着它。有好几分钟他们呆在那里，注视着没有用处的工具和他们紧握的拳头。从前在早晨，天一亮锉刀就在欢唱，铁锤敲着明快的节奏，而这一切似乎都已经沉睡在破产的遗骸之中了。这说明有二十个、三十个家庭下个星期将没有饭吃。几个在这家工厂干活的女工泪汪汪的，男人们想显得坚强一些，他们假充好汉，说在巴黎不会饿死。

后来当老板离开他们，他们看着在八天里变得弯腰驼背——也许被一种比他所承认的更为严重的灾祸压垮了的——老板走了以后，便一个一个地离开了令人窒息的车间，胸部发闷，心头冰凉，像离开了一个死者的房间。这个死者就是工作，是巨大的沉寂无声的机器，它的骨架在阴影里显得阴森可怖。

二

工人在外面的街道和马路上，沿着人行道走了八天，还是无法找到工作。他挨门挨户去打听，愿意用自己的胳膊和双手、用自己的整个身体去干无论什么最令人嫌恶的、最艰苦和最要命的活儿，然而所有的门都又重新关上了。

于是工人愿意只拿一半工钱，但是这些门并未打开。只要有人收下他，他别的可以什么也不要了。这是失业，在阁楼里敲响丧钟的失业。恐慌使一切工业都停滞不前，而金钱，怯懦的金钱则躲了起来。

过了八天，一切都完了。工人已作了最后的尝试，慢慢地往回走，两手空空，因贫困而疲惫不堪。这天傍晚下雨了，泥泞中的巴黎一片阴郁。他在大雨中茫然地走着，只听见自己的肚子饿得直叫，不时地停下来以便慢点到家。他俯在塞纳河的栏杆上，上涨的河水在吼叫奔腾，卷起的白色泡沫在桥墩周围散开。他把腰弯得更低一些，巨大的水流就在他的下面流过，向他发出疯狂的召唤。后来他想到这样做是懦夫，于是走开了。

雨停了。煤气灯在首饰店的橱窗里闪闪发光。他如果打碎一块玻璃，抓它一把，几年的面包就都有了。饭馆的厨房亮着火光，透过白色的细布窗帘，他瞥见一些人在吃喝。他加快脚步，沿着烤肉店、腊肉食品店、糕点铺，沿着整个在饥饿时刻炫耀自己的贪吃的巴黎返回郊区。

早晨妻子和小女儿一直在哭，他答应她们晚上带面包回来。天黑之前，他不敢回去对她们说自己撒了谎。他边走边想如何进门，说些什么才能使她们耐心等待下去。可是他们总不能不吃不喝地待下去。他还能试着挺下去，但妻子和小女儿却太衰弱了。

有一阵他想去乞讨，然而当一位夫人或先生经过他身边，他想伸出手去的时候，手臂却僵住了，喉头发干。他呆立在人行道上，人们看到他饿得发狂的表情都很有教养地转过身去，以为他是个醉汉。

三

工人的妻子让小女儿睡在阁楼上，自己下楼来到门槛旁边。她骨瘦如柴，穿一条印花棉布裙子，在街上吹来的寒风中哆嗦着。

她家里一无所有，她把一切都送进了当铺。八天没有工作足以使家里一贫如洗。昨天，她把床垫里的最后一把羊毛卖给了一个旧货商，床垫就这样没有了，只剩下床单。她把床单挂在窗前挡风，因为小女儿咳得厉害。

她虽然没有告诉丈夫，但自己也在想办法。可是失业对妇女的打击比对男人更为沉重。在她那个楼梯平台上，夜里她听到一些不幸的女人在呜咽。她碰到其中一个站在一条走廊的角落里，有一个已死了，另外一个不见了。

她幸亏有一个好男人，一个不喝酒的丈夫。如果不是淡季剥夺了他们的一切，他们是会感到满足的。能借钱的地方她都借了，她欠着面包商、杂货商、水果店女老板的钱，现在都不敢再从这些店铺门前经过了。下午她去向姐姐借二十个苏，却发现姐姐家同样穷得要命，便哭了起来，姐妹俩一起哭了半天。后来离开时她还答应，如果丈夫带回来什么的话，她就送一块面包来。

丈夫没有回来，雨在下着，她躲在门里，大滴的水珠在她脚下啪啪作响，一层水汽浸湿了她薄薄的裙子。有时她等不及了，冒着大雨出去，一直跑到街道尽头，看看远处的马路上是否有她等待的人。她回来时浑身湿透，用双手拧拧头发，耐心地等下去，由于发烧而一阵阵地战栗。

来往的行人在她身边擦过。她蜷缩着身子以便不妨碍任何人。一些男人盯着她的面孔，她有时感到火热的气息吹拂着她的脖子。整个巴黎都在怀疑她，泥泞的街道，雨水的亮光，行驶的车辆，像是要抓住她，把她扔进小河里。她饥饿，她属于所有的人。对面有一个面包商，这时她想起了睡在上面的小女儿。

后来，当丈夫终于出现，像一个可怜虫一样沿着墙脚走来时，她赶上去，焦急地注视着他。

"怎么！"她嗫嚅着。

他一言不发，垂着头。于是她先上楼，面孔像死人一样苍白。

四

阁楼上的小女儿没有睡觉，她醒了，在对着桌角上快要燃尽的蜡烛头沉思。这个七岁的小女孩看起来像成年妇女那样憔悴和严肃，她的脸上闪过难以名状的可怕而又令人痛心的表情。

她坐在给她当床的箱子边上，垂着的两只光脚在哆嗦，病态的洋娃娃似的双手把裹着她的破衣烂衫拉在胸前。她感到胸口灼热，想灭掉胸膛里的火。她沉思着。

她从来没有过玩具。她不能上学，因为没有鞋。她想起从前母亲常带她去晒太阳，不过那是很久以前的事了。他们不得不搬家，而从那以后，她就觉得房子里好像吹进了一大团冷气，她也从来没有再高兴过，总是挨饿。

她陷入其中的是一件深奥的、她不能理解的事情。每个人都是这么挨饿吗？她倒是尽力想习惯这一点，可是做不到。她认为自己太小了，要长大以后才能明白。这种事情瞒着孩子，她的母亲一定是知道的。要是她敢的话，她要问问母亲是谁让你们这样到世界上来挨饿的。

还有，他们的家是多么丑陋呀！她凝视着床单被风吹动的窗户，光秃秃的墙壁，摆不平的家具，被失业的绝望所玷污的阁楼里的全部耻辱。她还不懂事，想到自己曾梦见过暖和的房间，里面有亮晶晶的好看的东西，便闭上眼睛想再看一看，透过薄薄的眼皮，蜡烛的亮光变成了一大团灿烂的金光，她想走进去，可是起风了，窗户里吹进来的这股风冷得使她咳嗽了好一阵，她的眼里全是眼泪。

过去她被独自留在家里会感到害怕，现在她不知道什么是害怕了，怕不怕对她来说都一样。从昨天起就没有吃过东西，她想母亲是下去找面包了。想到这里她快活起来。她要把她的面包掰成小小的碎块，慢慢地一块一块吃。她要用面包来开心。

母亲进来了，父亲关上了门。小女孩盯着他们两人的手，非常吃惊。过了好一会儿他们还默不作声，她就像唱歌似的一遍又一遍地说：

"我饿了，我饿了。"

父亲用双手捧着头，待在阴暗的角落里，他被压垮了，肩膀因无声的剧烈抽泣而抖动。母亲忍住眼泪，走过来让小女孩重新躺下，把家里所有的旧衣服盖在她身上，对她说要乖，要睡着。可是孩子冻得牙齿咯咯作响，觉得胸口里的火烧得更加厉害，于是什么都不怕了。她吊在母亲的脖子上，然后轻轻地问道：

"你说，妈妈，我们为什么就要挨饿呢？"

小 村 庄

一

这个小村庄在什么地方？它白色的房屋隐藏在地面的哪一条皱褶里？它们是在某个凹地深处，聚集在教堂周围，还是沿着大路活泼地一字形排开？或者会像一些任性的山羊那样爬上一个山坡，层层排列并将红色的屋顶半掩在绿树丛中？

这个小村庄是否有一个动听的名称？是一个柔和的、容易发音的法语名称，还是某个生硬的、充满辅音并像乌鸦叫声一样嘶哑的德语名称？

小村庄里的人是收割庄稼还是收获葡萄？这是块麦区还是葡萄种植区？现在村民们顶着烈日在地里做什么？傍晚他们沿着小路回来时，是否会停下来看一眼丰收的景象，感谢老天爷风调雨顺？

二

我乐于想象小村庄是在一个山坡上。它在那里，隐蔽在树丛之中，以至从远处看来，人们会以为它是一大片倒塌的、覆盖着苔藓的岩石。然而炊烟从枝叶间升起，山坡的一条小道上有些孩子在推一辆小车。于是平原上的人羡慕地注视着它，经过时带走了对他所瞥见的这个安乐窝的回忆。

不，我更愿意相信它是在平原的一个角落，在一条小溪旁边。它小得连一排杨树都可以把它完全遮住。它的茅屋犹如贞洁的浴女，消失在岸边的柳林之中。一块牧场是它的地毯，一道绿篱从四面把它围成了一个大花园。在附近经过的人看不见它。洗衣女的歌声像莺在鸣唱。没有一丝炊烟。它在绿色凹地的深处宁静地安眠。

我们谁都不知道它。附近城里的人几乎不知道它的存在，它是如此微不足道，没有一个地理学家关心过它。这里似乎没有一个人。在一大堆名称响亮的城市当中，它是一个没有历史、没有光荣和耻辱、谦逊得被人遗忘的无名氏。

或许正因为如此，这个小村庄才如此柔和地微笑。它的农民们在偏僻的地方生活，孩子们在河岸上打滚，妇女们在树荫下走路。它为自己的默默无闻感到幸运，充满了天堂的快乐。它离大都市的污秽和喧闹是多么遥远！它有足够的阳光，它的欢乐便是来自它的寂静、卑微和这排把它与整个世界隔绝的杨树。

三

而到了明天，整个世界或许会知道存在着这样一个小村庄。

多么悲惨啊！河水会变得血红，一排杨树将被炮弹削平，炸毁的茅屋将呈现出家家户户的绝望，小村庄将闻名于世。

不再有洗衣女的歌声，不再有在河岸上打滚的孩子，不再有收获，不再有寂静，不再有幸运的卑微。历史上有了一个新的、胜利的或失败的名称，新的血淋淋的一页，由我们的孩子们的血灌溉而肥沃起来的一个角落。

它笑着，它半睡半醒，它不知道将把自己的名称赋予一场屠杀，明天它会哭泣，以它垂死的喘息回响在整个欧洲，然后成为大地上的一摊血迹。如此快乐、如此温和的小村庄，将被一圈不祥的阴影所包围，脸色苍白的来访者们从它的废墟面前走过，就像经过盖墓的石板。它将受到诅咒。

如果它是奥斯特尔利茨 [原捷克中部地区，1805年12月，拿破仑在此大胜奥俄联军。] 或马让塔 [意大利北部米兰的一个地名，1859年6月4日，法军在此大败奥地利军队。]，我们就会听到它的军号声在我们心中回响。如果它是滑铁卢 [1815年6月18日，法军与反法联军在比利时布鲁塞尔以南的小镇滑铁卢进行决战，法军大败，拿破仑被放逐至圣赫勒拿岛。]，它就会像引导国葬仪式似的、蒙着黑纱的鼓敲出的声音那样，凄凉地萦绕在我们的记忆里。

那时它将怀念它孤独的河岸，无知的农民，它这个远离人群的、只有每年春天归来的燕子才知道的偏僻角落。它为被玷污而感到耻辱，它的天空乌鸦乱飞，它肥沃的土地散发出死亡的气息，它将作为两个民族会互相扼杀的危险场所和可疑的地方而遗臭万年。

本来是爱情的安乐窝、和平的安乐窝的小村庄，将只成为一块墓地，一个公共墓穴，连忧伤的母亲们都无法到这里来送花圈。

四

法国在世界各地留下了这些遥远的墓地。在欧洲我们到处都可以跪下来祈祷。我们宁静的田野只叫作拉歇兹神甫、蒙马特尔、蒙巴纳斯，以及一切标志着我们的胜利或失败的名称。从中国到墨西哥，从俄罗斯的雪地到埃及的沙漠，天空下没有一块土地里不躺着一个被杀害的法国人。

在乡村天边的安宁中沉睡着僻静的墓地。其中的大部分，几乎所有的墓地都在某个荒芜的小村庄旁边，村庄里倒塌的墙壁至今还充满了恐怖。滑铁卢只是一个农庄，马让塔只有五十户人家。一股可怕的风吹过这些小得可怜的地方，于是它们在前一天还是纯洁的名称便沾上了如此强烈的血腥味和火药味，使人类一提起它们就毛骨悚然。

我沉思地注视着一份标明战场的地图。顺着莱茵河两岸，我琢磨着所有的平原和山岭。小村庄是在河的左面还是右面？应该在要塞周围还是到更远的某个荒僻的开阔地去寻找它？

于是我闭上眼睛，试图想象这种安宁，白色房子前面这排整齐的杨树，这块在燕子飞行时掠过的牧场，这些洗衣女的歌声，这块就要被战争玷污的、军号将突然在天边到处吹起污垢的处女地。

小村庄啊，它到底在哪里？

第三辑

其他短篇小说

一　　　　阵　　　　风

一

　　斯特凡醒来的时候，一道阳光正在他窗前的马鞭草之间闪烁，犹如一堆绚丽的女精灵。我们的诗人用眼睛注视了一会儿在阳光里飘浮的尘埃，以为自己仍在做梦。我想他甚至又会睡着了，这时从附近花园里传来了鸟儿的叫声，使他坐了起来。

　　斯特凡用喜爱的目光瞥了一眼他的全部财产。他的玫瑰正随着黎明开放出新的花朵，他心爱的书籍则是另一些永不凋谢的玫瑰花。我应该承认这一点，尽管有可能会使绘画爱好者们不喜欢我的诗人。他的房间并非脏得要命，桌子的四条腿还很结实，如果仔细找找，就会发现还有两把椅子。

　　此外我决不想在夫人们面前为我的主人公开脱。真可惜，他一向抽烟，这个不幸的人抽得很凶，所以他一起床就奔向他的烟斗，带着明显的满意神情塞满烟丝，随即快乐地把自己包裹在一层厚厚的烟雾之中。他坐在小桌子面前，桌上是一片最富诗意的凌乱，只有书、纸、鹅毛笔和铅笔。拉辛十分吃惊地被压上了一本维克多·雨果，莎士比亚、但丁、拉伯雷、塞万提斯都不明白为什么要挤在这儿。上个月写的十四行诗被昨天写的八音节诗盖住了，散文和诗歌的稿纸混在一起。一切都乱七八糟，而以后房间的主人就要从这些乱糟糟的纸页中创造一个世界，也就是出一本书。在这些可爱的小花之中有那么一部手稿，摆出一副学究的架势，鼓起了它的页码，居高临下轻蔑地瞟着一切抒情诗和诗体书简。这决不是一位肥胖的先生，而是斯特凡正在创作的一部悲惨而又恐怖的五幕剧。可爱的读者，为了使您明白这个剧本的傲慢和愚蠢，我想用您作一个比较。当肥胖的D夫人额头扎着饰带和羽毛，穿着像意大利教堂的圆盖那么宽大的裙子走进舞场时，当她在如此柔弱和优雅的您的身边经过，自以为用傲慢的一瞥把您压倒时，您微笑了，在心里说分量不成其为美，而且谢天谢地，有许多骑士宁可要一朵芬芳的紫罗兰，也不会要一朵硕大而没有香气的金盏花。这就是这个剧本所应该有的感觉，还是去对傲慢的人讲讲这番道理吧。

当烟斗熄灭的时候，斯特凡像一个古代的神灵一样逐渐从烟雾中显现出来。抽烟是他写作之前的洗手，手艺高明的厨师在操作之前都要洗手，或者不如说是应该洗手。他在写作之前是抽着烟做准备，驱除一切杂念。他拿起鹅毛笔，写了剧本中的一句诗，要寻找一个韵脚。韵脚押不好，它总像个进行反抗而又反复无常的奴隶：要么溜掉了，要么出现了也只会干扰他的思考。斯特凡却把它当作一个溺爱的孩子，先在天花板上找，然后在地板上找，再后来就到墙壁上去找。他的目光终于停留在窗户上，蔚蓝的天空闪耀着五月美好的阳光，微风吹拂着青枝绿叶，有一只麻雀，这是巴黎的夜莺，在一只花瓶上叽叽喳喳地跳来跳去。我们的诗人忘了他的剧本，他向前走去，在鸟儿面前把面包掰碎，它不但不害怕，反而像是招呼他过去。

"我把你给忘了，我的小寄宿生，"他对它说，"唉！你不懂一个剧本是怎么回事，你！在美好的早晨，整个大自然都在令人微笑，你从来没有想到要哭泣，而是钻到树荫下去和你的女伴嬉戏。你啁啾鸣叫，和花儿玩耍，自由快活地在空中飞翔，为阳光和花香所陶醉。你是一个动物，你很聪明，知道去爱。而我呢，我是一个才子，我却是一个笨蛋，在写一个剧本。去吧，去吧，我的小朋友，去欢笑和歌唱吧，我可是要试着哭出来。"

鸟儿似乎明白了他的意思，同情地瞥了他一眼，然后飞去了。当它消失在附近树丛里的时候，斯特凡又找起顽皮的韵脚来。

我不知道一位调皮的仙女把这个见鬼的韵脚藏在哪一朵玫瑰花里，微风把它放在哪一只尺蛾的翅膀上带走了，只见我们的诗人在椅子上转来转去，用双手捧着额头，但是徒劳无功，一无所得。他重又开始他的老一套，看看天花板，然后看看地板，再后来看看墙壁，看看窗户。那一天显然是消遣的日子。一只漂亮的白蝴蝶围着一朵玫瑰花飞舞，颤动着停留一会儿，接着又飞起来。我们的诗人对空中的孩子一贯非常喜爱，于是又忘了韵脚，目光和思想都只关注着这只轻盈的昆虫。然而情况变得复杂起来，第二只蝴蝶忽然飞过来争夺这朵花，第一只蝴蝶则捍卫着它心爱的人儿。这两名战士为了美而争执起来，而且没有什么比这种优雅而轻柔的攻击、比混在一起在阳光下迅速挥动的洁白翅膀更为迷人的了。它们盘旋着，缠在一起，随风飘荡，又突然飞回来围着玫瑰花这个胜利的奖品打转。飞得最快的那一只急于亲吻花朵，便停在湿润的花冠上不再离开，直到对手的翅膀碰撞它，把它从爱情的宝座上推翻。随后它们又飞了起来，重新缠在一起，而获胜者便再一次对花朵爱抚了片刻。

斯特凡微笑地注视着这场优雅的角逐。忽然一阵更厉害的风把蝴蝶刮得远离它们所想的夫人，两位风流的骑士便战斗着离去了。对这些美丽的求爱者深怀好感的年轻诗人，跑到窗边注视了它们一会儿，最后看到它们消失在他屋顶下面鲜花盛开的花园里。

这个屋顶位于一座高大而漂亮的房子的第八层，面对着一块开阔的、种着树木和绿篱的土地。阳光在闪着露珠的浓荫中快活地嬉戏，微风吹来柔和的花香。我说过这是五月的一个阳光灿烂的早晨，是一个情人们互相思念的早晨，是诗人为自己的理想梦魂萦绕的早晨，它是多雨的冬季之后，春天露出的第一个如此温柔、如此充满爱情和希望的微笑。

斯特凡思索着这朵被久久争夺、轮番爱抚、然后被突然抛弃的玫瑰花，思索着这两只展翅疾飞、现在也许就这样围着另一朵花打转的蝴蝶。他由此理解了情人们和爱情的全部故事。他完全忘记了他的剧本，梦想着一朵玫瑰花，而他则是唯一忠诚的蝴蝶。他明智地抛开了厚厚的手稿，一口气写下了几句诗。

"当然，"他对自己说，"我重读这些诗句的时候，怎么擦眼睛也不会有眼泪，因为诗句里只闪耀着微笑。这才是自然而然地出现的韵脚，现在只要把这束花寄给我心爱的人就行了。"

于是他拿起鹅毛笔。真可惜！面对现实，他的梦幻溜走了，连一个名字也写不出来。可怜的诗人常常谈起爱情，不过都是道听途说，是心灵中感受到的隐约的战栗。伤心的现实是他只崇拜过一个理想的人，这个徒具形式的幻影守在诗人的床头，安慰着他的寂寞。没有一个女人用嘴唇吻过他的嘴唇，而他自己则是个天真而轻信的孩子，迄今为止都满足于对爱情的梦想，满足于这个爱情的幽灵。

现在，他低垂着深思的额头，感觉到实际的需要了。这些空洞的梦幻，他夏夜的天使，不能再使他满足。他要实现自己的梦想，要使他爱的幻影具有人的特征。既然他刚刚为亲密的女友写了这些诗句，就应该寄给她。这是个可怕的难题，无论多么高等的代数都无法解决。人们不能就这样任意创造出一个心爱的人，尤其是斯特凡所想的一个心爱的人：温柔、迷人、忠诚，等等。他找了好久却一无所获。他生性固执，又开始找起来。何况他的推理也不乏逻辑："我为情人写了一些诗，唯一的障碍是我不认识情人，因此要做的一切便是把信寄给一个不认识的女人。"由于难度太大，他停了下来，但是并不绝望，而是点燃烟斗等待着灵感。

像您一样，可爱的读者；像我一样，像许多别的人一样，斯特凡有点迷信。他倒不是相信纸牌和梦境，而是由于非常聪明才承认我们感官的不足，认为在这个粗俗的世界上有许多细节是我们感觉不到的。因此他相信情人们的保护神，她会蒙上祖父母们的眼睛，让男女在公园的一条小路上不期而遇。他忽然想到了这个好心肠的仙女，从这种信仰中发现了一个办法，他为此高兴得跳了起来，差点儿打碎了烟斗。幸运的孩子，对于一个我所认识的不少数学家都会认为荒唐的难题，他刚刚找到了一个解决办法。由此可见烟草就是能启迪人的智力。

他拿起三张漂亮的玫瑰色信笺，抄了三份并签了名。然后庄严地走向窗口，像女祭司向维纳斯献祭一样，伸出手臂并转过头去，放开三张信纸，让它们飞舞着随风飘去。

您会对我说："怎么，这个怪人用微风当信使，指望用这种办法让他的诗到达目的地！""他没有指望，可爱的读者，他是希望：一个男人所能说的一切不就是希望吗！""可是，归根结底，先生，为什么要抄三份呢？他难道没有受过良好的教育，竟想同时有三个情妇吗？""哦！夫人，这是多么丑恶的想法！我向您担保斯特凡任何时候都没有想过。不过——您如果生气也只好活该，因为是您向我提问的——他考虑过，由于非常难得碰上一个多情的女人，他就想同时试试三个女人，以便至少能有点选择的余地。"

二

在斯特凡下面六层、即二楼上住着一位年轻而富裕的寡妇德波伊夫人。这位夫人同样享受着从屋顶上看得见的巨大的花园。她的丈夫是个有点年纪和脑瓜不灵的好好先生，然而在有一点上却颇为开窍，即明白如果不想受到她本人的指责的话，他就该去见他的祖先，把自由还给他的妻子。她也说她的丈夫从来就不理解她，这个婚姻不合她的心愿，她的本性富于诗意，因此对这个最粗俗的男人没有任何好感。她懂得一种朦胧的神态于她最为合适，因此时时露出轻柔的表情。此外，淡淡的哀愁与她的容貌可谓和谐之极，所以她常为亡夫哭泣，总是说他有一颗仁慈的心，似乎要表明她在失去一个她不爱的男人之后是多么不幸。

人们总是悄悄地说德波伊夫人是个卖弄风情的女人，她把眼泪当成一种发式，一种她善于使之适合自己的首饰。人们还说不幸的是她的丈夫确实从来就不理解她，亲爱的夫人用夫妇间的琐碎烦扰使他付出了昂贵的代价，使他获得了让一个迷人和最受奉承的女人成为寡妇的乐趣。不过我深信，可爱的读者，这些都是长舌妇的诽谤。在我看来，我乐于承认下面的事实：所有的女人即使不是由于爱情而出嫁，也都爱着她们的丈夫；所有的丈夫都永远不会理解他们的妻子；所有的妻子最后都会为丈夫哭泣，却并不担心会哭红眼睛和使嘴唇苍白。

我们这位悲痛的寡妇常常受到许多人的安慰，您认为他们是朋友或崇拜者都可以。但是她因此感到疲倦，她说宁可独自伤心地待着，穿着丧服在花园的大树下踉跄地漫步。

那一天她躲避在一条偏僻的林间小径上。我当然不会不知分寸地在她痛苦的时候去打扰，尤其是不能去看看她的痛苦是否是一种面具，在她孤独的时候，微笑不知会不会代替了眼泪。我甚至不想告诉您她读的是什么书，因为泄露秘密是一切失望的根源。

她正低着头坐在一张乡村制作的长凳上的时候，一张玫瑰色的信笺滑过她的鬈发，落在她的脚边。她抬起头，看到周围空无一人，便大着胆子捡起这张纸读了起来。我不得不承认她的嘴唇露出了一丝微笑，她读了两遍。因此笑容更加明显，后来她把纸塞进上衣里，合上书本，似乎在沉思，被人愚蠢地烧死的巫师们啊！你们能看穿灵魂中最隐蔽的秘密！你们为什么不仍旧活着，以便告诉可惜只是愚昧无知的我，这个忧伤的美人是在为她死去的丈夫哭泣，还是在梦想她未来的情人？

这栋房子的女门房也碰上了几乎相同的场面。让娜大妈，这个上唇上面汗毛特别浓而且长着疣子的胖女人，正在打扫属她管辖的帝国的一部分，一页玫瑰色的信笺旋转着落到了她的扫帚下面。她一向特别中意玫瑰色，因此不让它遭受被她扫进泥里去像其他废纸那样的厄运，她认为一张如此雅致的纸被捡破烂的人的靴子踩脏非常可惜，于是把它捡起来放在胸口，和德波伊夫人一模一样。

让娜大妈由于性格和职业的关系而富于好奇心，当她回到家里的时候，就把纸拿出来，翻过来掉过去，终于发现纸上面密密麻麻地写着一行行小字。她从来都念不通顺，但是好奇心使她勇气倍增，她果断地戴上了眼镜，仔细地辨认起来，好歹是念完了。什么诗意、形象都谈不上，不过我可以发誓她什么都明白了，她谦逊地把诗人的赞美归于自己，始终和那位寡妇一样。红晕徒然地想爬上她皱纹横生的面孔，一张开就要大吵大闹的嘴唇也谨慎地闭上了，以免漏出几句表示满意的话来，她收到的这类信件是如此少有，所以她尽管诚实可嘉也无法生气，她屈服了，微笑起来，又一次不畏艰难地把信一个字母一个字母地读了一遍。

爱神啊，爱神，但愿那天你用上了你的蒙眼布条！看着诗人向他的意中人倾诉的心里话，竟在这个老泼妇肮脏的指头下面一个字母一个字母地被她嘀咕出来，你难道不会恼火地折断你的弓箭？她的胸脯在剧烈地起伏，干瘪的嘴唇因渴望亲吻而痉挛，灰暗、贪婪和带着笑意的眼睛时时抬起来望着天花板。装出沉醉在肉欲之中的模样。这个长舌妇一下子回到了她十六岁的时候，过分的腼腆、内心的满足和幼稚的爱情交织在一起，构成了一幅极其可笑的画面，足以使人逃之夭夭或乐不可支。爱神啊，爱神，你一定会一面诅咒往往如此倒霉的巧合和总是如此丑陋的老太婆，一面飞向某个光辉灿烂的星球。

她正沉醉在阅读之中，一点一点地品味着她看懂的词句，德波伊夫人进了门房。那张纸像变魔法一样消失了。这两个在场的女人不可避免地形成了对比：一个年轻美貌，另一个衰老可憎。几句情话便能使这两个人都浑身战栗。身体会垮掉，但心灵不会衰老，灵魂在枯萎的外壳里永远年轻。您为自己的容貌而自豪——这对爱情而言完全正确，您一定会和我一样，选择年轻美貌而又富裕的寡妇。不过我不怕提出一种自相矛盾的见解，我要肯定那个老太婆、又丑又穷的女门房爱得更深。一个是上流社会的女人，反复无常，只把爱情当成一件华而不实的玩具，一种适于摆在货架上的中国工艺品。她无所事事，只把一个情人当作片刻的消遣；她卖弄风情，像一根饰带、一朵鲜花。爱对她而言意味着被爱，即看着一个男人在她脚边喋喋不休地说些废话，让她的女友们嫉妒，根据是否能让她更美丽决定哭泣或微笑。另一个则完全相反……请允许我打一个比方。您一定碰到过星期六晚上摇摇晃晃地撞在墙上的诚实的工人们。这些不幸的人整个星期都喝不到酒，所以一发工资他们总是忘了回家而到酒馆去了。他们喝了一瓶，喝了两瓶，喝了三瓶。他们不喝了，不是由于不再喜欢酒，而是酒不再喜欢他们，拒绝和他们打任何交道了。同样，多情的老太婆们就像这些酒鬼，有机会时就没命地享受爱情，狂热地死死抓住第一只拿到的杯子，甚至到喝不下的时候也抓住它不放。

"让娜大妈，"德波伊夫人用温柔的声音说道，"米内特好吗？"

米内特是一只非常难看的卷毛狗，眼睛瞎了，还有点瘸，它被小心地放在一个破旧的坐垫上。衰弱的女门房钟爱这只衰弱的狗，寡妇这样投其所好，就连最没有眼力的人也看得出来是有求于她。

"它有点咳嗽，"长舌妇答道，"它的腿发软，它这么老了，可怜的宝贝。"

片刻的沉默。女门房的头脑还是乱糟糟的，这使她得以约束平时管不住的舌头。德波伊夫人寻找着话题。

"哎，"她终于说道，"昨天我在楼梯上遇见的那个人，他快活地一直爬上了四楼。哦，说起来，四楼的那个房客是个什么人？"

"是个退休的杂货商。"

"不错，我甚至相信他大着胆子一直爬到了五楼。五楼的那个年轻人叫什么名字？"

"不是个年轻人，"女门房抱怨地说，"是个破产的老伯爵夫人。"

"真奇怪，"寡妇又说，"我可以担保这栋房子里有个年轻人。"

让娜大妈对德波伊夫人的亲热颇为惊讶，疑心她是想让自己说话，因此起初只是随便回答。但是说到年轻人，她的思路转了个方向，她同样有一个情人要描绘一番，她也谦虚地把他想象成一个年轻的美男子。她突然想起了刚读过的信的末尾的名字："确实不错，"她像对自己说话那样喊了起来，"我们有一个年轻人——斯特凡先生，住在八楼。"

"住在八楼！"寡妇说道，"那他是穷得像个临时工了。"

"唉！他当然不太富裕。不过听说他今后会富的。我想他是在写小说和剧本。"

"可怜的米内特，"寡妇说，"可怜的米内特，好好照顾它，让娜大妈。"

她一面离去一面寻思："太冒失了，他的求爱信靠碰巧才正好落在我的脚边。"而女门房也在喃喃自语："胆子太大了，把甜蜜的信就这样向我扔下来，我的丈夫会捡到的。"这两个女人都得出了结论:"这个斯特凡先生看来是爱我爱得发疯了。"

可爱的读者,我深信无论是寡妇自私的、有利害关系的爱情,还是女门房的狂热而可爱的爱情,您都不会感觉得到。您是斯特凡的理想的情人,微风本应该把他的亲吻带给您。这阵被爱情熏香的微风实在愚蠢,竟去爱抚两颗根本配不上我的漂亮诗人的心灵。啊!可爱的读者,要是您当时就在附近就好了!我毫不怀疑,保护情人们的仙女在干了这件好事之后,为了弥补她的错误而会把第三张信笺带到您的脚边。"对了,"您会问我,"那第三张信笺呢?""我不知道。去问微风,问空中淘气的小妖精吧,它们很可能把信偷去给女精灵了。再说也许有一阵轻风会把它带回到这个真实的故事里来的。"

三

斯特凡傍晚下楼的时候,在楼梯下面碰到了一位优雅地向他致意的年轻夫人。

"瞧,"他想,"我还不知道有如此迷人的女邻居呢。她是不是向我的领带结或黑背心致意?"

他走了过去,心里在想着刚才向他微笑的那双大眼睛。

他到女门房那里去放钥匙,让娜大妈异常殷勤,单独为挂斯特凡先生的钥匙钉了一根钉子。她要亲自把斯特凡先生的信件送到楼上去。如果斯特凡先生需要一个女用人,她将乐于为一个像斯特凡先生这样可爱的年轻人打扫房间,而且不要斯特凡先生谈起钱,她这样做纯粹是出于乐意和友谊。她滔滔不绝地说了这一切，目光无神但手势热烈。

斯特凡惊讶得忍不住要笑出来，所以急忙离开她到街上去了。就一个男人的记忆而言，女门房从来没有这样客气的。我的诗人不是不知道事出有因，他实在想不出是什么非常可笑的原因产生了这样非常可笑的结果。他想不出来，便把思想转到他认为极其优雅的褐色皮肤的夫人身上，然而也同样感到吃惊。他生活得极其孤僻，不认识任何邻居，另一方面他还不至于如此自命不凡，会以为人家刚才向他致意是由于他本人颇具魅力。在整个散步过程中，他提出了无数个假设，抽了一大堆烟丝也没能解决这个难题，最后决定回去尽量再发现一些新的情况。

他在门房里坐了一会儿，女门房变得容光焕发，斯特凡注意到她的头发比平时更有光泽，衣服也显然更加干净。她开始诋毁她的丈夫，把他说成是酒鬼和赌棍，她从未爱过他，使人明白她会让另一个人所爱。而她是斯特凡先生的朋友，为了他，她不惜赴汤蹈火，哪怕犯罪也在所不惜。

斯特凡睁大了眼睛，心里合计要抽完多少烟斗的烟丝才能离开这座迷宫。

"唉！"让娜大妈最后说，"要是我的丈夫能想到学学德波伊夫人的亡夫就好了，这样我被人爱的时候至少可以不脸红了。可是我向您发誓，斯特凡先生，我宁可死去也不能背弃我的责任。"

听着这个老泼妇谈起爱情和责任，年轻人的眼睛睁得更大了。是什么魔鬼让这个老太婆想出了这类念头？他好容易才忍住没有哈哈大笑，同时对德波伊夫人的名字倒有了深刻的印象。

"您是说，"他问道，"一个褐色皮肤的年轻夫人吧？"

"当然是她，"女门房回答，"这位夫人是个寡妇，住在二楼，花园就是她的。哎！"她指手画脚地说下去，并且抓住斯特凡的手，"她是幸福的，那个女人。要是您对她说：'我爱您'，她就能回答您，而我呢，可惜我不能！"

"讨厌鬼！"斯特凡想着，"这个老太婆是个魔鬼，而且是个最讨厌的魔鬼。我得赶紧走开，她只会使我头脑混乱。"

他挣脱被她抓紧的手。让娜大妈动作粗鲁，胸口露出了一张玫瑰色的信笺。斯特凡看到了，他在老太婆狂热的目光下逃之夭夭。

"真见鬼！"他思忖着，"我在什么地方见过像这样的信纸？"

他爬上两层楼，接着思索起来。"寡妇向我致意了，"他想，"这说明我并未使她感到非常不快。再说她还拥有一个很大的花园。我为什么不作为邻居，去请她允许我自由地在树下散步呢？何况我即使一无所得，认识一位可爱的女人也是乐事。"

斯特凡的推理总是严密而合乎逻辑，而且计划一定便付诸实施。他又走下一层楼去敲门。一个女仆过了一会儿来开门，通报说斯特凡先生来了。

房间很阴暗。长长的帷幔只透进一些微光，所以诗人一开始徒然地寻找着这里的女神。最后他瞥见她深陷在一张巨大的安乐椅里，穿着丧服，无精打采地垂着头，似乎承受着一种永恒的痛苦的重压。她身边的一个香炉里点着一些香料，散发着充满肉欲的、醉人的香气，与房间里的哀伤气氛形成了奇特的对照。斯特凡愣了一会儿之后微笑起来。

"我的上帝，夫人，"他以相当轻松的语调说，"我是以邻居的名义来打扰您。我从窗口看到您那些绿色的林荫小径，就不能产生到树荫下漫步的愿望。我想我运气不好，正巧在您沉浸在悲痛之中的时候来求得您的同意。"

"先生，"一个微弱的声音答道，"我没有许多人都有的利己主义，他们在自己痛苦的时候希望他们周围的一切也都痛苦。我只把黑暗和眼泪留给自己，为了不使任何人厌倦，我也能承受阳光，甚至露出微笑。"

她叫来女仆，让她拉开窗帘，阳光快乐地照了进来，使这个严肃的客厅变得喜气洋洋。斯特凡是个怀疑主义者，他恶意地自问，德波伊夫人是否利用让他等在门口的时间布置了一下并穿上了寡妇的装束。

两人有一阵泛泛而谈。他们说了各自的身份，相互试探。最后说起了她的亡夫。

"唉，"德波伊夫人抽泣着，又恢复了她已经忘了片刻的令人心酸的声调，"唉，他是一个仁慈的人。是个智力有限的好人，与其说是我的情人，不如说是我的兄弟。"

"我理解您的痛苦。"年轻人答道，他认为没有什么比这番表白更愚蠢的了。

"他满足了我的一切愿望，可是在我们的心灵之间没有这种我在十六岁时就梦想的息息相通。"

斯特凡无话可答，谨慎地保持着沉默。

"哦！爱情，爱情，"她接着说，"有谁能自夸在世上碰到了它？有多少次我为自己的青春太短暂、无法寻找和我相似的心灵而悔恨？真可惜！第一次婚姻是被装饰着鲜花埋进去的坟墓，有一天从坟墓中出来，玫瑰花已经凋谢，嘴唇已变得苍白，亲吻也飞到别处去了。"

"真见鬼，"斯特凡想，"我们离那个仁慈的德波伊先生可太远了。"

年轻的女人稍微坐直了身子。唉！她是为了显示凋谢的玫瑰花和苍白的嘴唇，可是她的脸却红得像个成熟的桃子，令人愉快地微笑着。她继续说下去：

"人会老的，当自由随着守寡来到的时候，我发现只有心灵仍然年轻，而身体却不配得到爱情了。相似的心灵来过几次，但它经过时却认不出我的心灵了。"

"啊！夫人，"斯特凡说。

这个"啊！"的意思是："啊！夫人，您几乎和您的女门房有着同样的感觉。啊！夫人，您的丈夫死了，因此您很自在。啊！夫人，一个情人将是您随心所欲的玩具。"

谈话又持续了一段时间。斯特凡获准常来安慰这个悲痛的美人。最后他总算站起来准备走了。他向门口走去的时候，发现一块搁板上有一个打开的象牙做的小首饰盒，里面装满了信件，其中有一张漂亮的玫瑰色的信笺。

"瞧，"他在向自己的八楼走去时想道，"这张纸很像女门房的那一张。我肯定是在什么地方见过这种信纸的。"

四

由于弄不清楚让娜大妈和德波伊夫人为什么对他如此殷勤，

斯特凡决定坐享其成，不再为此操心了。这栋房子对他来说成了一个真正的天堂。女门房像对待溺爱的孩子那样疼他，他回来晚了她决不去睡觉，以免让他在门口久等，和他说话时从来都咧开嘴微笑着，在他面前既不好奇抱怨，也不蛮横无礼。看门的女神啊，但愿您学学这个善良的让娜大妈！

玫瑰总是带刺的。门房里的场面往往会发生变化。老太婆情不自禁地挥舞双臂、转动着无神的眼睛，这时候斯特凡最不明白她在说些什么了。作为解释，他的结论是女门房有点儿疯狂，他点起烟斗，达观地忍受着她的空谈，也就是说充耳不闻。此外，他只要一发现有条出路便逃之夭夭。

他也经常到德波伊夫人的花园里去，躲进最隐蔽的角落的阴影里，以便自由地阅读和梦想。在别的时候他会"偶然地"碰到漂亮的寡妇。他们不再谈她的丈夫，而是谈大自然、艺术，尤其是爱情。这难道不是一切年轻女人的巧妙策略吗？她们知道火会燃烧，她们还要玩火。何况斯特凡从最初一刻起就对德波伊夫人作出了判断，他不可能成为这个卖弄风情的、优雅而虚伪的美人的情夫。对他来说，她是他出于艺术家的爱慕而在树荫下发现的一座有生气的、他喜欢的迷人雕像。他感到她是一件美妙的首饰，而且也许——我预先告诉您我要出言不逊了——一个月以后就会让她做自己的情妇，但仍然不会比第一天对她更为尊重。不过迄今为止，我可以断定，寡妇有技巧的目光、哭泣与微笑的巧妙结合只是逗得他乐不可支。这个柔弱的、优雅美妙的女人，像一把竖琴那样在他自己的指头下颤动，使斯特凡惊讶之极，他犹如拥有一件出色玩具的孩子，一心想发现这个好玩的机器的全部齿轮。他的理想、他梦想的那个容光焕发的女人在最严密地保护着他，眼前这个女人与她根本无法相比。然而有一天心灵沉默了，感官躁动起来，美人鱼总是美人鱼，即使人们已经知道也是枉然。好奇地听她歌唱的冒失鬼，一天晚上十分惊讶地发现自己在她的怀里。正因为如此，我刚才才出言不逊，现在还为此感到羞愧。

他除了拥有一个善良的女门房和一个在大花园里的可爱玩偶之外，他的乐趣中又增添了第三个使他高兴的原因。有一天上楼时，他看到上面几个梯级上有一个十六岁的动人的女孩，金黄色的头发，优雅而又有点害怕，她轻盈地滑了过去，不再注意我们的诗人，他还未来得及看清她的面孔，她就推开一扇门，走进他下面这层楼的房里去了。

"真奇怪，"斯特凡在自己的小房间里自言自语，"我从来没有注意过这个姑娘。"

他一连抽了三烟斗烟丝，显示出他在全神贯注地思考。

另一天他走错了楼层，敲了那个小女孩的门。没有人答应。"她不在这儿，"他想，"真遗憾。见鬼的是我能跟她说些什么呢？"

于是他沉思着离开了。

斯特凡变得心神不安起来。他有好几天不到花园里去，一连几个钟头顶着太阳倚在窗户上。让娜大妈担保碰到他在楼梯上上来下去了五六回，对这种古怪的散步深感惊讶："是为了锻炼身体。"他回答她说。她既心不在焉，又忙忙碌碌。女门房有二十次见他张开嘴想提一个问题，可是二十次他都脸红起来，只是向她要钥匙。

一天上午，他正在厚厚的烟雾当中抽烟，有人敲门了。他沉浸在梦想之中，没有马上回答，那个人径自就进来了，是楼下金黄色头发的姑娘，斯特凡每夜都梦见的人。

"我的邻居，"她天真可爱地说，"我看到您窗台上有漂亮的玫瑰花，我来向您要一束。"

她微笑着，用清澈而好幻想的目光盯着年轻人。斯特凡目瞪口呆，惊慌失措，不知说什么好。为了掩饰窘态，他开始驱散烟雾。

"我的天哪，"金发女孩毫不拘束地向窗边走去，"多难闻的气味啊！您是怎么搞的，先生，宁肯喜欢一个难看的烟斗而不喜欢这些如此芬芳的玫瑰花？"

她采了三四朵花，优雅地把刺去掉。斯特凡喝下他随手拿到的一大杯水，以便有时间想出回答的话。他笨拙地笑了起来。

"我是不是妨碍您了？"孩子最后问道，脸有点红。

"哎！小姐。"斯特凡终于说出了话。

他说着跑向玫瑰，把所有的花都摘了下来，把花束递给姑娘。

"我很遗憾，"他说，"只有这么一小块花坛。您想要马鞭草吗？"

"不要，"她答道，"您不该把所有的玫瑰花都给我。明天它们就会谢了，如果我还想要几朵装饰我的房间，就没法来要了。"

"不过还会有马鞭草。"

"谢谢，我的邻居，"她边走开边说，"我不愿意像这样夺走您的全部花束。"

年轻人用狂喜的目光追随着她。温柔的诗人，他不是梦想过这位姑娘的那种自由、那种对虚伪道德的成见一无所知的纯洁吗？时时来围着他旋转、使他的小房间微笑和欢乐的白皙的幻影，不就是在不眠之夜陪伴着他的女人吗？他慢慢地向窗口走去，看到地上有一个从女孩手指上掉下来的玫瑰花瓣，他捡起来久久地亲吻着。

这一天他跑出去买了十二个花盆，把窗边都堆满了，并且让盛开的花丛伸出窗外。然后他躲在玫瑰后面，窥伺着他年轻的女邻居会不会发现他的花坛已经扩大。

第二天，他倾听着，楼梯上的每一点动静都使他的心急速地跳动。可惜！早晨过去了，他等待的人却没有来。他焦躁不安，开始在楼梯上上来和下去。突然，正在他第七次或第八次上楼的时候，他听见了裙子的窸窣声，就是昨天出现的金黄色头发的姑娘，她走了过去，向他优雅地点点头，但是平静安详，脸也不红。他不敢告诉她新的玫瑰花已为她开放，回到房间里自认为是个白痴。

等了两天之后，他急得发狂，果断地采了一大束花下楼去敲门。姑娘来开了门，诙谐地接待他，毫不慌乱地收下了他的花束，还让他看了自己的全部财富。房间小而朴素，只是到处可见一个情趣高雅的女人的手在最细微处都留下的痕迹。她名叫妮妮，是做假花的，她只有两种嗜好，鲜花和阳光。这个可爱而天真的女人，带着永恒的微笑生活在阳光之下，这个世界的污泥浊水尚未丝毫玷污她的心灵。她甚至想不到会有邪恶，总是按自己的标准去衡量别人，总是按照自己心灵的驱使，纯洁无邪、自由自在地说话和行动。上帝有时大概乐于让人瞥见自己失去的幸福，因而让他的一个心爱的女儿来到世上，一个犯原罪之前的夏娃。她就是妮妮，天上的容光焕发的孩子，她和身体毫不掩饰她的灵魂，就像这些珍贵的、包含着更为珍贵的芳香的花盆。在她面前，人的目光会忘了世上的这位姑娘而想起天使，当她用平静而微笑的目光注视您的时候，您就会逐渐离开尘世而升向天堂。

何况她活泼而又淘气，绝不是那种悲哀而又朦胧的心灵。她以温柔的微笑忍受着姑娘们常有的淡淡的忧伤，总是快快活活却又不大声喧闹，而是诙谐地谈论一切。当她被这些鲜花围绕，一道阳光在她金黄色的头发上摇曳时，人们会看到有三个词在她的额头上闪闪发光：爱情、安宁和自由。

斯特凡温柔的心灵只能对这种卓越的天性抱有好感。因此当诗人最初的拘束消失之后，他们就成了世上最好的朋友。他们时常互相探望，妮妮天真地承认她离不了斯特凡。最后他们以"你"相称，互称兄妹。正是由于这个纯洁的孩子的美好影响，迄今为止年轻人在她面前才没有脸红，他像爱自己的理想那样爱着她，满足于每天看到她向他微笑，在他身边喃喃低语。

可是，唉！这种美好的友谊不可能持久，笼罩着这两个孩子的爱情不久就模糊了他们的目光，使他们的嘴唇为之颤动。

一天傍晚，他们两人坐在窗边。妮妮在暮色中做着一朵假花，斯特凡大声读着拉马丁《沉思集》中的一段。天黑了，他们都停了下来，沉默了片刻。月亮从树后升起，用淡淡的微光照着他们。凉爽芬芳的和风送来了远处一只夜莺的歌声，一切都是那么纯洁和宁静。斯特凡不久就讲起他刚读的诗歌来，由于自身的感触，他握住妮妮的手，作为诗人表达了自己的感情。他的话里常常出现爱情这个词，这是他第一次敢于在这个他称为妹妹的人面前说出口来。当他沉默的时候，妮妮对他说：

"我的哥哥，两株灌木把根和叶子连在一起，两滴露珠在微风吹拂下融为一颗，这不就是两个情人的形象吗？爱情，不就是这种使两个灵魂合二为一、把您在神圣的冲动中带到上帝脚下的情感吗？我常常感到要飞到天堂上去的愿望，不过我总是觉得这种梦想太美了，不可能在地上实现，这只是上帝给予死后的相爱的灵魂的最高报偿。何况你想想，哥哥，如果我爱一个人，我不就要离开你吗？不，不，我更喜欢你的友谊，甚至胜过爱情。"

她半倚着身子，始终微笑着，也温柔地握住了斯特凡的手。他战栗着，就要在她张开的嘴唇上印上一个亲吻，喊着："爱我吧，爱我吧，我可以做你的情人和哥哥。我们永远有友谊，我的妹妹啊，可是我们也要有爱情。"

月亮变得模糊了。斯特凡倚过身去，嘴唇灼热，这时他突然看见了面前他朋友的纯洁安详的额头。他急忙挣脱了手，嗫嚅了几句话便逃到自己的小房间里，像个孩子般地哭了起来。

五

可爱的读者，我理解您怀疑这个故事的真实性。是的，妮妮的这种纯洁的爱是存在的。是的，现在还有一些天真的心灵，把情人看作兄长，把深厚的爱情当成友谊。可惜！也有一些斯特凡，他们不可避免地要想起自己有一个身体，或早或迟都要用淡淡的云彩来扰乱心灵的光辉灿烂的天空。

斯特凡在妮妮面前不再那样感情外露，他的目光也不敢像从前那样和她四目相视了。他怀疑自己，他的痛苦与日俱增。另一方面，他几乎不再见到德波伊夫人，也注意到让娜大妈又恢复了抱怨和发脾气的声调。可怜的女门房无疑发现了两个年轻人之间的亲密关系，她的坏脾气即由此而来。不过他倒不把这些放在心上。

至于妮妮，她总是微笑着，像过去一样称斯特凡为"我的哥哥"。她甚至比以前更深情了，他有时躲着她，倒是她来找他，像母亲斥责乱跑的孩子那样斥责他。她常常把话题转到爱情上，没有注意到朋友的战栗，迫使他坐在她的身边，为她读一位诗人的一段狂热的诗作，或者甚至就读他自己的诗歌。接着她谈起友谊，没有发觉她在谈话中用上了她刚听来的爱的词语。在使年轻人猛烈地心跳之后，她离开筋疲力尽的他时温柔地说："晚安，哥哥，明天见。"

斯特凡在绝望和泪水中过了一夜之后，自问是否应该逃走。他一阵战栗。这个天真而优雅的妹妹，这个理想的情人，不正是他的梦，他长时间来徒然地追逐的幻想吗？从前他全心全意地召唤一个天上的天使，那么今天他有什么权利要一个世上的孩子呢？当上帝怜悯地收留他，实际上改变着他十六岁时的梦想的时候，他有什么权利泪流满面呢？唉！他现在感到人不该抛弃灵魂，更不该抛弃身体，感到世上的爱情只能是另一种生命的爱，把自己的气息和物质混合起来的造物主，愿意使情人的吻只成为兄长的吻。他看到对人类来说，这些关于天使贞洁的梦想是多么不切实际，而她的始终是同样纯洁、高尚和伟大的爱情，从神的高度上下来变成了这种人间的爱，它虽然还够不着上帝，却是女人向造物主的最出色的跃动。他甚至懂得妮妮不是把他作为一个兄长，而是作为一个情人来爱的，他懂得仅仅是她的天真、她对她自己的无知在妨碍她投入他的怀抱。一个亲吻无疑足以唤醒她的感官，向她揭示一个陌生的世界，但是他不敢给她这个吻，不敢打扰这个宁静安详的额头，即使是爱情的红晕对于她似乎也是一种罪过，一种亵渎。当她信任地来握住他的手，称他为我的哥哥时，他总是满怀敬意，只把心爱的人看成一个妹妹。然而当小天使离去时，他又成了男人，想出了无数荒谬的计划，接着便抽泣起来，向自己提出了要不要远走高飞的可怕问题。

他忽然擦去了最后几滴眼泪，妮妮进来了，宁静而又温柔。她是来向亲爱的哥哥道早安的。她一身素妆，嘴唇微笑着，就像这个在摇篮上方飞翔的守护天使，摇篮里的孩子似乎也在微笑，醒来时伸着两只小手。她金黄色的头发用一些玫瑰色的纸片扎成了绺，不用多久就会重新一卷卷地落下去，在她可爱的肩膀上起伏。

她向斯特凡走去，他赶快露出高兴的样子。

"我的哥哥，"她说，"昨天夜里我做了一个很美的梦。我们两人在橡树林里的一条长长的小路上，手拉着手喁喁低语。我忽然觉得肩上长出了翅膀，一阵微风升起来，把我像一根稻草一样带到了天上。你向我伸着手，哭泣着，恳求我下到你这儿来，而我呢，越是因为你召唤我的泪水而想到地上来，就越是被我闪光的翅膀和神奇的微风带到上帝那儿去。我也哭了，我一点都不想离开你，你的痛苦使我心碎。'我不要到天上去，'我喊着，'我不要阳光和香气，把我亲爱的哥哥、草地和橡树林里长长的小路还给我。我不想做一个天使，让我做一个普通的人，让斯特凡的手重新握住我的手。'听到这种祈祷，一个二品天使从天国下来，用手指碰了碰我的翅膀，它们像玻璃一样碎裂了，我又悄悄地回到你的怀里，这时天国的竖琴在轻轻地歌唱：'光荣归于天主，我们当中那个女人在人间已经感受到了天国的映象，她刚刚为自己戴上了热情的桂冠。'"

她说完之后，斯特凡微笑了，爱恋地注视着她。渐渐地他的眼睛惊慌不安，脸上露出了最最吃惊的表情。他的目光盯着妮妮的发式，盯着一块块玫瑰色的纸片，然后突然说道：

"哎，我的天哪，哎！我的天哪！"他嚷着，"我可想起来了，这是我的诗句！是天意还是巧合啊！妮妮，德波伊夫人，让娜大妈！……"

他向姑娘跑过去，不顾她的惊讶和反抗，解开了她头发上丝一般的卷发。金黄色头发的孩子吓坏了，一个一个地保护着自己的发卷，同时逼着他回答问题。

"讨厌的哥哥，"她说，"才作弄自己的妹妹，您要这些纸片有什么用？是想折磨我还是只因为好奇？要是我这样你不喜欢，我的斯特凡，你只要说出来，我就打扮成另外的样子。可是你要把它们弄断了，你对我说过你是多么喜欢这些金黄色的漂亮头发的。"

随后当她的发辫像金色的波浪一样在她的额头、在她因挣扎而露出的肩膀上翻动的时候，当她头发散乱、被长长的发辫半遮的目光中既有泪水也有微笑的时候，她在心跳激烈的哥哥面前看到了自己，她在起伏的胸前叉起双臂，温柔地侧着刚刚出现了一片短暂的红晕的额头。这是翅膀上的羽毛开始脱落的天使。

这时斯特凡把所有玫瑰色的纸片都收集在一起。一片都不缺，互相拼凑成一封完整的信。

"妮妮！"他几乎是严肃地问道，"告诉我这张纸是哪儿来的？"

"你是个坏蛋，"她仍然一脸怒气，"我不想告诉你，而且我再也不来了。再说我也不会告诉你，好久以前的一天早晨我就在房间里捡到它了。今天我碰巧看到了它，就用它来打扮，为了让你高兴。可是你是个坏蛋，所以我不想告诉你。"

"那你从来没有念过？"

"从来没有。有什么东西好念吗？"

"到我这儿来，我的朋友，"斯特凡说，"我们一起来朗诵这些盖在你芳香的鬈发上的诗句吧。"

于是两人都动情而战栗地偎在一起，辨认起已经模糊不清的字迹来。念完之后，妮妮读出了签名："斯特凡！"她叫道，两颗大滴的眼泪缓缓地流了下来。

斯特凡在她膝边坐下，向她讲了在那个疯狂的早晨，他把三份爱情的呼唤随风扔了出去。他告诉了她前两张信笺的遭遇，谈到让娜大妈的可笑行为和德波伊夫人的虚伪，使姑娘的嘴唇上露出了微笑。最后他对她说，由于一阵友好的微风和一位好心的仙女的金色翅膀，第三张信笺无疑飘进了她的小房间，让她捡到了。他说完之后，温柔地拿起妮妮的手，吻了她一下，问道：

"回答我，你是我不认识的、由聪明的微风把我的情诗带给你的心爱的女人，还是我的妹妹，我对她的友谊已如此熟悉的好妹妹？我给你的吻是兄长的吻还是情人的吻？"

妮妮静静地注视着斯特凡。她看到他在她脚边战栗，为了掩饰自己目光中的惶惑，她有时望望天空。这是一幅优美的景象，兄妹俩在爱情的微风下逐渐成了两个温柔的情人。他们的声音和目光相互爱抚，他们的手更紧地握在一起，听得见他们的心在战栗的胸中充满柔情地、和谐地跳动。这天早晨就像斯特凡所说的那个早晨，外面传来花香和鸟儿的歌声，两个金黄色头发的脑袋相互偎依，上帝赐给他们的这种不可言喻的肉感的魅力，使窗边的鲜花更加鲜艳，阳光也更加明媚。

妮妮微笑了。

"可是，"她说，"我的斯特凡，我要嫉妒了。何况我不知道我们三个人里你选中了谁。听说那个德波伊夫人很漂亮。"

斯特凡的全部回答是又吻了她一下。于是妮妮不再取笑，依偎着他，红着脸低声说：

"我的斯特凡啊，在这一切事情中你没看到上帝的手吗？在疯狂的一天里，你让三声叹息随风飘去，两声失落在世上徒然而可鄙的回声之中，这是有益的教训。第三声在空中自由而纯洁地飘荡，直到它要使之颤动的竖琴准备好的那一天。后来，在我们相爱之前，你在自己的路上遇见了我，上天给了我们友谊，使我们相互尊重，否则爱情连一个钟头也存在不了。我们互称兄妹，日益融洽，在永恒的基础上建立了我们的关系，这个时候终于到了，你失落的叹息来到我们耳边回响它神奇的乐曲，完成了上天的意图。"

她说着紧挨着他，吻着他的嘴唇，喊道：

"啊！是的，哥哥变成了我的情人，要不你就同时保留这两种如此温柔的名称吧，我的梦想现在不是实现了吗？我无知的天真曾使我登上天堂，我不是刚刚从天上下来，投入你的怀抱了吗？我是世上一个普通的姑娘，可是我爱你，有一天会和你一起飞翔。是的，是的，做我的情人，让我们享有这人间的爱情，这种灵魂的冲动和肉体的冲动吧。我们要尽力相爱，并赞美上帝的神秘意图。我爱你，我的斯特凡，我爱你。"

这个优美的孩子的翅膀刚刚碎裂，便投入了心爱的人的怀抱。她的心上人把她紧抱在怀里，又哭又笑。在这种神圣而又纯洁的拥抱中，人间和天国可以说也亲如一家了，所以在天国里看着这幕景象的天使们也微笑起来。

可爱的读者，您会问我一阵风吹来的爱情后来怎么样了。以漂亮夫人的才智，您会对我说，一阵风吹来的东西也会被一阵风吹去。不过可惜的是，您的嘲笑和精明现在都完全落空了。斯特凡和妮妮有一天早晨来到了一条清澈的小溪边上，建造了一个由忍冬和常春藤遮阴的小茅屋作为他们的窝，在相爱和戏谑中平静地度日，夏天在高大的树下，冬天挨着热乎乎的壁炉。他们就这样在阳光下自由自在、相亲相爱地生活，每天早晨为爱情的使者、芳香的微风祝福。"这么说斯特凡不写诗歌了？""完全不是。他为他的女友朗诵，像蜜蜂在花萼里采蜜一样，他只从她玫瑰色的嘴唇上汲取灵感。他把这个故事开始时曾使他大费脑筋的著名剧本扔进了火炉，只用他的竖琴歌唱爱情和自由。""那他的烟斗呢？妮妮把它砸碎了吗？""妮妮爱着斯特凡，可爱的读者，而斯特凡呢，听说在这种您深恶痛绝的烟雾里，依然能许多次为最困难的问题找到解决的办法。"

六

您很好奇，夫人，我不得不补充一章，来完整地结束这个真实的故事。

当这对情侣飞走之后，让娜大妈成了一个可怕的女门房。她有时还重新读一下玫瑰色的漂亮信笺，以便暂时重温她的可惜早已消逝的十六岁的年华。再说她从未弄清楚这张迷人信笺中对爱情的全部想法，有些晦涩的段落使她特别恼火。有一天让娜大妈正在对着打开的信笺想入非非，看到德波伊夫人经过便叫住了她，决心把诗人的赞美弄个一清二楚以便随意品味。

漂亮的寡妇用心不在焉的目光瞟了一下信笺，忽然恼火得脸色发白：

"这个小斯特凡先生是个傲慢无礼的人，"她嚷着把信笺揉成一团，"他只能嘲笑您。我有一天忘了自己的痛苦，他竟敢抓住我的手，我确实曾把他赶了出去。哎！您也把他赶走是做得太好了，这个不知羞耻的人。"

说完两个女人分手了，让娜大妈由此对斯特凡的爱情死了心，而德波伊夫人则为自己竟有过一个老态龙钟的女看门人这样的情敌而大为光火。

擦鞋的女子

她还在床上，身体半裸，面带微笑，仰着头，两眼充满睡意。她的一只胳臂枕在头发下面，另一只悬在床外，手张开着。

伯爵穿着拖鞋站在一扇窗前，用手指掀起窗帘，全神贯注地抽着雪茄。

你们都认识她……她昨天二十岁了，看起来刚满十六岁。她的一头浅黄褐色的、富丽堂皇的金发，鬃毛一般浓密、丝绸一般柔软，犹如一顶天使们都从未有过的、闪着金色光泽的最华丽的花冠。闪光的波浪在脖子上流动，每一绺头发都卷曲着有力地向下延伸。发卡掉了，散开的辫子相互缠绕，整个头部就像晨曦一样闪耀着光辉。而在这片光彩和华丽之中，显现出白皙而美妙的颈项、苍白的肩膀和乳白色的胸脯。在这堆色彩炫目的头发之中微微露出的纯洁的脖子，有着无法抵抗的魅力。当日光在这个笼罩着柔和的光芒和金色的阴影的颈项上流连忘返时，便会燃起灼人的情欲，感受到它既属于猛兽又属于孩子，既无耻又纯洁，感受到要让嘴唇去狂吻的醉意。

她美吗？不知道……她的脸都被头发盖住了。她大概额头低垂、眼睛细长，几乎是灰色的，鼻子也许不大规则，显得任性，粉红色的嘴巴大了一点，然而这又有什么关系呢？人们不会去仔细描绘她面部的线条和轮廓。看她一眼便令人倾倒，正如喝第一杯烈酒便会醉倒一样。因为看到的只是红光中的一片白皙，一个玫瑰色的微笑，还有反映出银色阳光的目光。她转过头来已足以摄人魂魄，无法再去逐一研究她的完美之处了。

我想她是中等身材，略显丰腴，故而举止有点缓慢。她长着小女孩的手脚，整个身体洋溢着一种慵懒的肉欲。她露出一条丰满而迷人的胳臂，便使人心猿意马、晕头转向。她是五月里晚会的王后，是在夜里才平息下来的爱情的王后。

二

她枕在柔软的弯曲着的左胳臂上休息，过一会儿就要醒了。在清醒之前，为了适应日光，她半睁着眼皮注视着天蓝色的床罩。

她在那儿，隐没在枕头的花边里。她似乎沉浸在清晨的湿润和刚醒来时的美妙的倦意之中。白皙的身体慵懒地伸展着，只是随着轻微的呼吸而微微起伏。在未被衣服遮掩的部分，看得见泛着粉红的白色皮肤。没有什么比这张床铺和这个女子更绚丽多彩的了。神圣的天鹅有一个和它相称的窝。

卧室是一个奇迹，布置成柔和悦目的淡蓝色，色彩和香气都温和宜人，空气也柔弱无力，只有短暂的震荡。窗帘上宽大的皱褶软软地下垂，地毯无声无息地铺在地上。这座圣殿的静谧、光线的轻柔、阴影的相宜、家具的简朴但无与伦比的雅致，令人想到一位集一切高雅和优美于一身的女神，一个在天堂中生活的艺术家的和公爵夫人的灵魂。

毫无疑问，她是在牛奶浴中长大的，优美的肢体表明了她的生活的贵族式的闲适。人们乐于想到她的灵魂也和她的身体一样洁白之至。

伯爵抽完了雪茄，但没有转过身来，香榭丽舍大街上的一匹马引起了他强烈的兴趣，它刚刚摔倒，有人正徒然地想使它重新站起来。想想看这头可怜的牲畜是向左侧倒下的，辕杆也许会折断它的肋骨。

三

在房间的深处，在香喷喷的卧床上，漂亮的女人逐渐醒了过来。现在她的眼睛已完全睁开，但她仍然懒洋洋的，一动不动。精神醒了，肉体还在打盹。她冥想着。

她刚刚上来的是个什么样的明亮的地方？多少成群的天使从她面前经过，使她的嘴唇带上了微笑？她心中由于什么样的计划和作为而激动？在这个神灵般的白色的黎明，她醒来时突然出现的第一个想法是什么？

她睁大眼睛注视着床罩。她还没有动弹，还沉溺在梦境里，只是不时眨眨眼皮。她久久地耽在自己的幻想之中。

然后，像服从一种不可抗拒的召唤一样，她忽然伸开双脚跳到了地毯上。雕像变成了女人。她撩开额头上闪着光泽弯曲地垂在雪白的肩膀上的头发，理好衣服的花边，穿上蓝天鹅绒拖鞋，富有魅力地交叉着两臂。她半弯着腰，抬起肩膀，像孩子一样做了个狡黠和贪吃的鬼脸，悄悄地快步走过去，掀起一个门帘消失了。

伯爵扔掉雪茄，发出了一声满意的叹息。大街上的马刚刚幸运地重新站了起来：一声鞭子使可怜的牲畜的脚又站直了。

伯爵转过身来，看着空空的床铺。他注视了一会儿，慢慢地向前走了几步，然后坐在床边，也开始出神地看起天蓝色的床罩来。

四

女人的面孔是一副青铜面具，男人的面孔则像一潭清泉，使他的一切秘密暴露无遗。

伯爵注视着床罩，机械地思忖着这种料子要多少钱一米。他加加乘乘，纯粹是为了消遣，最后得出了一个大数目。接着他不由自主地被相关的想法所吸引，估价起整个卧室来，发现它的总值高得异乎寻常。

他的手放在床上，放在枕头下面，里面还是温热的。伯爵沉湎在对他的偶像的冥想之中。他注视着床铺，注视着美女睡过后留下的肉欲的凌乱，当他看到一根在白色的床单中闪亮的金线时，他就沉思起这个温柔而又可怕的女人来了。

随后，两种想法逐渐接近并在他的头脑里结合起来；他同时想着这个女人和这间卧室，感到两者十分相称。他得意地把女人和家具、窗帘和地毯比来比去。这里的一切都是和谐完美、必不可少和命中注定的。

伯爵的梦想到此出了岔子，由于人的思想的一种无法探测的奥秘，他现在想起他的长筒靴来了。这个念头无缘无故地突然闯入了他的脑海。他回想起大约三个月以来，每天早晨他离开这个房间时，总是发现他的长筒靴被擦得干干净净，还擦上了鞋油，这种回忆使他感到快慰。

卧室富丽堂皇，女人美妙非凡。伯爵又注视起天蓝色的床罩和白色床单上的金线来。在枫丹白露栅栏那边一间发黑的茅屋里，一个捅阴沟的男子和一个女看门人命中注定地生出了这个优雅的王后，他把她置于绫罗绸缎之中，为此他得意地宣称是纠正了天意的一个谬误。他庆幸自己只花了区区五六万法郎，便为这个出色的美人提供了一个无可挑剔的安乐窝。

伯爵站起来走了几步。他独自一人，他想起三个月来他都是这样每天早晨要独自待上足足一刻钟。于是他掀起门帘——不是由于好奇，只是想走走——也走了出去，去寻找他心爱的人。

五

伯爵看了所有的房间，却没有发现一个人。

当他往回走的时候，他听到一个小房间里有一种不断而有力的擦鞋的声音。他以为那是一个女仆，想问问她，他的情妇为什么不在，于是他推开门，把头伸进去。他在门槛上目瞪口呆地愣住了。

房间很小，刷成黄色，齐人高的墙基则是褐色。一个角落里有一个水桶和一大块海绵，另一个角落里有一把扫帚和一个鸡毛掸子。强烈的光线从一个玻璃窗洞里射进来，照着这个空荡荡的、像柜子一样又高又窄的房间。空气潮湿而新鲜。

在房间中央的一个草垫上坐着这位金发美人，双脚盘在她的身下。

她的右边是一罐鞋油，一支画笔，一把用得发黑、还沾着鞋油的潮乎乎的刷子。左边是一只像镜子一样锃亮的长筒靴，是擦鞋人精巧的杰作。她的四周散落着泥块和纤细的灰尘，稍远处是用来除去鞋底污泥的刀子。

她手上拿着第二只长筒靴。一只胳臂全都伸进了皮靴筒里，她的小手握着一把巨大的、有着丝一般长毛的刷子，使劲擦着看起来很难发亮的鞋跟。

她用衣服的花边掩盖着叉开的、裸露的双腿，脸上和肩膀上淌着汗珠，不时停一下，不耐烦地撩开落在她眼前的鬈发。她晶莹洁白的胸脯和胳臂上布满了黑点，有些小如针尖，有些大如扁豆：从刷子的毛里飞出的鞋油，使这片晶莹的白皮肤上布满了黑色的星星。她咬紧嘴唇，湿润的眼睛含着笑意。她满怀柔情地俯向长筒靴，似乎不是要擦它而是要抚摸它。她全神贯注地干着她的活儿，快乐得忘乎所以，随着快速的动作来回晃动，专注得到了入迷的程度。

寒冷的阳光从窗洞里照在她身上，一大束笔直的白色光线染红了她的头发，使皮肤显得粉红，花边呈现出淡蓝色，烘托着这个置身于泥块当中的、优雅和娇弱的美人。

她在那儿，一副贪吃而高兴的样子。她是她父亲的女儿，是她母亲的女儿。每天早晨醒来时，她就要想起她的青春，她的在黏糊糊的楼梯上、在所有房客的破鞋子中度过的美丽的青春。她冥想着，强烈地渴望着除掉什么东西上的污泥，哪怕只是一双蹩脚的长筒靴。她酷爱鞋油，正如别人酷爱鲜花一样。这是属于她的不体面的爱好，她从中感受到奇特的乐趣。所以她才不顾她的奢华和她纯洁无瑕的美，起来去用她白皙的手指擦鞋底，把贵妇人的娇弱沉溺于一个仆人的粗活之中。

伯爵轻声咳嗽；当她吃惊地抬起头来时，他从她手上拿过长筒靴穿上，给了她五个苏就平静地离开了。

六

第二天擦鞋的女子生气了，给伯爵写了信，要求他付十万法郎违约金。

伯爵回信说他承认确实欠她点什么。按每天擦长筒靴需二十五生丁计算，三个月应付二十三个法郎。他让随身男仆把二十三个法郎送给了她。

蓝 眼 睛 的 老 太 太

一

您一定碰到过她们，那些在人行道上顺着店铺蹒跚而行的、蓝眼睛的老太太。在匆忙的行人之中，到处都能看到她们小心翼翼地迈着缓慢的步子。

她们戴的黑草帽帽顶很深，没有饰带，用一根细绳系在下巴上。深色的连衣裙贴着她们干瘦的四肢，暗绿色的披肩搭在耸起的肩头，就像挂在两根钉子上一样。迟钝的双脚拖出一种哀伤的声调，怕冷的双手缩在披肩下面，一只手臂上挎着一个干瘪的提包。

她们低着头走着，沉思默想，像做祈祷的孩子那样动着嘴唇。在黑帽子里面，她们的面孔像干了的水果一样憔悴，肉消失了，只剩下了皮，犹如一张湿润的羊皮纸；她们的蓝眼睛蒙着一层雾，像死水一般呆滞。这些目光有一种已被忘却的轻柔，因冥思苦想而呆呆地出神。

蓝眼睛的老太太们显然又都变小了：她们又变成了孩子。看着她们走过，当低垂的面孔被黑帽子遮住时，人家会把她们当成上学的小女孩，因为她们身材单薄，两臂瘦弱，举止无力，但看起来却很年轻。后来当她们抬起额头时，人们才大吃一惊地看到：在一个孩子般的身体上，是一个头发灰白、面孔凹陷、被整整一辈子的激情或贫困所毁坏的脑袋。

二

二十岁的小伙子总是注视年轻姑娘在风中露出的白皙的腿

肚。我则喜欢注意那些蓝眼睛的老太太，她们头也不回，像梦游者一样一步一步地一直向前走着。

她们总是孤零零的，不像十六岁的美人儿那样在街上成群结队、嘻嘻哈哈地走路。她们显得孤独、自卑和不引人注目，悄悄地走进人群时人们甚至对她们视而不见。

她们住在先贤祠高地上和蒙马特尔高地上，每个人我都认识。在明朗的阳光下，在干冷的冬天，我一看到她们当中的一个，我便跟随她的脚步，乐于陪伴这个如此衰老和难以接近的、有趣的矮女人。从前当我还很天真、不知道自己是在跟什么样的神秘女人打交道的时候，曾自作主张地要去发现蓝眼睛的老太太们的住所。她们呆滞的目光引起我的好奇，我需要了解她们的生活，于是决定到她们每个人的家里去，正如别人登门拜访那些愿意向你诉说自己的故事的漂亮姑娘一样。

我跟踪了她们三年，却从未能知道她们从什么地方出来或回到什么地方去。在一条街上，我忽然瞥见了一位，她像是从马路下面一下子冒了出来。我开始耐心地跟着她走，她始终沉着脸，像按照时钟的节奏那样向前走着。后来，当她缓慢的步子让我看得昏昏欲睡的时候，她突然消失了，避开了我，大概回到马路下面去了。

她们全都这样从我手里滑走，我永远无法满足自己的好奇心。每当我想起我对她们的徒然的追踪，便几乎要相信这些蓝眼睛的老太太都是幽灵，她们已为爱情而死去，现在又回到她们曾经热烈地爱过的人行道上来漫步。因此我也变得明智起来，决定不再企图了解她们的住所，我宁肯相信她们没有住所，而是每天早晨从死亡中醒来，到晚上再重新死去。

三

十年来，我看到的她们总是这个样子，脸上并未增添一条新的皱纹，看来她们是在沉默中永生。当我怀着不安和空落落的心情跟随她们时，这五月的温柔的早晨，使我梦想过多少故事啊！她们迎着阳光，在和风的吹拂下略为苏醒，有时甚至还停下来呼吸新鲜空气和注视前方。

这些由于高龄而变得单薄的可怜的人，这时对青春充满了什么样的想法呢？是什么样的关于遥远春天的回忆，使这些紧闭的嘴唇发出了一声叹息？

于是我寻思起来，这些蓝眼睛的老太太，从前曾是什么样的妙龄女郎。她们大概有过一些可怕而甜蜜的经历。这些戴着黑帽子、围着绿披肩的模样相同的人，她们来自何方？是谁把这些面孔和服装都相同的修女，形单影只地放在巴黎的马路上？她们从神秘中来，似乎互不认识，然而看来可以肯定她们是属于同一个可悲的家族。

有谁知道呢？或许她们生来就是如此，衰老和驼背。或者她们都有过同样热烈的青春，青春燃烧了她们的肌肉，使她们永远干瘪、僵硬地活着。

我一向乐于有后一种想法，仿佛看到她们穿着有玫瑰色饰带的洁白柔软的服装，眼含笑意，嘴唇湿润，在上个世纪的园地里跳舞，向男子们送着飞吻。

四

六月的一天傍晚，当卢森堡公园的栗树投下淡淡的阴影时，一位蓝眼睛的老太太过来坐在石凳上，当时我正坐在这里浮想联翩。

她坐下时裙子提了起来，我瞥见了一只系着带子的大鞋，和从未见过的最娇小的小脚。

她低着头，黑帽遮住了她的面孔。她把患病的小女孩那样可怜的双手缩在披肩里，显得瘦弱不堪，就像一个十二岁的孩子。

她也许意识到了我心中浮起的怜悯，因为她抬起了头，用茫然发呆的眼光注视着我。

她的目光和我的目光相遇了一秒钟，便向我说出了一个充满爱情和悔恨的久远的故事。这双暗淡的眼睛里有一种温柔的悲哀，有对青春的全部渴望和老年的一切疲惫。欢乐的夜晚曾染红过这双眼皮，充满激情的热泪已灼去了它们的睫毛。她或许仍在爱着，这个可怜的蓝眼睛的老太太，还在不知疲倦地爱着，为飞逝的时光而惋惜。她在阳光下战栗着，回想着从前热烈的亲吻。

我相信已经深入了这样一个神秘人物的内心。她的眼睛告诉了我，使我现在知道了这些在街上的、有时还在向年轻男子投去温柔目光的蓝眼睛的老太太来自何方。

她们来自我们父辈的爱情。

五

我注视着大皮鞋里的小脚……

她有十六岁，是个娇小可爱的少女，皮肤白皙红润，浅灰色的柔发轻盈地卷垂在她的面颊两边。长长的金黄色的睫毛遮掩着秋水般湛蓝的目光，下巴上有一个笑起来便凹进去的小酒窝。她总是在笑。

浅灰色的柔发使她有了个悦耳的名字：灰姑娘。别人都叫她"微笑"，因为他们从未见过她嘴唇上不带着使下巴上的小酒窝凹进去的微笑。

她不像现在的女孩每天不动针线就能穿上丝绸衣裳。她整天缝纫，却只能穿印花棉布的连衣裙。但那是多么漂亮的印花棉布啊，鲜艳、整洁、朴素而单纯！发髻上戴一顶布软帽，脖子上围一条薄头巾，穿着白袜，裸露胳臂，这个和蔼的姑娘在伸着双手欢迎您。眼睛和嘴唇都流露出愉快的心情。她整个小巧的身躯散发着温存、健康而强烈的快乐，她的大笑声里有一种沁人心脾的柔情。

应该承认，灰姑娘有一颗反复无常的心灵，然而这颗心是多么坦率！它爱的很多，几乎到处都爱，但从来不会同时在两个地方。这个爱情的傻子，愚蠢地任凭柔情的引导，不加防卫地去到能亲吻的地方。而且她从不躲躲闪闪，她在光天化日之下去爱，说我爱你，也更会毫不犹豫地说我不再爱你了。由于她的最后一吻总是和初吻一样甜蜜，她的情人们没有一个想和她闹翻。

"微笑"对郊区的树林和公共舞会的树丛非常熟悉，她有办法整天工作和整夜欢笑。有些人担保她从不睡觉，另一些人听了之后则略加嘲讽。

她就这样过着自由的生活。在健康的劳动和爱情的温柔乐趣中打发日子。她把自己的心用来施舍，毫不在乎自己的亲吻，以为她的青春会永世长存。灰姑娘、"微笑"，这个浅灰色头发的孩子，总是使下巴上凹个小窝的情人，大声唱着她第十六个年头的歌，为了不浪费时间而加紧去爱，多多地爱。她用她的那双小脚在草地里、在舞会的地板上、在室外一切有亲吻的地方奔走着。

六

裙子又垂在小脚上，现在小脚在大皮鞋里静止不动了……

我把目光缓缓地从脚上移向她的面孔。

她的脸看起来真吓人，灰白中夹杂着砖红色，灰色的头发贴在太阳穴上。晦暗的泪眼现出一种污浊的蓝色。酒窝在下巴突出的骨头中间形成了一个黑色的窟窿。

啊！在六月的阳光下、在衰老和自弃中发抖的悲哀的情人！青春并非永恒，情人们一天晚上曾在她干瘪的嘴唇面前战栗，正如她用暗淡的目光注视我时我自己也战栗一样。

好吧！不，我爱你，可怜的"微笑"，可怜的灰姑娘！我想只看到你的小脚，像胆怯的情人一样在街上跟随着你，永远不和你说话。你将是我悲惨日子里的情人，我在卢森堡公园的一张凳子上、在明媚的阳光下梦想过的你。

当我肯定你们是从前的青春爱情被毁坏之后的幽灵时，不要来向我否认，亲爱的蓝眼睛的老太太们啊！

屋 顶 下 的 爱 神

那些愁眉苦脸的人，那些上了年纪、使青年感到忧伤的人，说什么他们那个时代的玫瑰花已经凋谢，剩给我们的只有刺了。他们怀着幸灾乐祸的心情告诉青年一代："缝纫女工正在消失，已经没有缝纫女工了！"

但我向你们担保他们是在撒谎，爱情和劳动不可能消失，阁楼里快乐的鸟儿不会飞去。

我认识这样一只小鸟。

玛尔特二十岁了。有一天，她发现自己在生活中成了孤身一人。她是这个大城市的孩子，大城市向姑娘们提供的是顶针或者首饰。她选择了顶针，成了缝纫女工。

这种行业很简单，只需要一颗心和一根针。问题在于既要爱得多，又要干得多，现在是劳动拯救了爱情，手指确保了心灵的独立。

青春妙龄的玛尔特用小手捧住额头，勇敢地进行了最严肃的思考。

"我年轻，我漂亮，穿不穿带花边的丝绸连衣裙，戴不戴首饰都取决于我。我可以过富裕的生活，吃精美的菜肴，出门都坐车，整天悠闲自在地坐着。但是有一天，我在哭干眼泪和克服了我的一切厌倦之后，我会在泥泞中醒来，听见我的心在呻吟。从今天起我宁肯服从它，我要让它成为我唯一的向导。为了能够平静地听它的话，我要穿印花棉布裙子，在我一连几个小时缝纫的时候，我要低声地向它请教。我要使自己自由地去爱我的心会爱上的人。"

于是这个漂亮的孩子就这样成了由多情能干的好姑娘组成

的共和国里的公民。

从这一天开始，玛尔特住进了屋顶下的一个充满阳光的小房间，你们都知道诗人们描绘过的这种小窝。家里唯一的奢侈品是优雅的整洁和无尽的快乐。房间里的一切都洁白、明亮、连旧家具也唱着她第二十个年头的歌。

床很小，很洁白，就像一个寄宿生的床，只是在支撑着床帏的杆顶上，悬挂着一个张着翅膀和手臂的、用石膏做的金黄色的爱神，床头是微笑着的阁楼诗人贝朗瑞的肖像。墙上贴着一些石版画——画的是几只黄色和蓝色的鹦鹉，以及一些从《迪蒙·杜尔维尔游记》里取下来的版画，一个架子上放着一大堆在历次赶集时挣来的瓷器和玻璃器皿。

后来有了一个五斗橱、一个碗橱、一张桌子和四把椅子，小房间的家具太多了。

鸟儿不在的时候鸟窝就没有生气。玛尔特一进来，整个阁楼便开始微笑起来。她是这个世界的灵魂，连阳光射进来与否，都要看她是在笑呢还是在哭。

她坐在一张小桌面前，哼着歌干缝纫活儿，屋顶的麻雀应和着她的曲调。她赶着把活儿干完，她知道有人等她，因为她明天要到韦里埃尔的绿树成荫的高地上去。

坦率地说，是她的心说话了，她也完全能听到她的心对她说的话。她听从它已有两个月了。她在世界上不再孤独，她遇见了一个好小伙子。她是个好姑娘，所以让他爱，而她自己也爱上了他。

看看她手里拿着缝纫的活儿走在街上。她轻盈地跳过路边的污水，撩起的连衣裙露出了纤细的脚踝。她走起路来既大胆又心惊，像卢森堡公园里的麻雀一样既放肆又害怕。她是巴黎马路上警觉的鸟儿，这里是她的乡土、她的祖国。人们在其他任何地方都见不到这种动人的微笑，这种果断的步伐，这种自然的优雅。这个纯朴爱笑的孩子，像云雀一样羽毛不丰却活泼欢快。

第二天，她在韦里埃尔的树林里是多么高兴啊！那里有草莓和鲜花，大片的草坪和浓密的树荫。玛尔特享受着一个星期劳动之后的愉快。她为空气和自由而陶醉，被天空的淡蓝和叶簇的深绿感动得流泪。傍晚她就慢慢地走回家，手里拿着一根丁香花树枝，心里洋溢着更多的爱情和勇气。

她就这样为自己安排了既劳动不息又充满柔情的生活。她知道挣自己的面包和只做她认为合适的事情。

谁能责备这个孩子呢？她付出的比得到的要多。她的生活具有真正激情的全部尊严，具有不断劳动的一切美德。

歌唱吧，我们的二十岁是只美丽的云雀，为我们歌唱，正如你们曾为我们的父辈歌唱，以后将为我们的儿孙歌唱一样。你们是永恒的，因为你们的青春和爱情。

雪

　　傍晚，粉灰色的云层从地平线上升起，逐渐布满了天空。空气因微微吹起的寒风而颤动。接着，一片无边的沉寂、一种柔和与冰冷安静地降落在沉睡的巴黎。漆黑的城市在沉睡，雪从冰凉安宁的空中缓缓地落下。天空无声无息地用一块洁白无瑕的地毯盖住了睡眠中的大都市。

　　巴黎醒来的时候，看到新年已在夜里为城市披上了白色的罩衣。城市似乎既年轻又贞洁。不再有溪流、人行道，也不再有黑魆魆的马路；街道成了宽阔的白色缎带，草坪上铺满了白色的雏菊。这些冬天的雏菊也在阴暗的屋顶上盛开。每个突出的地方，窗台、栅栏、树枝上都装饰着轻柔的白色花边。

　　可以说都市成了一个小姑娘，具有新年动人的青春活力。她刚刚除去她的破衣烂衫、泥泞和灰尘，穿上了漂亮的薄纱连衫裙。她轻轻地呼吸着纯净新鲜的空气，像爱打扮的孩子一样展示着它纯洁的饰物。

　　令人吃惊的是她为居民们着想，为了使他们喜欢，她抹去了自己的污迹，在清晨向他们微笑时焕发着少女的动人光彩。她似乎在对他们说："我在你们睡着的时候使自己变美了。我要祝愿洁白的、充满希望的新年给你们带来快乐。"

　　就这样从昨天开始，城市重又变得洁白无瑕了。

　　冬天的早晨，当人们推开百叶窗时，没有什么比潮湿寒冷的黑色街道更令人忧伤的了。弥漫在空中的发黄的雾气，凄凉地沿着墙壁飘动。

　　然而当雪在夜里为大地无声地铺上厚厚的地毯之后，人们便会发出高兴和惊讶的赞叹。冬天的一切丑陋都烟消云散，每幢房子都像一位穿上皮衣的美丽的夫人，屋顶快活地显现在洁白明亮的天空里，这是寒冬最兴旺的时期。

从昨天开始，巴黎经受着雪给孩子和大人们带来的欢乐，大家都傻呵呵地兴高采烈——因为大地一片洁白。

在巴黎，有些景色是无与伦比地开阔，习惯已使我们变得冷漠了。然而爱闲逛的人，那些在风中游荡，寻觅令人赞叹的动人景致的人，对这些景色都了如指掌。至于我，我最爱从巴黎圣母院到夏朗东桥的这一段塞纳河，我从未见到过比这里更为奇特和开阔的地平线。

下雪的时候，这里的景色就更加开阔了。阴暗发黑的塞纳河在两条耀眼的白带中流过，人迹罕至的堤岸静悄悄地伸向远方，灰白色的、柔和而单调的天空显得无边无涯。而在汩汩作响的泥浆水里，在这些白色和平静之中，有一种令人心碎的忧伤，一种苦涩而悲哀的柔情。

这天早晨有一只船顺河而下。船上落满了雪，在阴郁的水面上显出了一个白点，活像一块被水流冲走的河岸。

哪个作家会用笔来描绘巴黎的各种景色，他就必须写出城市的面貌随每个季节而改变，雨季发黑，下雪变白，因五月的春光而欢快，在八月的骄阳下炽热而疲乏。

我刚刚穿过卢森堡公园，它的树木和花坛我都认不出来了。啊！在橙黄色的夕阳映照下，波纹般地闪着金光的青枝绿叶，现在显得多么遥远。我还以为自己是在一个公墓里。每个花坛都像一座坟墓的巨大的大理石台面，四处丛生的小灌木则像黑色的十字架。

梅花形的栗树像大块研磨过的玻璃熠熠闪光。制作得十分精美，每根小枝上都装饰着纤细的水晶，褐色的树皮上覆盖着精致的绣品。人不敢碰这些轻巧的玻璃器皿，担心会把它们打碎。

大路上踩出了散步的痕迹。挖土工人把地面掘成宽阔的伤口，活像一些公共墓穴。雪堆在这些坑的四周，使它们阴森森地张着嘴，在白雪旁边显得黑洞洞的，似乎在等待着穷人的不值钱的棺材。

只有树木以大块研磨过的玻璃般的闪光保留着纤美的雕镂花纹。那边平台上的雕像在白色的外套下发抖，从栏杆上方注视着纯洁的、未被玷污的草坪。

然而也有一些巴黎人不大喜欢雪，我想谈谈这些灵活的灰色的麻雀，它们的叽叽喳喳和大胆放肆已经是尽人皆知了。

它们不在乎雨水和灰尘，能够在泥泞里跳跃而不弄脏爪子。但是可怜的小家伙在雪地里跳来跳去寻找面包屑的时候，便会发出绝望的呼唤。它们失去了吵吵闹闹的和嘲弄人的气派，可怜巴巴地发着火，饿得直叫，它们认不出平时可以饱餐一顿的好地方了，惊慌地飞来飞去，因饥寒交迫而变得迟钝麻木。

要问问住在阁楼里的居民吗？他们都会告诉你，这天早晨有麻雀来用喙啄他们的窗户。它们要进来吃东西和取暖。这些大胆的小动物了解人、信任人，知道我们并不凶恶。我们上街时它们曾在我们的脚边吃过东西，所以它们完全能到我们家里的桌子上来就餐。

那些打开窗户的人看到进来的麻雀都喜欢抚爱和顺从人意。它们停在一件家具的角上，因为暖和而快活地抖着羽毛，高兴地啄食着撕碎了放在它们面前的面包。后来当阳光把雪染成玫瑰色时，它们便振翅飞去，并轻轻地鸣叫一声表示感谢。

在天文台旁边的十字路口，我见到了一些冻得哆嗦却兴高采烈的孩子。他们有三个人，两个十二岁左右的男孩穿着那不勒斯的服装，一个八岁的小女孩，皮肤被那不勒斯的阳光晒成了褐色。他们把自己的乐器放在一个雪堆上，两把竖琴和一把小提琴。

两个男孩在用雪球打仗，不时尖声大笑。小女孩蹲着，着迷地把发青的手伸入白色的地面，用破布包着的褐色的脑袋显示出陶醉的样子。她用两腿夹住红色的羊毛裙，裸露着的可怜的小腿在发抖。她浑身冰冷，玫瑰色的嘴唇却微笑着神采焕发。

这些孩子大概只知道骄阳的炎热，寒冬和柔软的雪对他们来说就是一种欢乐。他们是街上过路的鸟儿，来自灼热而艰苦的地方，他们在冬季的白色世界中玩耍，以至忘记了饥饿。

我走到女孩子身边：

"你就不怕冷吗？"我问她。

她以孩子的无所顾忌的目光看了看我，睁圆了黑色的眼睛。

"哦！不，"她用她的方言回答我，她的双手热得发烫，"这太好玩了。"

"可是你等会儿就拿不住你的小提琴了。"

她显得很害怕，跑过去找她的乐器。然后坐在雪地里，用冻僵的手指尽力拉起弦来。

随着这支粗野的乐曲，她唱着一支尖厉而不连贯的、使我感到刺耳的歌。

红色的裙子在雪地上出现了一个热烈的斑点，这是在巴黎的雾中隐没的那不勒斯的太阳。

不过都市并未长期保持它漂亮的白袍，她新娘般的梳妆在阳光下从来不会持久。早晨她穿着的一切花边、最轻柔的薄纱和最鲜艳的绸缎，往往傍晚时就已变成了被玷污的破碎饰物。到第二天，洁白的长袍就成了破布片。

空气变得更暖和，雪在发蓝，细细的水流沿墙流过，于是解冻开始了，讨厌的解冻使街道泥泞不堪。一切都散发着潮气，城墙颜色发灰，黏糊糊的，树木似乎已腐烂和干枯，溪流成了发黑和无法穿过的污水坑。

于是巴黎变得比从前更加卑污、更加阴郁、更加肮脏。它想穿上美好的衣料，但这些衣料已成了在马路上乱拖的破布。

一 个 疯 子 的 故 事

莫兰先生是一个诚实的资产者，拥有几处不动产，他在蒙马特尔有几幢房子，自己住在其中一幢的二楼。

他在这幢古老的房子里长大，照料他的花园，像东游西逛、悠闲自在的巴黎人那样过着无所事事的生活。四十岁时，他娶了一位不该娶的房客的女儿，一个十八岁的金发姑娘亨利埃特，她灰色的眼睛活像一只发情而残忍的母猫。

婚后一年，亨利埃特便忘情地投入了住在三楼的一个年轻医生的怀抱。这件事发生在一个暴风雨的晚上，莫兰先生已到旧城墙那边去散步，所以是最自然不过的了。从这一天开始，两个情人便不断幽会。

不久以后，他们又不满足于几个小时的幽会，而梦想结成夫妇一起生活。刺激他们情欲的是现在几乎已经共同的生活：他们总是面对面地相望，隔开他们的只是一层地板，只有丈夫是严重的障碍，楼上的情人听着这个丈夫在夜里咳嗽，暗暗地气得发狂。

亨利埃特和医生决定摆脱这个好好先生。毫无疑问，莫兰并不凶，从来没有一个受骗的丈夫像他这样是一块任人揉捏的面团，他什么都看不见，什么都听不见，显示出堪称典范的温和与满足，本区的人都把他视为模范丈夫。但正是这种善意、这种简朴而有规则的生活激怒了这两个情人。莫兰细心地照料妻子，没有任何差错，整天待在家里，以至亨利埃特编尽了谎话，不知道再以什么借口到三楼去忘乎所以了。

两个情人不敢谋杀他，他们不能对这样一只绵羊下手，也怕被抓去砍掉脑袋。何况医生是个富于想象力的小伙子，他终于想出了一个不那么危险但同样彻底的办法。他把办法教给了亨利埃特，于是阴险的喜剧便开始了。

一天夜里，整幢房子里的人都被房东套间里传出的可怕的叫喊声惊醒了。大家把门砸开，发现亨利埃特模样吓人：她跪在地毯上，披头散发、号叫不停，肩膀被打出了红印。莫兰呆呆地站在她的面前，浑身战栗。他像个醉汉般地说不清话，无法回答别人向他提出的接二连三的问题。

"我不知道，我不知道。我碰都没碰她，她一下子就叫唤起来了。"

亨利埃特平静了一些，她也结结巴巴地说起话来，同时表情古怪地注视着她的丈夫，带着一副受惊的可怜相。邻居们大惑不解，甚至有点恐惧地退了出去，都表示看不出这是怎么回事。

类似的场面经常重演，整幢房子总是这样惶惶不安。每当大家听到喊叫声进入他们的套间时，看到的都是同样的景象。亨利埃特像刚挨过痛打一样倒在地上发抖，而惊慌失措地跑到她房里的莫兰则什么也说不明白。

流言很快就在整个区里传开，说这个可敬的人常常发高烧，一发起来便痛打亨利埃特。据说可怜的少妇过于温顺，所以才不抱怨和指责这个卑鄙的疯子，但以后会由她来做一件大好事，就是把她的丈夫送进疯人院。不到几个月，好好先生就丧失了模范丈夫的名声。

莫兰从此便受到蒙马特尔的全体长舌妇的监视。妻子的屡次发作使他忧心忡忡，越来越瘦，失去了常常满意地挂在嘴上的、傻乎乎的微笑。晚上他只要躺下便胆战心惊，担心夜里被亨利埃特的号叫吓醒。少妇总是突然跳下床去，用手打自己的肩膀，披头散发地在地上打滚，而他却始终未弄明白是什么把她扔倒在地上的。他终于想到她是疯了。对于这种家庭悲剧，他决心保持沉默，永远不回答任何问题。然而他永远失去了平静，面孔显得委顿苍白，这尤其证实了邻居们的种种怀疑。

从这时开始，莫兰的一举一动都只能被人看成疯子。他一出门，全区人的眼睛都盯住了他，他每走一步都引起怀疑，稍微动弹一下都招来奇怪的解释。当他滑了一脚，或是抬起眼睛望着天空时，大家便嘲笑他，怜悯地耸耸肩膀。

顽童们像跟随一只有趣的动物似的常常跟在他后面。过了一个月，在蒙马特尔已尽人皆知，好好先生莫兰是疯子，而且是个需要捆起来的疯子。没有什么比一个头脑健全的人更像疯子的了，一切都取决于别人如何看他和判断他的行为。

有人悄悄地讲述一些闻所未闻的事情。一个女人说她在一个下雨天，在先贤祠广场上碰见了没戴帽子的莫兰。确实如此：好好先生的帽子被一阵风刮跑了。另一个女人宣称，每天夜里莫兰都手持一根大蜡烛在他的花园里散步，看起来非常吓人。其实是这个女人只看见过一次，当时莫兰正拿着一盏提灯寻找那些吃生菜的鼻涕虫。人们逐渐收集了这个可怜家伙的疯病的特征，给他编了一份"厚厚的"档案材料。流言蜚语传得很快："一个这么老实的人，这么温和，这么善良！……太不幸了！……事情发生在我们这里！……不过最后还是要把他关起来。"

亨利埃特和她的情人看到喜剧已经成功，认为到了收场的时候了，于是通知了早已听到风声的警察局长。有一天，在亨利埃特像一个老练的艺术家那样演出了一场可怕的吵架之后，莫兰就被人家随便找了个什么借口塞进了破马车，送到疯人院去了。

他在疯人院里明白了是怎么回事，怒不可遏地进行挣扎，以至咬断了一个看守的大拇指。人家强迫他穿上了紧身衣，把他和躁狂型的疯子们关在一起。那个年轻的医生作了安排，让莫兰尽可能长时间地待在疯人院里。他自称始终在观察莫兰的病情，并在病人身上发现了一些十分奇特的症状，以至他的同行们都以为这是一种新的病例。此外，整个蒙马特尔的人都在散布所需要的谎言。

两个情人从获得自由时起便突然消失，到远方欢度蜜月去了。

这个故事的结局也同样奇特。过了一年，亨利埃特厌倦了年轻的医生。她感到悔恨，在两次亲吻之间会不由自主地想起那个在疯人院里吼叫的可怜虫。由于女人的古怪的任性，她在丈夫不在的时候却开始爱上了他。她从情人那里逃了出来，跑到疯人院去，决心向他承认她所做的一切。

她常常感到惊讶的是，医生们要用多长时间才承认莫兰不是疯子。她估计自己至多能有一至两个月的自由。当她来到疯人院、被领到她丈夫的房间面前时，看到他活像一具死尸。他消瘦、苍白，用深陷的眼睛盯着她，充满了不祥的惊慌神情。她战栗着，喊着这个不幸者的名字。

莫兰不认识她。他像个白痴一样笑着晃来晃去。突然他哭了起来，喊着：

"我不知道，我不知道……我碰都没碰她。"

然后他扑倒在地上，就像从前亨利埃特扑倒在地毯上一样，还用手打自己的肩膀，尖叫着在地上打滚。

"这种把戏他每天要做十次。"少妇身边的看守说。

她浑身无力，吓得牙齿咯咯作响，垂下眼睛不敢再看这个被她变成这样一头野兽的可怜人。

莫兰确实成了一个疯子。

三　　次　　战　　争

战争！在法国，对于我这一代人，即五十岁以上的人来说，这个可怕的词唤起的是三次回忆：克里米亚远征、意大利战役和我们在1870年的灾难。那是什么样的胜利、什么样的失败，又是什么样的教训啊！

当然，战争是可诅咒的，是民族相互屠杀的坏事。按照我们关于进步的人道主义观念，战争应该消失，有一天各民族将交换和平的亲吻。有些非常伟大的人站在祖国之上看人类，并且预言世界大同。可是当祖国受到威胁的时候，这些理论便全都破产了！连哲学家们自己都拿起枪来开了火。关于博爱的一切诺言销声匿迹，只听得见整个民族的胸中发出要斩尽杀绝的吼声。因为和死亡一样，战争是一种可悲的需要，或许文明之花需要用粪肥来浇灌。生必须由死来加以肯定，而战争就像大洪水之前世界的灾难一样，在为人的世界做准备。

我们不得不接受这一观念，即人的生命是神圣的，但古代的宿命论也许更为高尚，它目睹过原始时代的屠杀，却并未堕入四海之内皆兄弟的空想。当个男子汉，接受死神在无法阅读的黑夜里所干的可悲的事情，对自己说人都不免一死，只是有些时候人死得更多，这种态度总的来说是明智的。反对战争的人应该去反对人类的一切弱点。好心肠的哲学家最为强烈地诅咒战争，他们自己却不得不承认，战争将依然是导致进步的武器，直到实现理想的文明、各民族相互庆祝永恒的和平的那一天。不过这种理想的文明被一再推迟到遥远的未来，所以人们肯定还要打上几百年。今天有一种宏论，把战争视为一个残留于世的野蛮的老头，共和国总有一天会把他除掉。但是边境上响起一声警报，街道上吹响一声军号，所有的人便都要求拿起武器了。战争处在人的血泊之中。

维克多·雨果写过只有国王们要打仗，而人民是只想互相拥抱的。可惜这只是富有诗意的愿望。这位诗人曾大力鼓吹我所说的那种理想的和平，赞美过欧洲合众国，他把各民族的兄弟之情置于首要地位，预言过新的黄金时代。没有什么比这更美妙和更大度的了。然而是不是兄弟倒不要紧，首先是应该相爱，而各个民族却并不相爱。谎言是拙劣的，就凭它是谎言这一点就够了。当然，一位处于危险之中的帝王，会用武器对付邻国来碰碰运气，以便用胜利巩固他的王朝。只是从第一次胜利或失败开始，人民就把战争变成了自己的战争，是在为自己而战。人如果不为自己打仗，他就不会打了。真正的全民战争是什么意思？假定有朝一日法国和德国交战，无论是共和国、帝国还是王国，除了政府之外，整个民族都联合起来。整个国家将大为震动，只有军号声在召唤着人们。现在无论我们愿不愿意，战争已在我们的土壤里酝酿了二十年，万一时候到了，它就会像丰收的庄稼一样从每条犁沟里冒出来。

我一生当中有三次，我再说一遍，感觉到战争在法国的上空飞翔，我永远也忘不了它拍动翅膀的奇特声音。它先是像一阵遥远的喧哗，人们推测是刮来了一阵大风。喧哗越来越响，引起阵阵轰动，于是所有的胸膛都狂热地跳动，一种对屠杀和胜利的需要控制了全国。接着当队伍出发、喧哗消失之后，是一片焦虑的沉寂，所有的人都竖起耳朵听部队的第一声呼喊。这将是胜利的欢呼还是失败的惨叫？在这段可怕的时间里，传来了各种矛盾的消息，人人都在争相打听任何微不足道的情况，对每个字加上一番评论，直到真相大白。然后又是多么狂欢或者恐怖绝望的时刻！

一

克里米亚战争时期我才十四岁，是艾克斯中学的寄宿生，和两三百个顽童一起被关闭在一所本笃会的旧修道院里，它长长的走廊和宽阔的大厅显得无比忧郁。不过两个院子倒是令人愉快，望得见南方的灿烂的晴空，蓝得一望无际。我尽管在这所中学里饱尝痛苦，却还对它保留着亲切的回忆。

那时我是十四岁，不再是一个小淘气了，然而今天却意识到当时我对所生活的世界一无所知。在这个偏僻的角落里，几乎听不到什么重要新闻。这座过去曾是首都后来被废弃的城市一片凄凉，蛰伏在干旱的乡村之间，中学在城墙旁边，位于一个荒凉的街区里，更显得死气沉沉。我只记得隐居在修道院里的时候，只有一场政治灾难传进了城里。只有一场，就是使我们激动的克里米亚战争，看来在我们听到传闻时已经是开战几个星期了。

当我回忆起那个时期的时候，想起我们这些外省学生对战争的反应便感到好笑。最初一切都模模糊糊。战斗的地方如此遥远，如此偏僻，是在一个古怪而野蛮的国家里，以至我们认为是在参与上演《一千零一夜》里的一个故事。我们不知道打仗的确切地点，我也不相信谁会想到去查一下我们手里的地图册。应该说是我们的老师使我们对现代世界一无所知。他们阅读报纸，了解新闻，但是从来都闭口不谈，如果我们问起，他们就会粗暴地打发我们去做翻译练习。我们丝毫不了解详细情况，只知道法国在东方打仗，原因则不得而知。

不过有些情况逐渐清楚了。我们反复说着传统的关于哥萨克的笑话。我们知道两三个俄国将军的名字，并且喜欢想象他们长着妖怪的脑袋，正在吞吃小孩。此外，我们一分钟也不承认法国会打败仗，这在我们看来是不合情理的。何况有时也听不到什么消息。由于战事延续，我们有几个月忘了在打仗，直到有一天某些传闻又使我们紧张起来。我现在说不清我们当时是否及时知道每次战役的情况，是否受到了塞瓦斯托波尔的攻占在法国引起的震动。这一切始终是模模糊糊的：当时对我们来说，维吉尔和荷马是比当代的国家争端更使人担心的现实。

我只记得有一段时间大家都喜欢在院子里玩一种游戏。我们把人分成两个敌对的阵营，在地上画两条线，也就是互相打仗。这是简化的捉人游戏，一方代表俄国军队，另一方代表法国军队。俄国人自然应该战败，但有时也会出现相反的结果，于是随之而来的便是勃然大怒，大叫大嚷。过了八天，校长被迫禁止了这种有趣的游戏：两个学生因为打破了头而只好被送到了诊疗所。

在这些战斗里最出风头的人当中，有一个头发金黄的大个子，总是使自己被任命为将军。他叫路易，出身于到南方来定居的一个布列塔尼世家，一副战胜者的派头。他在体育训练中极其灵活、非常厉害。我现在仿佛又见到他把一块手绢绑在额头上作为羽毛饰，用一根皮带束紧腰部，像舞剑似的把他的士兵一手举将起来。他引起我们的赞叹，我们甚至对他有点尊敬。奇怪的是他有一个孪生兄弟朱利安，比他矮小得多，瘦弱多病，对这些激烈的游戏非常讨厌。当我们分成两个阵营的时候，他就走开，坐到一张石凳上去，用悲哀和略带惊恐的目光看着我们。有一天，这一大帮人围攻路易，把他推来推去、打倒在地。朱利安尖叫一声，脸色惨白，浑身发抖，像女人一样昏了过去。两兄弟相亲相爱，我们当中没有一个人敢取笑矮个子缺乏勇气，因为害怕他的大个子兄弟。

我对这两个孪生兄弟的回忆和对那个时期的回忆密切相关。快到春天的时候，我成了包午饭的走读生，不再睡在中学里，而是早晨到校上七点钟的自习。两兄弟也是包午饭的走读生，我们三人便形影不离。由于我们住在同一条街上，我们就互相等着一块儿到学校去。路易很早熟，梦想冒险，把我们带坏了。我们约定六点钟离家出发，这样就有一个小时的充分自由来装成大人。对我们来说，装成大人就是抽烟，到路易在一条偏僻小街上发现的一个不三不四的酒店里喝上几盅烧酒。烟和烧酒使我们大病一场，然而当我们走进酒店里，向左右瞟上一眼，看看是否有人注意我们的时候，那是多么令人激动啊！

这些鲁莽行动发生在冬天快过去的时候。我记得有些早晨大雨滂沱。我们涉水而行，到自习室时已浑身湿透。后来早晨变得温暖和明亮了，于是我们又起了个傻念头，去观看士兵们上路。艾克斯有公路通向马赛。一些军队从阿维尼翁公路进城，在城里睡一夜，第二天便沿着通马赛的公路重新出发，那时是向克里米亚派遣援军，主要是骑兵，也有炮兵。没有哪个星期不开过部队的。当地一家报纸甚至提前宣布这些调动，以便使居民们事先知道有士兵要到他们家里住宿。不过我们不看报，最关心的是每天都要知道第二天有没有队伍出发。由于出发时间是早晨五点，我们不得不很早就起来，常常是白等一场。

那是多么愉快的时光啊！路易和朱利安在街当中叫我，这时居民们还都没有出门。我急忙下去，尽管白天已有春天的暖意，但这时还有点冷。我们三个人穿过偏僻的城市。如果有一个团队出发，士兵们便集合在上校通常居住的旅馆前面的林荫大道上。所以我们一走出意大利街便焦急地伸长了脖子。如果林荫大道上空空如也，我们就很伤心，而它往往都是空的。这时我们一言不发，怀念着我们的床铺，拖着脚步走到七点钟，不知道如何利用我们的自由。可是当我们在街角瞥见林荫大道上全是人和马的时候，又是多么快活啊！在清晨的凉意中响起一种异乎寻常的喧哗。士兵们从四面八方向这里走来，鼓声咚咚，军号嘹亮。军官们费力地把部下在这个散步场所集合起来。他们逐渐有了秩序，排起了队伍，我们就和他们聊天，冒着被踩伤的危险在马腿下钻来钻去。何况并非只有我们有这种眼福。小食利者们一个个地露面了，一些有早起习惯的老板，所有早早出门的居民，很快就聚了一大群人。太阳升起来了，军服上的金线和利刃在明亮的清晨中闪光。

宁静的城市还在沉睡，我们就已这样在林荫大道见到了龙骑兵、轻骑兵、枪骑兵，以及重骑兵和轻骑兵用的一切武器。不过我们最喜欢看的、激起我们最强烈的热情的还是胸甲骑兵。他们端正地骑在高头大马上，护胸甲在闪光，头盔在朝阳下发亮，他们的队伍就像一排太阳，光线在附近的房屋上摇晃。每逢胸甲骑兵出发的日子，我们总是四点钟就起床，急于去饱览这幅金光闪闪的景象。

这时上校终于出现了。放在他那里的军旗展开了。在两三声洪亮的口令之后，团队便突然动了起来。马队在坚硬的地面上小跑着走下林荫大道，声音越来越响，使我们的心在胸膛里怦怦直跳。于是我们也跑了起来，以便走在队伍前面的乐队旁边，这时队伍要跑步向城市致敬。首先是三声嘹亮的军号，让乐队队员们做好准备，接着军乐齐鸣，其他的声音都听不见了。出了城门，队伍在田野里停止跑步，最后几声军乐消失了。他们向左转弯，上了通往马赛的公路，这条漂亮的公路两旁栽着百年的榆树。马队齐步走着，在这条因尘土而发白的宽阔道路上排得不那么紧密了。我们好像也在和他们一起出发，甩开了城市，忘记了中学，我们跺着脚后跟，为逃学而欣喜若狂。每个星期我们都是这样上战场的。

多么美好的早晨啊！六点钟，高高升起的太阳就以强烈的光芒斜着照亮了田野。清晨的凉意中弥漫着温暖的气息。一群群鸟儿从篱笆上飞起。远处的牧场沉浸在玫瑰色的雾气里。在明朗的地平线当中，威武的士兵，像星星一样闪亮的胸甲骑兵，穿着发光的胸甲在前进。公路突然转了个弯，通向一片低洼开阔的谷地。好奇的居民从来也不会走得更远，很快就只剩下我们还在坚持了。我们走下山坡，上了横跨在河上的桥，到了谷底。到了这里我们才忐忑不安起来。快七点钟了，要想不迟到，现在飞快地跑回去还来得及。我们往往是被他们带着走得更远，在这样的日子里就逃学，藏在水流旁的草丛中淘气到中午。有几次我们在桥上就停下来，坐在石头栏杆上，目送着团队登上谷地对面的山坡。

那是一个非常动人的场面。公路笔直地通过山坡，约有两公里长。马放慢了脚步，人在坐骑有节奏的晃动中越来越小。每个护胸甲、每个头盔最初都像太阳那么大，后来越来越小，很快就成了一列向前移动的星星。终于连最后几个人也消失了，公路上空荡荡的。雄壮的团队开走了，只留下一个回忆。

我们只是一些孩子。然而这种场面却使我们变得庄重了。随着团队登上山坡，我们都默默地注视着它，想到看不见它了便感到失望。当团队消失之后，我们喉咙哽塞，依然注视着远处刚刚把团队挡在后面的岩石。团队永远不会回来了吗？有一天它会再从这个山坡上下来吗？这些问题模模糊糊地使我们充满了悲伤。永别了！威武的团队！

回来时最累的是朱利安。他之所以陪我们走这么远，只是为了不离开他的兄弟。这些游戏使他腰酸背痛，而且他对马怕得要命。我记得有一天，由于跟随一个炮兵团耽误了时间，我们就在田野里过了一天。路易狂热透顶，当我们在一个村庄里吃了一盘炒鸡蛋之后，他把我们带到河边一个偏僻的地方，他一定要在这儿洗个澡。后来，他又说起长大了就去当兵。

"不，不！"朱利安喊了起来，扑上去用手臂搂住了兄弟的脖子。

他脸色发白，而他的兄弟却笑嘻嘻的，说他是大笨蛋。可是他反复地说：

"人家会杀了你的，我很清楚。"

那一天，被我们激怒和取笑的朱利安说出了心里话。他认为士兵们都很丑陋，看不出他们身上有什么使我们着迷的地方。士兵们是万恶之源，因为如果没有士兵，人们就不会打仗了。总之，他厌恶战争，战争使他感到恐惧，以后他要作巧妙的安排，使他的兄弟不会上战场。这就像是一种病态的，不可克服的反感。

几个星期、几个月过去了。我们对团队也厌倦了，想出了另一个游戏：早晨去摸河底淤泥里的小鱼，再到一个名声不佳的酒店里用鱼下酒。冰凉的河水使朱利安得了一种炎症，差点儿死去。在中学里，人们不再谈论战争。我们又更埋头于学习荷马和维吉尔的作品。突然我们知道法国军队获得了胜利，这在我们看来是最自然不过的。后来团队开始从前线返回，但我们已经不再感到兴奋。不过我们还是看了两三个团队，他们似乎不那么威武了，人也少了一半。这就是被关闭在外省一所中学里的法国学生对克里米亚战争的印象。

二

1859年，我在巴黎的圣路易中学上学，我是在那儿毕业的。巧得很，我在艾克斯时的两个同学路易和朱利安也在这里。路易准备考综合工科学校，朱利安决定学法律。我们三个都是走读生。

那个时候，我们不再是对当代世界一无所知的野蛮人了。巴黎使我们变得懂事了。所以当意大利战争爆发时，我们非常了解导致战争的政治事件。我们甚至作为战略家和政治家来议论这场战争。关心战役和在地图上注意军队的调动，当时在我们中学里成了一种时髦。在自习时，我们用大头针标出各种阵地，发动并赢得一次次战斗。为了熟悉情况，大家要看许许多多的报纸，都是由我们走读生带进来的。我们到校时口袋里塞得满满的，外套里的报纸鼓鼓囊囊，像是从头到脚穿了一层盔甲。上课时大家不顾什么课程和作业，而是在同学的背后传看报纸，头脑里装满了新闻。大家把大版面的报纸裁成四小张，放在书里打开。老师们不会总是受骗，不过他们听之任之，宽容地让懒汉们自己去懒惰好了。

开始时朱利安满不在乎。他酷爱1830年那一代诗人，口袋里总是装着一卷缪塞或雨果的诗集，好在课堂上看。因此当别人递给他一小张报纸的时候，他甚至连看都不看一眼就轻蔑地传给了别人，接着读他的诗句。对打仗的人竟能如此热衷，在他看来是太可怕了。但是一场灾难扰乱了他的生活，使他突然改变了看法。

路易考试失败，有一天当兵去了。这虽然是一时冲动，不过他已考虑了很久。他有一个当将军的伯父，以为有把握像伯父那样发迹，用不着上什么学校。何况战后他还能争取进圣西尔军校。朱利安知道这个消息犹如五雷轰顶。他不再以小孩子的理由来对战争发火了，但对战争仍然保持着一种不可克服的厌恶。他想显得是个坚强的人，所以没有当着我们的面哭出来。只是他兄弟一出发，他就成了最狂热的读报者之一。我们一起上学和放学，话题只是关于可能发生的战斗。我记得他每天晚上带我到卢森堡公园。他把他的书本放在一张凳子上，在沙地上画出意大利北方的地图。战争使他关心他的兄弟。说到底，一想到别人要杀他兄弟他就发狂。

直到今天，当我扪心自问的时候，我还很难弄清朱利安为什么这样害怕战争。他不是懦夫。他只是讨厌体育训练，认为纯粹的精神思辨要高尚得多。在一个封闭的房间里过一辈子学者或诗人的生活，在他看来就是人在这个世界上的真正目的，而街道上的吵闹，用拳头或剑斗殴，凡是使肌肉发达的一切，对于他都是一个野蛮民族的行为。他鄙视博览会上的大力士、体操运动员和驯兽师。我应该补充说，他根本不是爱国主义者。在这一点上，我们轻蔑地压倒了他，我看到他对我们的回答只是微笑和耸耸肩膀。

那个时期留给我的最激动人心的回忆之一，就是在一个晴朗的夏日，马让塔胜利的消息传到了巴黎。那时是六月，这个六月美妙无比，在法国实属罕见。那天是星期天，前一天朱利安和我计划到香榭丽舍大街去闲逛。他没有收到兄弟的信，非常担忧，我想带他去散散心。一点钟时我到他家去找他，接着像后面没有学监监视的学生那样，迈着懒散的步子走下塞纳河。要认识巴黎就应该选这么一个炎热的假日。房屋的黑影清晰地映在白色的路面上。在互相隔开的房屋之间，只看得见一条深蓝色的天空。当巴黎天热的时候，我不知道世界上有什么地方比它更炎热了：像着火一样，叫人窒息得喘不过气来。巴黎的有些角落，例如码头，都很少有人去，散步者们宁愿去郊区的树林。然而这些码头既平静又开阔，种着一排茂密的小树，河水在缓缓地流动，船上的人都生气勃勃地忙碌着，在这些地方散步是多么悠闲自在啊！

于是我们来到塞纳河，在树荫下沿着一个个码头走去。河面上升起轻微的声音，那是波光闪闪的河水在流淌。在这个美丽的星期天的假日气氛中，似乎有一种特殊的气息。巴黎确实已经在接近一个重大的新闻，所有的人和房屋似乎都在期待着。众所周知，意大利战役进展得如此迅速，我们一开始就取得了一些胜利，但是尚未发生过重大的战斗，而正是这次战斗巴黎两天来已感觉到了。伟大的城市在聚精会神地倾听着远方的炮声。

我清楚地记得当时的印象。我刚刚向朱利安谈了我的奇特感觉，对他说巴黎的"样子古怪"，而当我们到达伏尔泰码头时，我们远远地注意到在印刷《通报》的房屋面前，有一小堆人在看布告。那时至多有七八个人。从我们所在的人行道上，看得见他们在指手画脚地笑着，声音很响。我们迅速地穿过马路。公告是一份手写的电报，用四行字宣布了马让塔的胜利。墙上贴布告的糨糊还没有干。显而易见，在这个巨大的、正在过星期天的巴黎，我们是第一批知道这个消息的人。人们向这里跑过来，而且都是多么热情洋溢啊！人们立即亲如兄弟，不认识的人互相握手，一位佩戴勋章的先生在向一个工人解释着战斗会是在什么地方进行的。妇女们笑着，笑得那么美，似乎要扑上去热烈地拥抱行人。人越聚越多，有人招呼着散步的人，马车夫们停车走下了座位。当我们离开的时候，那里已经有一千多人了。

那是一个了不起的日子。消息在几分钟内传遍了全城。我们想把消息告诉别人，别人却已经先知道了，因为我们溜达着每转过一条街，都不会不从喜气洋洋的面孔上明白消息已经传开。它在阳光下传播，随风飘动。在半个小时里，巴黎改变了面貌，聚精会神的期待变成了胜利的欢呼。我们在香榭丽舍大街上，在喜笑颜开的人群里逛了两个小时。妇女们的眼睛显示出一种特别的美, 而"马让塔"这个词从每个人嘴里说出来时都很响亮。

然而惶惑不安的朱利安的脸色一直非常苍白, 我明白他内心的焦虑, 他喃喃地说:

"今天大家都笑, 可明天会有多少人哭!"

他在想他的兄弟。我拿他取笑以便让他放心, 对他说路易回来时就是上尉了。

"只要他回来就好了!"他摇着头说。

天刚黑巴黎就亮了起来。所有的窗户面前都晃动着花灯。最贫困的人也点亮了蜡烛, 我甚至看到有些房间的房客干脆把灯放在窗洞里的一张桌子上。在这壮观的夜晚, 巴黎人全都来到街上。有些人坐在门口, 从人行道的这头到那头都坐满了, 好像在等着看游行队伍。十字路口围着人群, 咖啡店和酒店人满为患。孩子们放着鞭炮, 使空气里有了一股好闻的火药味。

我再说一遍, 我从未见过巴黎有这么美。那一天是锦上添花, 阳光灿烂、星期天加上胜利。后来巴黎知道了决定性的索尔菲里诺战斗, 尽管马上签订了和平协定, 人们也没有表现出同样的热情。即使在部队回来的那天, 游行当然更为隆重, 但是却没有这种人民自发的欢乐。

马让塔战斗以后放了两天假。我们越来越狂热, 认为和平来得太仓促了。学年快要结束, 假期带着我们对自由的兴奋关注来到了, 于是意大利、军队, 一切胜利都在乱哄哄的发奖仪式中消失了。我记得那年我要到南方去度假。就在我八月初要动身的时候, 朱利安恳求我待到14日, 那是定好的部队凯旋归来的日子。

他非常快活，路易会带着中士的军衔回来，他要我目睹他兄弟的凯旋，我答应留下来。

人们为迎接已在巴黎城外驻扎了几天的军队而进行了充分的准备。它应该从巴士底狱广场过来，沿着林荫大道走到和平街，再穿过旺多姆广场。林荫大道上装饰着旗子，旺多姆广场上为高级官员和来宾搭起了巨大的看台。天气晴朗。当部队出现的时候，林荫大道两旁响起了经久不息的欢呼。人行道上极为拥挤，窗户边伸着紧挨在一起的脑袋。妇女们挥动着手帕，有许多人把上衣上的花束扔给士兵。然而队伍始终迈着有节奏的步伐，在狂热的喝彩声中向前行进。军乐齐奏，军旗在阳光下飘扬。有几面被子弹打穿的军旗，尤其是一面已成碎片并饰有绶带的军旗受到了欢呼。在时代街的街角上，一个老太太低着头钻进队伍里去拥抱一个下士，无疑是她的儿子。人们差点儿把这位勇敢的母亲举起来欢呼胜利。有些士兵在流着眼泪。

在旺多姆广场上举行了正式的欢迎仪式。一些盛装的夫人、穿袍子的法官和穿制服的官员严肃地鼓掌，有人致词，有人祝贺。傍晚在卢浮宫的国务厅，皇帝举行了有三百位客人的宴会。在上餐后点心时，他提议干杯并喊出了一句名言："法国能为一个友好的民族做那么多的事情，为了自己的独立还有什么不能做呢？"他后来大概会为这句不谨慎的话感到后悔。

朱利安和我在女鱼贩大道的一个窗口观看军队的行进。他像营地的哨兵一样，事先告诉了路易我们会待在什么地方。所以当他的团队经过时，路易抬起了头，向我们点头示意。他的脸棕褐消瘦，十分苍老，我几乎认不出来。我们像女人一样瘦弱白皙，他和我们一比就显得是个男子汉。朱利安一直目送着他，热泪盈眶，万分激动地喃喃自语：

"太好了……太好了……"

晚上，我在拉丁区的一家咖啡店里找到了他们俩。那是在一条小巷深处的一个小店，我们常去那里，因为可以单独地随意交谈。我到店里的时候，朱利安已把两肘放在桌上，在听路易讲索尔菲里诺了。他说从来没有打过这样出乎意料的仗。他们以为奥地利人正在撤退，盟军在前进，但是24日早晨将近五点钟的时候，他们突然听见了炮声：是奥地利人掉过头来向他们进攻了。于是开始了一系列的战斗，每个师都轮到了。一整天将军们都在各自为战，对整个战局根本摸不着头脑。路易在一个墓地的坟墓之间参加了一场可怕的肉搏战，而他所看到的也就是这块地方。他也谈起了傍晚时吓人的暴风雨。老天爷也加入了战斗，雷声盖住了炮声。奥地利人在滂沱大雨中不得不放弃了阵地。从十六点钟开始双方互相炮击，随之而来的夜晚则充满了焦虑，因为士兵们不知道胜利到底属于哪一边，所以一听到黑暗中有什么声音便以为战斗又开始了。

在听着这个长长的故事时，朱利安一直注视着他的兄弟。也许他不在听，只是为看到兄弟就在面前而感到幸福。我永远忘不了这样度过的那个夜晚，这个下等咖啡店是如此宁静，我们听得见巴黎庆祝的喧哗。路易带领我们穿过了腥风血雨的索尔菲里诺战场，当他讲完的时候，朱利安平静地说：

"你总算回来了，别的都算不了什么！"

三

十一年以后，到1870年，我们都成了大人。路易有了上尉军衔。朱利安经过各种尝试之后，过起了巴黎富人那种既空闲又忙碌的生活，他们与文学艺术界交往甚密，自己却从不写文章和绘画。他的全部成果就是发表了一本还算过得去的诗集，仅此而已。我有时看见他，他就告诉我他驻扎在外省的兄弟的一些消息。

刚听说要和德国打仗的时候，人人都十分激动。拿破仑三世固然是为了王朝的利益而把法国投入战争，但应该说全国都响应了他的号召。我说说我所看到和感觉到的事情。人们头脑发热，要求恢复莱茵河的天然边界，谈论着要报滑铁卢的仇，去掉这个压在每个人心上的重负。让胜利来开始这场战役，法兰西必定会为这场它应该诅咒的战争而欢呼。当然，在立法议会几次开会之后，如果仍然维持和平，巴黎就会感到失望。当战争即将爆发的时候，人人都激动得心跳。且不说晚上在林荫大道上发生的情景，一伙一伙的人在吼叫呼喊，后来有人认为这些人是领了报酬的。我说的只是有许多正派的市民，可以说是大多数，已经在地图上指点着我军要分几个阶段打到柏林。那时将要用枪托打着押送普鲁士人。这种对胜利的十足的信心，来自我们的士兵，曾以战胜者的姿态在整个欧洲漫游的时代。今天，我们已经完全从这种爱国而又危险的自吹自擂中清醒过来了！

一天傍晚，我正在加普西纳大道上看着一些熙熙攘攘的穿工作服的人，他们边走边吼叫着："打到柏林去！打到柏林去！"我感到有人拍我的肩膀，是朱利安，他满脸忧郁，我笑着责备他缺乏热情。

"我们会被打败的。"他只是说了这么一句。

我惊叫了一声。但是他摇着头，不说理由。他说这是他的感觉。我谈起他的已经随团队到达梅斯的兄弟。他给我看了他前一天收到的一封信。信写得很乐观，路易说如果再不出来打仗，驻军的生活就要把他腻烦死了。他保证回来时就会当上校而且获得勋章。

我就用这封信来打消朱利安悲观的想法，他只是重复了一遍："我们会被打败的！"

巴黎又开始焦虑不安了。我了解这个大城市的聚精会神的沉寂。在1859年意大利战役的头几次对抗之前我就体验过了。不过这一次我不再感到这种沉寂令人战栗，似乎谁都不怀疑会取得胜利。然而坏消息不知从什么地方传来了。我们的军队没有进攻，没有马上到敌人的领土上去作战，使人们大为震惊。

一天下午，交易所里传出了一个惊人的消息：我们取得了一次巨大的胜利，缴获了无数大炮，俘虏了整整一个军。房屋上已经挂上了彩旗，人们在街上互相拥抱，结果却不得不承认这个消息是假的。没有发生过战斗。我认为胜利是自然而然的事情，但是这次谎言突然被揭穿，对一个高兴得过早、但另一天又会这样充满热情的民族的欺骗，却使我的心都凉了。我忽然体味到一种无边的悲哀，感觉到我们头上有一场史无前例的灾难在颤动。

我总是想起那个不祥的星期天。那又是一个星期天，而多少人还记得那个马让塔战斗的光辉的星期天。那是在八月初，天空不再像六月那样晴朗和令人愉快。天气很闷热，大片的暴雨云聚集在城市的上空。我从诺曼底的一个小城回来。因此对巴黎的凄凉景象分外震惊。夏季的星期天街道冷落、商店关门，往往使人心情沉重，但是这个星期天却令人感到一种由极度绝望造成的重压。大道上三四个人一堆在低声说话。最后我知道了糟糕透顶的消息，我们刚刚在弗罗克维雷一败涂地，敌军潮水般地侵入了法国。

我从未见到过如此极度的沮丧。整个巴黎都惊慌失措。这怎么可能？我们打败了！失败在我们看来是不公正的、残酷的。它不仅打击了我们的爱国主义，而且摧毁了我们的一种信念。我们当时无法衡量这次败北将造成的一切可怕后果，我们还在指望士兵能报仇雪耻，可是我们却被消灭了。全城痛心的沉默中有一种奇耻大辱。

白天和夜晚都叫人揪心。胜利日子里公众的欢乐不见了。妇女们不再温柔地微笑，人们也不再一群群地以兄弟相称了。夜晚一片漆黑地降临在绝望的居民头上。街道上没有一声鞭炮，窗口没有一盏花灯。第二天早晨，我很早就见到一个团队走过大道。一些人面色阴沉地停下来看他们，士兵们走过时低垂着头，似乎他们也与失败有关。就在这个地方我见过军队从意大利凯旋归来，人群的欢呼声震天动地，而这个团队经过时却没有一个人鼓掌，没有什么比这种场面更使我伤心的了。

随后开始了令人沮丧的焦虑日子。每隔两三个小时，我就到德卢奥特街的第九区区政府的门口去，那是贴布告的地方。那里总是聚集着一百来个人在等候。人群常常一直挤到大道上。这些人群毫不喧哗，大家低声说话，好像是在一个病人的房间里。每当有一个职员出来在布告栏上贴通告，人们就挤上前去。然而很久以来总是坏消息，人们的沮丧也就与日俱增。今天又是如此，我走过德卢奥特街时不能不想着这些令人悲哀的日子。就是在这里，在这条人行道上，巴黎人经受了时间最长、也最可恶的折磨。人们听着德军的奔驰，离巴黎越来越近。

我常常见到朱利安。他在我面前从不因为对失败有先见之明而扬扬得意，他只是认为这一切都是合理和自然的。

有人谈起围困巴黎的时候，许多巴黎人还是不以为然。敌人会包围巴黎？有些人以数学方式证明包围是不可能的。朱利安以他后来使我吃惊的预见，宣称我们将在9月20日被包围。他仍然是那个特别讨厌体育训练的学生。这场战争搅乱了他的生活习惯，使他怒气冲天。天哪，为什么要打仗？他向天空举起双手，做出一种愤怒透顶的抗议姿势。然而他看起布告来却是热心之至。

"如果路易不在那边的话，"他一再说，"我就要写诗，好等着这场战争结束。"

他收到路易来信的时间间隔越来越长。消息都坏极了，军队已失去斗志。在听说博尔尼战斗的那一天。我在德卢奥特街的街角上碰到了朱利安。那天巴黎一度怀着希望，人们谈论着这次胜利。而他却相反，我感到他比往日更加忧伤。他在什么地方看到了消息，说他兄弟的团队英勇作战，但是损失惨重。

三天以后，我们的一个朋友来告诉我可怕的消息。朱利安昨天收到一封信，说他的兄弟死了，是在博尔尼被一发炮弹炸死的。我马上跑到这个可怜的小伙子家里，可是家里没人。第二天早晨，我还没有起床，一个穿着游击队服装的大小伙子走了进来。是朱利安。我几乎认不出他了，随后我紧抱着他，眼含热泪、用我整个的心去亲吻他。他没有哭。他坐了一会儿，做了一个手势，让我不要再安慰他。

"是这么回事，"他平静地对我说，"我要和你永别了。现在我孤零零的，没什么事干会感到无聊……所以当我知道有一支独立部队要出发时，我就在昨天参了军……我就会有事干了。"

"那你什么时候离开巴黎？"我问他。

"再过两个小时……永别了！"

于是这次他拥抱了我。我不敢再向他提问题。他走了，从此我永远忘不了他。

在色当惨败、巴黎被包围几天之后，我得到了他的消息。他的一个伙伴来告诉我，这个如此白皙瘦弱的小伙子，打起仗来像一只狼一样。他像野人一样攻击普鲁士人，躲在树丛后面窥视，用刀的时候比用枪多。有几次他整夜潜伏着，像等猎物似的割断所有路过的普鲁士人的喉咙，这段叙述使我不知所措。我认不出朱利安了，寻思这个神经质的诗人是否可能变成一个嗜杀成性的屠夫。

后来，巴黎和外面的世界隔离了。围困开始了，城里的人无精打采又焦虑不安。我一出门就要想到冬天傍晚的艾克斯，街道冷冷清清的，房屋里早早就熄了灯。远方炮声隆隆，子弹呼啸，但是这些声音似乎都消失在这个大城市的单调的沉寂之中。有些日子里闪过一线意外的希望，全体居民都活跃起来，忘记了在面包店门口排的长队和配给、冰冷的壁炉、雨点般地落在左岸各区的炮弹。接着新的失败又使人群目瞪口呆，沉寂重又开始，这是首都末日的沉寂。然而在长期的围困之中，我还是看到了一些宁静幸福的角落，依然习惯于在冬季暗淡的阳光下散步的小食利者；在郊区一个偏僻的房间里相视微笑、听不见炮声的情人。人们过一天是一天。世界上有着一切幻想，人们指望出现奇迹，外省军队的援救，民众的大批突围，在规定的时刻会发生的神奇的干预。

一天我正在前沿阵地，有人把一个在沟里发现的人带来了。我认出了朱利安。他让人把他带去见了一位将军，他向将军报告了许多情况。我没有离开他，我们一起过了一夜。从九月份以来，他没有在床上睡过觉，固执地干他的杀人职业。他不谈细节，耸着肩膀，告诉我的每次冒险都差不多：他尽力杀死他们，用枪托或用短刀。在他看来这种生活总的来说也很单调，远不像人们所以为的那样危险。他遇到的一次真正的危险，是有一天几个法国人把他当间谍抓了起来并且要枪毙他。

第二天，他说要穿过田野和树林回去。我恳求他留在巴黎。他在我家里坐着，似乎不在听我说话。然后他突然说：

"你说得对，已经够了……我改变了主意。"

两天以后，他告诉我他刚刚参加了轻步兵，使我目瞪口呆。他为兄弟报的仇难道还不够吗？祖国的观念在他身上觉醒了吗？我微笑地注视着他，于是他说：

"我代替路易，我只能是战士。"他的话很干脆。"灰白色的炸药啊！你知道的，祖国就是我们爱过的人长眠的土地。"

科 克 维 尔 的 节 日

一

　　科克维尔是一个小村庄，位于离大港两里远的悬崖的一道裂缝里。破房子都紧贴在峭壁的半腰上，面对着一片漂亮开阔的沙滩，犹如一堆被潮水留下的贝壳。登上大港的高处向左面望去，可以非常清楚地看到西边海滩上的大片黄沙，好像是从巨大的岩石缝中流出来的许多金色的粉末。视力好的话，甚至还看得出那些房子，它们在岩石上呈铁锈色，一缕缕近于蓝色的炊烟一直升到庞大的峭壁顶上，遮住了天空。

　　这是一个被人遗忘的角落。科克维尔的居民从来都没有达到过两百人。村庄边上通向大海的峡谷曲里拐弯地隐没在地面上，车辆几乎无法通过其中的急转弯和陡坡。这个地方因此和外界失去了一切联系，孤零零的似乎离邻近的村庄有百里之遥。居民们和大港也只能从水上才能来往。他们几乎都是靠海洋吃饭的渔民，每天都用小船把鱼运到大港去，由那里的一家名为杜费的大运输公司全部收购。杜费老爹死了几年了，他的遗孀继续做生意。她只雇了一个伙计，头发金黄的大高个子穆歇尔先生，让他负责到峭壁里来和渔民们洽谈。这个穆歇尔先生就成了科克维尔和文明世界的唯一联系。

　　科克维尔需要一位历史学家。看来确实无疑的是，虽然说不清是什么时代，但村庄是由一个名为马埃的家族建立的，他们来到这里定居，在峭壁脚下很快发展起来。这些马埃起初内部通婚，应该是人丁兴旺的，因为数百年里这儿只有马埃。后来在路易十三时代，出现了一个叫弗罗什的人，不大清楚他来自何方。

他娶了一个马埃姑娘，从此便发生了一种奇怪的现象，弗罗什们兴旺发达，人数激增，最后慢慢地吞掉了数量逐渐减少的马埃们，马埃们的财产也转到这些新来者的手里去了。弗罗什们无疑带来了一种新的血统，更为健壮的器官，和一种更适合于这个海风不断的恶劣地区的气质。无论如何，今天他们是科克维尔的主人。

人数和财富的转移当然不会不引起可怕的动荡。马埃们和弗罗什们互相仇恨已有几百年了。马埃们尽管失势，但依然保持着古代征服者的骄傲。总之，他们是奠基者，是祖先。他们轻蔑地谈论着最初那个弗罗什，他们出于怜悯才收留了那个流浪的乞丐，而永远使他们痛心的是不该把自己的一个姑娘嫁给了他。据他们说，这个弗罗什的后代都是色鬼和小偷，夜里制造孩子，白天觊觎遗产。对于强大的弗罗什家族，他们极尽辱骂之能事，正如现在数量锐减的矿产贵族，看到成为土地和城堡的主人的资产者人数剧增时感到心酸的狂怒一样。不用说，弗罗什们由于胜利也傲慢不逊，他们享受着一切，变得爱嘲弄人。他们对古代的马埃种族嗤之以鼻，发誓说这些人若不低头便要被赶出村庄。在他们看来，马埃们是些穷得没饭吃的人，与其披着破衣烂衫还自命不凡，不如先把自己的破衣服补补好。科克维尔就这样处于两个残酷集团的争夺之中，大约是一百三十个居民决心要吃掉另外五十个居民，原因只是他们最为强大。两个帝国之间的斗争也同样如此。

在最近震动科克维尔的争吵之中，可以举出以互相仇视而著称的两兄弟富瓦斯和杜班，以及鲁日家里引起轰动的打架。必须了解的是，每个居民从前都有一个绰号，今天已成了真正的姓氏。因为在马埃们和弗罗什们的交叉之中很难再用这两个名字互相识别了。鲁日肯定有过一个热情的、头发金黄的祖先，至于富瓦斯和杜班，他们不知道为什么取了这样的名字，许多绰号随着岁月的流逝已经失去了合乎情理的含义。是这个年迈的弗朗索瓦丝，到八十岁了还一直活着的健壮的女人，她为一个马埃生下了富瓦斯，成了寡妇后又嫁给了一个弗罗什，生下了杜班，两兄弟的仇恨即由此而来，而遗产问题更是火上浇油。在鲁日家里，两口子大打出手，因为鲁日指责他的老婆玛丽背叛了他，跟一个弗罗什，即身材高大结实、皮肤发褐的布里斯莫特相好。鲁日已经两次和他动过刀子，吼叫着要破开他的肚子。鲁日个儿矮小，生性暴躁，容易发怒。

然而使科克维尔为之狂热的，此时既不是鲁日的怒火，也不是杜班和富瓦斯的争执，而是一个骇人听闻的谣传：一个马埃，二十岁的毛孩子德尔凡，竟敢爱上了当地镇长、弗罗什们中最富有的"尾巴"的漂亮女儿玛尔戈。这个"尾巴"确实是个重要人物。人们称他"尾巴"，是因为在路易·菲力普时代，他的父亲怀着老人坚持自己年轻时习俗的固执，在头发上保留着当时已是绝无仅有的一根细绳。"尾巴"拥有科克维尔两艘大渔船中的一艘，即最好的"和风号"，它还是刚造好的新船，在海里十分平稳。另一艘大船"鲸鱼号"是一艘蹩脚的破船，属于鲁日，水手是德尔凡和富瓦斯，而"尾巴"带领的水手则是杜班和布里斯莫特。后者总是轻蔑地嘲笑"鲸鱼号"，说它是一只木鞋，有朝一日将像一摊烂泥那样沉入海底。所以当"尾巴"知道"鲸鱼号"的小水手德尔凡这个无赖竟敢在他女儿身边转悠，就用两记响亮的耳光把玛尔戈打翻在地，只是为了警告她永远成不了一个马埃的妻子。玛尔戈因此气得发狂，嚷着如果德尔凡胆敢来碰她的裙子，也要给他两记耳光，对于一个她从未正眼瞧过的小伙子来说，挨耳光是令人恼火的事情。玛尔戈十六岁，像男人一样有力，又像贵妇人一样漂亮，以瞧不起人、对求爱者态度生硬而著称。因此，关于这两记耳光、德尔凡的勇气和玛尔戈的怒火的故事，科克维尔的人自然要没完没了地说长道短了。

不过有些人说，玛尔戈看到德尔凡围着她转，其实并非这样怒不可遏，这个德尔凡是头发金黄的小个子，皮肤也被海风吹成了金黄色，羊毛般浓密的头发垂在眼睛和脖子上。他尽管身材纤细却极其强壮，足以打倒比他胖大三倍的对手。听说他常常溜到大港去过夜。这使他在姑娘们当中获得了狼人的声誉，她们私下里责备他去过夜生活，这是她们用来泛指一切陌生乐趣的模糊的表达方式。玛尔戈谈起德尔凡便津津乐道，而他则神色狡猾地向她微笑，用细长闪亮的眼睛注视着她，根本不把她的轻蔑和狂怒放在心上。他常常从她门前经过，或沿着荆棘丛悄悄前进，一连几个钟头窥伺着她，像窥伺一只山雀的猫那样充满耐心和温顺。当她突然发现他就在裙子后面，有时近得她听出了是他在温柔地呼吸，他也不逃走，而是露出温柔忧郁的神情，使她呆住了透不过气来，直到他离远了才想起发火。她的父亲如果看见她这副模样，肯定还会打她耳光。事情不能这样下去。可是她徒然地发誓说德尔凡有一天会吃她两记耳光，但当他在场时她却从未抓住下手的机会：这就使人们议论纷纷，说她既然归根结底要把耳光留给自己，就不该对她要打耳光的事大吹大擂。

然而谁都不会料想她有一天会成为德尔凡的妻子。人们认为她目前的情况只是卖弄风情的姑娘的一种软弱。至于婚姻，马埃们当中最穷的，结婚时连六件衬衫都没有的小伙子，要娶镇长的女儿、最富裕的弗罗什的继承人，只要想想都会觉得骇人听闻。长舌妇们暗示说，她完全可能跟他走，但肯定不会嫁给他。一个富有的姑娘可以随心所欲，不过只要她有头脑就不会干一件蠢事。最后整个科克维尔都在关心着这桩意外的事件，好奇地想知道事情如何发展。德尔凡会挨两记耳光吧？或者玛尔戈会不会在某个岩洞里让他亲她的面颊？得看看再说。有些人认为会挨耳光，也有些人认为会被亲吻。科克维尔处于动乱之中。

村庄里只有两个人既不属于马埃们，也不属于弗罗什们，即本堂神甫和乡村警察。乡村警察是个干瘦的高个子，人们不知道他的名字，但是都称他皇帝，大概是因为在查理十世时代服过役，其实他对村庄、一切裸露的岩石和偏僻的荒原从未进行过任何认真的警戒。一位庇护他的专区区长为他在这儿找了一份闲差使，让他靠着微薄的薪水吃口太平饭。至于拉迪盖教士，则是那些头脑简单的神甫之一，主教们想摆脱他们，就把他们塞进某个被人遗忘的角落里完事。他作为一个诚实的人生活着，重又成了农民，耕种着在岩石上开垦出来的小小的园子，吸着烟斗注视着生菜长大。他唯一的缺点是贪吃，他不会过分讲究，只是有时忍不住要吃鲭鱼和喝苹果酒。总之他是堂区教民们的神甫，他们每隔很久便来听一次弥撒，以便让他高兴。

但是在长期成功地保持中立之后，本堂神甫和乡村警察也不得不表明态度了。现在，皇帝站在马埃们一边，而拉迪盖教士则站在弗罗什们一边。这样一来事情就复杂了。皇帝是个守旧的人，从早到晚只是数着从大港开出的船只，想着维护村庄的治安。成了马埃们的支持者以后，出于管理社会的神秘本能，他认为富瓦斯比杜班有理，极力想对鲁日的老婆和布里斯莫特来个捉奸捉双，而对德尔凡溜进玛尔戈的院子里则视而不见。最糟糕的是这些行为引起了皇帝和他的本地上司、镇长"尾巴"之间的激烈争吵。遵守纪律的皇帝总是听着镇长的训斥，但事后又我行我素：科克维尔当局为之受到严重的损害。只要从写着镇政府字样的库房门前经过，便会听到里面在震耳欲聋地大吵大嚷。另一方面，拉迪盖教士和得意扬扬的弗罗什们联合起来，他们把极好的鲭鱼让他任意享用，他则在暗中怂恿鲁日的老婆抵抗下去，同时威胁玛尔戈，说她只要让德尔凡的指头碰一下就会掉进地狱的火海。总而言之是十足的无政府状态，军队对民政当局造反，宗教纵容平民寻欢作乐，共有一百八十个居民的全体人民，则在一个面对着辽阔的海洋和无边的天空的角落里互相吞噬。

在动荡不安的科克维尔，只有德尔凡保持着钟情的小伙子的笑声，只要玛尔戈属于他，他对其余的一切都不在乎。他像追兔子一样用绳圈追逐着她。他尽管样子傻乎乎的，却非常明智，想让教士来主持他们的婚礼，以便使他的快乐永远长存。

一天傍晚，他正在一条小路上窥伺她，玛尔戈终于举起了手。然而她满脸通红，因为还没等耳光打下来，他已经抓住了这只威胁他的手，疯狂地吻了起来。

她浑身发抖，他就低声地对她说：

"我爱你。你要不要我？"

"永远不要！"她愤怒地喊道。

他耸了耸肩膀，接着平静而又温柔地说："别这么说……我们俩会过得很好。你会看到有多好的。"

二

那个星期天，天气可怕极了。一场九月里的突如其来的暴风雨，一次次吓人地席卷着大港的岩石林立的海岸。天黑时，科克维尔的人瞥见了一艘被风刮走的遇难船只。由于天越来越黑，救援是不可能了。从前一天起，"和风号"与"鲸鱼号"都停泊在沙滩左面的天然的小港里，位于两块礁石之间。"尾巴"和鲁日都不敢出海。倒霉的是杜费寡妇的代表穆歇尔先生，星期六曾不辞劳苦地亲自前来，答应如果他们冒险出海便加一笔保险费：没有海鲜吃，人们在菜场里抱怨。同样，星期天晚上，科克维尔人在狂风暴雨中上床睡觉时，也在心情恶劣地埋怨。事情总是这样，订货来了，而大海却不让它的鱼出来。整个村庄都在议论着被风暴刮走的船只，这时它当然已经在水底下安息了。

第二天星期一，天空仍然阴沉沉的。尽管风不那么猛了，但海面还是很高，怒吼着无法平静下来。风完全停了，不过波涛还在疯狂地翻滚，无论如何，两艘船下午出海了。将近四点钟，"和风号"回来了，一无所获。水手杜班和布里斯莫特把船在小港里系住，"尾巴"则怒冲冲地站在沙滩上，向海洋挥着拳头。穆歇尔先生在等着呢！玛尔戈和半数的科克维尔人也在那儿，望着被风暴掀起的最后的波涛，和她的父亲一样仇恨海洋和天空。

"'鲸鱼号'在什么地方呢？"有人问道。

"在那边，岩顶后面，""尾巴"说，"这副骨头架子今天能完整地回来就算运气了。"

他一副蔑视的模样。他接着说，这样玩命对马埃人也有好处：一贫如洗会饿死的。至于他，则宁可对穆歇尔先生食言了。

这时玛尔戈一直观察着后面有"鲸鱼号"的岩顶。

"父亲，"她终于问道，"他们有没有捕到一点东西？"

"他们？"他嚷着，"什么也没有！"

他平静下来，看着冷笑的皇帝，又以温和的声音补充说：

"我不知道他们是否捕到了什么，不过他们从来都捕不到任何……"

"也许今天他们毕竟捕到了一点东西呢，"皇帝恶意地说，"这是看得出来的。"

"尾巴"正要愤怒反驳，但是走过来的拉迪盖教士使他平息了怒气。在教堂的平台上，教士瞥见了"鲸鱼号"，船似乎正在追一条大鱼。这个消息激动了科克维尔。聚集在沙滩上的人群中有一些马埃和一些弗罗什，马埃们希望船只带回神奇的大鱼，弗罗什们则但愿它回来时空空如也。

玛尔戈站得笔直，目光没有离开过海面。

"他们在那儿。"她说了一句。

确实，岩顶后面出现了一块黑斑。

大家都看见了，那简直是一个在水上跳动的木塞子。皇帝甚至连黑斑都没有看到。必须是科克维尔人才能这么远就看清"鲸鱼号"和船上的人。

"瞧!"玛尔戈又说,她的视力是这一带最好的,"划船的是富瓦斯和鲁日……小家伙站在船头。"

她称德尔凡为"小家伙",以避免说出他的名字。从这时起人们就注视着船只的划动,尽量对它奇怪的动作作出解释。正如教士说过的那样,它似乎在追一条逃在它前面的大鱼。这看来不可思议。皇帝认为他们的渔网大概被鱼拖走了,但是"尾巴"嚷着说,他们是游手好闲,在闹着玩。他们当然不是在捕海豹!所有的弗罗什都被这句笑话说得开心起来,而马埃们则十分恼火,宣称鲁日毕竟是个男子汉,敢玩命,而别人稍有风吹草动便宁肯待在牛栅里。拉迪盖教士不得不居间调停,因为传来了打耳光的声音。

"他们是怎么了?"玛尔戈忽然说道,"他们又回去了。"

人们不再互相威胁,全都用目光搜索着天边。"鲸鱼号"又被岩顶挡住了。这一次,"尾巴"自己也摸不着头脑,他没法解释这样的驾船方式。鲁日不是真的在捕鱼,这个念头使他怒不可遏。尽管看不到任何有趣的东西,但是没有人离开沙滩。大家在那儿待了将近两个钟头,一直等着那只不时出现又接着消失的渔船。后来它干脆不露面了。内心正巴不得如此的"尾巴"狂怒地宣称它已经沉没。这时鲁日的老婆正好和布里斯莫特都在这儿,他讥笑地盯着这两个人,同时拍着杜班的肩膀,已经在安慰杜班不要为哥哥富瓦斯的死而难过。然而他不笑了,他瞥见了自己的女儿,因沉默不语而显得高大的、目光盯着远方的玛尔戈。她这样很可能是为着德尔凡。

"你在那儿干什么？"他训斥道，"你给我回家去！……小心点，玛尔戈！"

她没有动弹。接着突然说："喂！他们在那儿！"

发出了一声惊叫。视力极好的玛尔戈担保，她看到船上连一个人也没有。没有鲁日，没有富瓦斯，一个人都没有。"鲸鱼号"像被人抛弃了一样随风漂流，时时都在掉头，懒洋洋地摆动着。幸而从西边吹来一阵微风，把它推向岸边，但又在奇怪地捉弄它，使它左右摇晃。人们互相招呼着，连女孩子都没有一个留在家里做饭。这是一场灾难，事情无法解释，人人的头脑都被这件怪事弄得乱糟糟的。鲁日的老婆玛丽思索片刻之后，相信应该号啕大哭，杜班总算装出了悲痛的样子。马埃们全都十分忧伤，而弗罗什们则尽量显得合乎礼仪。玛尔戈坐了下来，似乎腿断了一样。

"你还在干什么！""尾巴"吼道，他发现她坐在自己脚下。

"我累了。"她简短地答道。

她说着把脸转向大海，用手掩住面孔，眼睛从手指缝里死死地盯着在波浪上摇晃的船只，它显得更懒散了，像个喝醉酒的孩子。

这时人们正在提出各种各样的假设。也许三个人是掉到水里去了？不过三个人都掉下去似乎不可思议。"尾巴"真希望让人相信"鲸鱼号"像个烂鸡蛋那样破裂了，可是船还在海上，于是人们都耸耸肩膀表示不信。后来，由于三个人看来确已遇难，他想起了自己是镇长，便谈起有关的手续和仪式来。

"别说了！"皇帝喊道，"他们会死得这么愚蠢吗？如果他们都掉进水里的话，小德尔凡就已经在这儿了！"

　　科克维尔人都不能不同意这一点。德尔凡游泳就跟一条鲱鱼一样。不过，这三个人到底能在哪儿呢？人群叫嚷着："我跟你说是的！……我跟你说不是！……太笨了！……你自己才笨呢！"到后来甚至互相打起耳光来。拉迪盖教士不得不呼吁和解，皇帝则推推搡搡以恢复秩序。这时船只仍然不紧不慢地在人们面前晃动着。它在旋转，似乎在嘲笑这些人。潮水把它带了过来，同时让它向陆地表示敬意，有节奏地行着长长的屈膝礼。毫无疑问，这条船是疯了。

　　玛尔戈用手捧着脸，一直在注视着。一只小艇刚刚出了小港，向"鲸鱼号"划去。如此等不及的人是布里斯莫特，好像他不这样做鲁日的老婆就不会及时得到确实的消息一样。从这时起所有的科克维尔人都关注着小艇。人群的声音越来越响。喂！他是不是看出了什么名堂？"鲸鱼号"带着神秘而嘲弄的样子向前移动着。终于，人们看到他站起身来，瞧着他成功地用缆绳系住的大船。所有的人都屏住了呼吸。但他却突然哈哈大笑起来，让人吃了一惊。他有什么可开心的？

　　"怎么了？看见什么了？"大家极其激动地喊着。

　　他并不回答，笑得更厉害了。他做了几个手势，表示大家马上就会看到了。然后他把"鲸鱼号"系在小艇上，把它拖回来。于是科克维尔人目瞪口呆地见到了一个出乎意料的场面。

　　船底里的三个人，鲁日、德尔凡、富瓦斯悠然自得地朝天躺着，捏着拳头打鼾，酩酊大醉。在他们当中有一个打穿的小桶，是在海上碰到的装得满满的桶，他们已经尝过桶里的酒了。味道一定不错，因为他们都喝光了，只有大约一升酒在船里流淌，和海水混在一起。

"哎！蠢猪！"鲁日的老婆向他破口大骂，不再装哭了。

"不错！他们的渔网很干净！""尾巴"说着，露出十分厌恶的样子。

"当然啰！"皇帝反唇相讥，"能捕什么就捕什么。他们经常捞到一个桶，别人却什么都捞不到。"

镇长不作声了，十分恼火。科克维尔吵吵嚷嚷。现在人们明白了，船喝醉了也会像人一样跳舞。这条船的肚子里确实装满了酒。哈！这条无赖船，醉成了什么样子！它像个连家都不认识的醉鬼一样在海面上画花边。科克维尔人又好笑又生气，马埃们认为这挺滑稽，弗罗什们则感到令人讨厌。大家围着"鲸鱼号"，伸着脖子，睁大眼睛，看着这三个家伙，他们的模样兴高采烈，对俯在他们上面的人群毫无感觉。辱骂和笑声几乎对他们不起作用。鲁日听不见老婆指责他什么都喝，富瓦斯没有觉察他的弟弟杜班阴险地用脚踢他的两肋。至于德尔凡，他很美，他喝了酒以后，面孔被金黄色的头发衬得红扑扑的，一副欣喜若狂的模样。玛尔戈站起身来，一声不响，态度生硬地注视着小伙子。

"应该让他们睡觉！"一个声音喊道。

然而就在这时，德尔凡睁开了眼睛。他喜悦的目光在人们身上移动。大家从四面八方向他提问题，这种热情使他有点晕头转向，何况他还是醉醺醺的呢。

"好了！什么？"他结结巴巴地说，"这是一个小桶……没有鱼。我们就是捞了一个小桶。"

他没有摆脱醉态。每说一句话，他都要简单地补充：

"味道真不错。"

"可是桶里有什么？"大家狂怒地问道。

"哦！我不知道……味道真不错。"

科克维尔人此刻都急于知道真相。人人都把鼻子伸向船底，用力嗅着。大家一致认为是烧酒的气味，只是谁也猜不出是什么酒。皇帝自夸凡是一个人能喝的东西他都喝过，说让他来看看。他用手心庄重地把船底流动的酒捧起一些来。人群一下子安静下来，期待着。可是皇帝呷了一小口之后摇了摇头，似乎还不清楚。他又呷了两口，愈来愈为难了，显得不安而又吃惊。于是不得不表示：

"我不知道……真奇怪……要是没有海水，我一定能知道的……我发誓，这太奇怪了！"

大家面面相觑，皇帝本人都不敢表态使他们不知所措。科克维尔人全都怀着敬意看着空空的小桶。

"味道真不错，"德尔凡又说了一遍，似乎在嘲笑大家。

接着他用慷慨的手势指了指大海，又说道：

"你们想要的话，那儿还有……我看见了，一些小桶……一些小桶……一些小桶……"

他反复地哼着这句老调来抚慰自己，同时温柔地注视着玛尔戈。他还刚刚瞥见她，她怒气冲冲地作出要打他耳光的姿态，但是他连眼睛都不闭上，神色温和地等着巴掌打下来。

拉迪盖教士对这种无名的美食感到惊讶，也用手指在船底蘸湿了吮吸着。像皇帝一样，他摇了摇头：不，他不知道这是什么酒，味道太好了。大家达成一致意见的只有一点：桶一定是从星期天傍晚那艘遇难船只里漂出来的。一些英国船常常把精美的烧酒和葡萄酒运到大港来。

天渐渐暗了下来，人们最后都回到黑暗中去了。只有"尾巴"还全神贯注，被一种他从未提起的念头折磨着。他停了下来，最后一次听了正被人抬走、还像唱歌似的重复着的话：

"一些小桶……一些小桶……一些小桶……你们想要的话，那儿还有！"

三

那天夜里天气完全变了。第二天当科克维尔醒来的时候，明亮的阳光照耀着，海面像一块大绿缎子一样没有一丝皱纹。天气很热，是秋季的一个金黄色的热天。

村庄的首脑"尾巴"起床的时候还由于夜里不断做梦而稀里糊涂。他久久地注视着大海，看看右面，又看看左面。最后他神色不快地说，总得满足穆歇尔先生的要求，他马上带着杜班和布里斯莫特出发了，同时威胁玛尔戈说，她如果行为不端，就要挨一顿痛打。当"和风号"离开港口，他看到"鲸鱼号"在缆绳下笨重地摇晃时，才有点开心起来，喊道：

"今天，啊，落空啦！……吹灭蜡烛，小让娜，这些先生都睡觉了！"

"和风号"一进外海，"尾巴"便张开了渔网。然后他就去察看他的"腿笼"，即一些加长的捕鱼篓子，主要用来捉龙虾和火鱼。可是尽管海面风平浪静，他一个个地察看"腿笼"仍是徒劳无功，它们全是空的。在最后一个笼子的底部，像嘲弄人一样他发现了一条小鲭鱼，气得拿起来扔进了大海。真是见鬼，总有几个星期都像这样，鱼儿没把科克维尔放在眼里，而且总是在穆歇尔先生提出要求的时候。过了一个钟头，"尾巴"收起渔网，只捞上来一大堆藻类。他捏紧拳头诅咒，更使他怒气冲天的是，无边的海洋清澈如镜，在蓝天下懒洋洋地沉睡着，犹如一大片亮闪闪的白银。"和风号"不摇不晃，在缓缓地滑动。在又一次撒网之后，"尾巴"决定回去。下午他还要来看看，并且要用最恶毒的话威胁着上帝和一切圣徒。

这时鲁日、富瓦斯和德尔凡始终酣睡不醒，直到中午大家才使他们站了起来。他们什么都不记得了，只意识到曾享受了某种他们不认识的、奇特的美味。下午他们三个人都在港口，而且神志清醒，皇帝便试图向他们提问题。这也许像是掺了甘草汁的烧酒，或者可以说是有焦味的、甜甜的朗姆酒。他们有时说是，有时说不是。根据他们的回答，皇帝怀疑这是果子酒，不过他不敢担保。那一天，鲁日和他的两个水手都肋骨生疼，无法去捕鱼。再说他们已知道"尾巴"早晨白去了一趟，所以想明天再去看他们的腿笼。三个人坐在石块上看着潮水上涨，弯腰曲背，嘴巴黏糊糊的，昏昏欲睡。

德尔凡突然醒了过来。他跳上岩石，看着远处喊道：

"您看看，老板……那边！"

"什么？"鲁日伸展着四肢问道。

"一只桶。"

鲁日和富瓦斯马上站了起来，目光炯炯地搜索着地平线。

"在哪儿，淘气鬼？在哪儿，一只桶？"老板激动地一再问道。

"那边……在左面……那个黑点。"

那两个人什么都没看见。后来鲁日发出了一声诅咒：

"他妈的！"

他刚刚瞥见了那只桶，在斜照的夕阳下漂在白色的水面上，只有扁豆那么大。他奔向"鲸鱼号"，后面跟着德尔凡和富瓦斯。他们匆匆忙忙，脚后跟打着屁股，踢起的鹅卵石滚动起来。

"鲸鱼号"出了港口，在海上发现一只桶的消息传遍了科克维尔。孩子和妇女们都跑了出来，大家喊着：

"一只桶！一只桶！"

"您看见了吗？水流把它向人港那边推去呢。"

"哦，不错，在左面……一只桶！快来！"

科克维尔人从岩石上连滚带爬地下来了，孩子们翻着筋斗，妇女们用双手拢起裙子，以便下得快一点。不一会儿就像前一天一样，全村的人都在沙滩上了。

玛尔戈出来了一会儿，又大步流星地赶回家去要通知她的父亲，他正在和皇帝讨论一份后者写的违警通知书。"尾巴"终于出现了，他脸色苍白，对乡村警察说：

"住嘴！……是鲁日让您来拿我开心的。那好，他拿不到的，那只桶。您看着吧。"

当他瞥见三百米处的"鲸鱼号"正在向在远处晃动的黑点尽力划去时，他更是怒气冲天了。他把杜班和布里斯莫特推进"和

风号", 也出了港, 重复说道:

"不, 他们拿不到的, 我宁可累死!"

于是科克维尔就有一场好戏看了, "和风号"与"鲸鱼号"开始了一场疯狂的竞赛。"鲸鱼号"看到"和风号"出港, 便明白了要有危险而全速前进。它大约领先四百米, 不过机会是一样的, 因为"和风号"更加轻巧和迅速。沙滩上的人激动到了极点。马埃们和弗罗什们本能地分成了两伙, 狂热地注视着竞争的发展, 各自支持自己的船只。起初"鲸鱼号"保持着优势, 但是当"和风号"冲上去时, 大家看到它逐渐赶了上去。"鲸鱼号"作出了最后的努力, 在几分钟内保持着距离, 接着它又被对手赢了, "和风号"以异乎寻常的速度追上了它。从这时候开始, 两只船显然就要在桶的周围会合。胜利将取决于时机, 最微小的失误都会导致败北。

"'鲸鱼号'! '鲸鱼号'!"马埃们喊着。

但是他们不响了。当"鲸鱼号"几乎碰到桶的时候, "和风号"果断地一跃超过了它, 并且把桶推向左面, "尾巴"用挠钩一下子将桶抓住了。

"'和风号'! '和风号'!"弗罗什们吼叫起来。

由于皇帝提到了阴险一词, 双方便互相痛骂。玛尔戈拍着手、拉迪盖教士带着他的日课经下来, 他发表了一点深刻的意见, 使人们突然安静下来, 他自己则十分沮丧。

"他们也许会喝光的, 会的。"他神色悲哀地低声说。

在海上, "鲸鱼号"与"和风号"爆发了激烈的争吵, 鲁日把"尾巴"当成小偷, 而"尾巴"则称鲁日为一无所能的草包。他们甚至挥舞船桨相互殴打，这桩奇遇差点儿变成了一场海战。他们还约好回到陆地上再打，都伸着拳头威胁说，再打的时候要掏空对方的肚子。

"流氓！"鲁日吼着，"你们知道，桶比昨天那只要大……那一只是黄色的。这只桶里的酒味道一定好极了。"

然后他以绝望的口气说：

"去看看腿笼吧……也许会有一些龙虾了。"

于是"鲸鱼号"沉重地离开了，驶向左面的岩顶。

在"和风号"上，为了制止坐在桶面前的杜班和布里斯莫特，"尾巴"不得不发了火。挠钩在扎桶的时候扎出了红色的液体。两个男人用手指蘸着尝了尝，认为确是美酒。完全可以喝它一杯，不会引起什么后果。但是"尾巴"不同意。他用木块把桶垫稳，宣布谁第一个来吃桶里的酒，他就和谁有话说，总之回到陆地上再看吧。

"那么，"杜班不快地问道，"我们去拉腿笼？"

"是的，过一会儿，不着急。""尾巴"答道。

他自己的目光也在酒桶上恋恋不舍。他感到四肢发软，想马上回去尝它一尝。鱼使他讨厌了。

"唔！"他沉默了一阵之后说，"回去，天晚了，我们明天再来。"

他放开酒桶，却瞥见右面有另一只桶，很小，站立在水里，像一个陀螺般地旋转着。这一下他们更顾不上渔网和腿笼，连谈都不谈了。"和风号"追上小桶，轻而易举地把它捞了起来。

这时"鲸鱼号"也碰上了类似的奇遇。鲁日已经察看过五个腿笼，全是空空如也。德尔凡一直在窥伺着，喊着说他看到了一件东西。不过不像桶，它太长了。

"这是一根梁。"富瓦斯说。

鲁日还没有把第六个腿笼完全拉出水面，便又让它沉了下去。

"还是去看看。"他说。

随着船只的前进，他们以为那东西是一块木板、一只货箱、一段树干。后来他们高兴得叫了起来。那是一只真正的桶，不过是一只非常奇怪的、他们从未见过的桶，简直是一根中间鼓起、两头用一层石膏堵住的管子。

"哈，真滑稽！"鲁日兴高采烈地喊道，"我要让皇帝尝尝这只桶里的酒……好了，回去，孩子们。"

他们一致同意不碰它，于是就在"和风号"在小港里停泊的时候，"鲸鱼号"也回到了科克维尔。好奇的人没有一个离开沙滩。面对三只桶的意外收获，人群发出了高兴的欢呼声。淘气的孩子们把鸭舌帽扔到空中，妇女们跑着去找杯子。人们立即决定要就地品尝这些美酒。海滩漂流物属于整个村庄，没有人表示反对，只是分成了两伙，马埃们围着鲁日，弗罗什们则抓住"尾巴"不放。

"皇帝，您喝第一杯！"鲁日嚷着，"告诉我们这是什么酒。"

酒现出漂亮的金黄色。乡村警察举起杯子，瞧瞧、闻闻，然后决定喝了。

"这是从荷兰来的。"他沉默了许久之后说道。

他没有提供任何别的情况。全体马埃都怀着敬意喝了酒。酒有点稠厚，使他们惊讶的是有一股花的气味。妇女们认为味道极好。男人们则宁可不要那么甜的酒。不过这酒后劲足，喝了三四杯就来劲了，大家越喝越爱喝。男人们开起了玩笑，妇女们都变得滑稽有趣。

然而皇帝显然和镇长争吵不久，也都溜达到弗罗什们那一伙里去了。大桶里的酒呈深红色，小桶里取出来的酒则是白的，好像岩石缝里的清水，这种酒才是最厉害的，是真正的胡椒，能使舌头脱去一层皮。无论红酒还是白酒，都没有一个弗罗什认识。可是他们当中有些狡猾的人，他们对享受美味而不知其所以然颇为恼火。

"拿着！皇帝，给我尝尝这个。"最后"尾巴"说话了，就这样迈出了第一步。

等着邀请的皇帝又装出品酒员的样子。关于红酒，他说：

"里面有橘子！"

对于白酒，他宣布：

"这酒太厉害了！"

人们大概对他的回答感到满意，因为他内行地摇晃着脑袋，露出一个满足了别人要求的人的幸福神情。

只有拉迪盖教士似乎并不信服。他想知道酒的名称。照他的说法，这些名称就在他的口头，只是为了弄个一清二楚，他才一小杯一小杯地喝个不停，一面重复着：

"等一等，等一等，我知道这是什么酒……过一会儿我就告诉你们。"

这时马埃们那一伙和弗罗什们那一伙里的人都开心起来。弗罗什们笑得尤其响亮，因为他们把两种酒混在一起，喝了以后更是乐不可支。不过两伙人仍然各自待着，没有让对方喝自己桶里的酒，只是交换着亲切的目光，流露出不便明说的愿望：想尝尝对方的大概是味道更美的酒。杜班和富瓦斯这两个敌对的兄弟，整个晚上都靠得很近，却并未亮出拳头。大家也注意到鲁日和他的老婆在共用一个杯子。至于玛尔戈，她为弗罗什们分酒，由于她把杯子倒得太满，酒流在她的手指上，她不断地吮吸着，因此她尽管对禁止她喝酒的父亲表示顺从，却也醉得像一个酿葡萄酒的姑娘了。这对她没有坏处，恰恰相反，她的脸红扑扑的，眼睛像蜡烛般地闪着亮光。

夕阳西下，傍晚像春天那样柔和。科克维尔人喝完了桶里的酒，还不想回家去吃晚饭。在沙滩上待着太好了。黑夜来临之时，坐在一边的玛尔戈感到颈背上有个人在呼吸。那是德尔凡，他快活极了，手脚着地，像狼一样在她后面转悠。她没有叫出声来，以免惊醒她的父亲，否则他会在德尔凡的屁股上踢一脚的。

"走开，笨蛋！"她喃喃低语，半嗔半喜，"你会被人抓住的。"

四

第二天，科克维尔在醒来时发现已日上三竿。天气更温和了，晴空下的大海风平浪静，人们懒洋洋地无所事事。那天是星期三。直到午饭时分，科克维尔还有着前一天美酒留下的醉意。后来大家便来到沙滩上看看动静。

那个星期三，捕鱼、杜费寡妇、穆歇尔先生等等都被人丢在脑后了。"尾巴"和鲁日甚至对去察看腿笼连提都不提。将近三点钟，有人看见了一些桶。四只桶在村庄对面的海上跳动着。"和风号"与"鲸鱼号"开始追逐，不过反正大家都有，他们也就不争不吵，各自去拿自己那一份了。

到六点钟，在搜遍小海湾之后，鲁日和"尾巴"分别带着三只桶回来了。妇女们为了更方便起见，把饭桌也扛了下来。有人还拿来了凳子，像大港那样布置成两个露天咖啡馆。马埃们在左边，弗罗什们在右边，中间还隔着一个沙丘。不过那天晚上，皇帝在两伙人中走来走去，端着满满的杯子，以便让每个人都尝到六只桶里的酒。将近九点钟，人们比前一天还要快活得多。科克维尔到第二天再也想不起来它是如何入睡的了。

星期四，"和风号"和"鲸鱼号"只捞到四只桶，每条船两只，不过桶大得异乎寻常。星期五是出乎意料的大丰收，有七只桶，鲁日三只，"尾巴"四只。科克维尔由此进入了黄金时代，什么活都不干了。渔民们为了醒酒，一直睡到第二天的中午，然后便到沙滩上东游西逛，看看大海。他们唯一操心的事，是潮水会给他们带来什么样的酒。他们用眼睛注视着大海，一待就是几个钟头。一旦出现了一块漂流物，他们便欢呼起来。妇女和孩子们待在岩石顶上，看到波浪里有一小团藻类滚动也会指手画脚地发出信号。"和风号"与"鲸鱼号"则随时准备出发。它们出海搜索海滩，像别人捞金枪鱼一样捞酒桶，现在对在阳光下蹦跳的鲭鱼和懒洋洋地在水花里游动的鳎鱼都不屑一顾了。科克维尔人注视着它们的打捞，在沙滩上笑得要命。到了傍晚便痛饮捞到的美酒。

使科克维尔兴奋不已的是酒桶源源不断。好像没有了，接着又有了。那条沉没的船上一定有个极大的货舱。变得自私而快活的科克维尔人就拿那只遇难的船开玩笑，说它是一个真正的酒窖，能把海洋里的鱼全都醉倒。除此之外，捞上来的桶都不一样，有各种各样的形状、口径和颜色，而且每只桶里的酒也不同。皇帝为此想入非非，他全都喝过之后，连自己也变得稀里糊涂。"尾巴"声称他从未见过装这么多货，拉迪盖教士认为这是某个蛮族国王的订货，以便放入自己的酒窖。何况醉得摇摇晃晃的科克维尔人也不想弄清楚这些无名的酒是怎么回事。

太太们更喜欢喝浓厚的甜酒：桶里有一些木哈咖啡酒、可可酒、芒果酒、香子兰酒。玛丽、鲁日一天晚上喝了过多的茴香酒而病倒了。玛尔戈和别的小姐们则喝柑香酒、本笃会修士酿制的甜烧酒、苦修会会士酿制的酒和查尔特勒修会会士酿制的甜酒。黑茶藨子酒是留给孩子们的。当然，捞上白兰地酒、朗姆酒、刺柏子酒和一切辣嘴的烈酒时，最高兴的还是男子汉们。后来出了一些惊人的事情。一个希俄斯岛的黄色的"茴香酒"桶使科克维尔人目瞪口呆，他们相信是碰上了一个松节油桶，不过还是喝了，以免浪费，但是议论了很久。巴塔维亚的"粕酒"，瑞典的枯茗烧酒，罗马尼亚的"杜伊卡酒"，塞尔维亚的"斯利沃维茨酒"，同样搞乱了科克维尔人对人能喝的酒所正在形成的种种概念。实际上，他们嗜好的是茴香酒和樱桃酒，这些酒清澈如水，却足以使男人酩酊大醉。天知道人怎么能发明这么多好东西！在科克维尔，人们只知道烧酒，而且还不是所有的人都知道。他们的一切想象最终变成了狂热，以至对这些变化万千的醉人的东西产生了一种真正的崇拜。啊！每天晚上都有些新的东西使人沉醉，而人们却连这些东西的名称都不知道！这就像一个童话，像一场下个不停的雨，像一个会喷出种种奇异饮料的泉源，所有的美酒都散发着人间一切鲜花和果实的芳香。

因而星期五傍晚又有七只桶放在沙滩上。科克维尔人已经不离开沙滩了，由于天气温和，他们就住在这里。过去在九月里，他们从未享受过这样美好的一个星期。节日从星期一持续至今，而且没有理由认为它不会永远持续下去，只要上帝仍然把酒桶送来就行了，而拉迪盖教士已由此看清了上帝的旨意。所有的事情都搁在一边，有这样从天上掉下来的乐事，何必再去辛苦忙碌？大家都成了有产者，喝昂贵名酒的有产者，而且在咖啡馆里什么钱都不用付。科克维尔人双手插在口袋里享受着阳光，等待着傍晚的美酒。再说他们都长醉不醒了，茴香酒、樱桃酒、甜酒使他们不断地快活下去。在七天里，他们体验到了杜松子酒引起的怒火、柑香酒带来的柔情、白兰地酒造成的欢笑。科克维尔像一个刚出生的孩子那样纯洁无邪，对什么都一无所知，只是坚信不疑地喝着仁慈的上帝送来的东西。

就是在星期五，马埃们和弗罗什们亲如兄弟了。那天晚上大家都非常快活。前一天双方就已经缩短了距离，醉得最厉害的人踩平了分隔两伙人的沙丘。现在只需要再迈出一步。弗罗什们的四只桶快要空了，马埃们也正在喝光。他们的三只小桶，这三种酒的颜色正好组成了法国国旗，一种蓝、一种白、一种红。蓝色的酒使弗罗什人满怀嫉妒，因为在他们看来，蓝色的酒确实是惊人的东西。"尾巴"自从沉醉不醒之后，已经做了好好先生，明白他作为行政官员应该迈出第一步，于是端着一杯酒走了过去。

"瞧，鲁日，"他结结巴巴地说，"你愿意碰杯吗？"

"我很乐意。"鲁日回答，感动得踉踉跄跄。

于是他们彼此紧紧拥抱，这时所有的人都哭了，实在太激动了。马埃们和弗罗什们三个世纪以来互相吞噬，现在却拥抱在一起。深受感动的拉迪盖教士又谈到了上帝的旨意。大家用蓝、白、红三种颜色的酒干杯。

"法兰西万岁！"皇帝喊道。

蓝酒一钱不值，白酒也算不了什么，倒是红酒确实见效。人们随后又去喝弗罗什们的酒，接着便跳起舞来。因为没有乐队，一些善意的小伙子就拍着巴掌吹口哨，引得姑娘们都站了起来。节日变得无比美妙。七只桶排成一行，每个人都能选择他最喜欢的酒。喝够了的人就躺在沙地上，睡上一觉，醒来之后再重新开始。舞会的圈子越来越大，逐渐扩展到整个沙滩，直到半夜大家都在露天里跳着。大海发出柔和的声响，星星在深邃的、宁静无边的天空中闪烁。这种童年时代的安宁，笼罩着被第一桶烧酒所醉倒的一个荒野里的家族的欢乐。

然而科克维尔人还是要回去睡觉。当酒都喝完之后，弗罗什们和马埃们互相帮助、搀扶着，总算回到了他们的床上。星期六，节日持续到将近凌晨两点钟。那天捞上来六只桶，有两只硕大无比。富瓦斯和杜班差点打了起来。杜班醉后撒野，说要和他哥哥有个了结。不过这场争吵激怒了每一个人，无论是弗罗什们还是马埃们。当整个村庄都互相拥抱的时候，吵架还会有道理吗？大家逼着两兄弟一起干杯，他们很不乐意。皇帝决定监视他们。鲁日两口子情况也不妙。玛丽喝了茴香酒以后，向布里斯莫特百般献媚，鲁日不可能视而不见，更由于他变得敏感之后，自己也想被人所爱。拉迪盖教士一片好心，宣讲对辱骂要表示宽恕，可是没用，人们担心要出事了。

"唔！""尾巴"说，"什么都会有办法解决的。只要明天捞到不少桶，你们看着吧……为你们的健康干杯！"

可是"尾巴"自己也不满意。他总是窥伺着德尔凡，一看他靠近玛尔戈便用脚踢过去。皇帝深感不平，因为没有道理阻止两个年轻人的欢乐。但是"尾巴"总是发誓，他宁可杀了女儿也不把她给这个小家伙。何况玛尔戈也不会愿意。

"对吧？你太骄傲了，"他嚷着，"你永远不会嫁给一个无赖！"

"永远不会，爸爸！"玛尔戈答道。

星期六，玛尔戈喝了许多甜酒，甜得无法想象。她毫无戒心，很快就坐到桶边。她笑着，那么高兴，像上了天堂，她看到了星星，感到体内响起了一支舞曲。就在这时德尔凡溜进了桶边的阴影里。他抓起她的手，问道：

"你说，玛尔戈，你愿意吗？"

她始终微笑着，接着她答道：

"是爸爸不愿意。"

"哦！这没什么，"小家伙又说，"你知道，老人们从来都不愿意……只要你愿意就行，你。"

他说着壮起胆子，在她脖子上亲了一下。她趾高气扬，肩膀上却起了一阵战栗。

"行了，你让我痒痒了。"

不过她没有再提起打他耳光的事。起初是她不能打，因为她的手太软了。后来他轻轻地亲她的脖子，她感到很舒服，就和使她麻木的酒那样美妙。最后她扭动着头，伸着下巴，像一只母猫一样。

"瞧！"她结结巴巴地说，"这儿，耳朵下面，有点痒……哎！好极了！"

两个人都忘了"尾巴"，幸好皇帝照看着他们。他让拉迪盖教士看看他们，说：

"你就看看吧，教士……最好让他们结婚。"

"美德必将获胜。"神甫格言式地宣布。

他表示第二天负责处理这件事情，由他和"尾巴"去谈。这时的"尾巴"因为喝得太多，皇帝和教士不得不把他背回家去。在路上，他们都就他女儿的事情开导他，但得到的却只是鼾声。在他们后面明净的夜色中，是领着玛尔戈的德尔凡。

第二天下午四点，"和风号"与"鲸鱼号"已经捞上了七只桶。到六点钟，"和风号"又捞到了两只，一共有九只。于是科克维尔便庆祝了这个星期天。这是他们喝醉的第七天了。这个节日十分圆满，是一个从未见过、似乎也永远不会再见到的节日。在下诺曼底说起来的时候，大家会笑着告诉您："嘿！不错，是科克维尔的节日！"

五

从星期二起，无论鲁日还是"尾巴"都没有到大港来，使穆歇尔先生大为惊讶。这些见鬼的家伙在干些什么？海面很宁静，捕鱼一定是大获丰收。也许他们是想把所有的鳝鱼和龙虾一下子都带来，于是他耐心地等到了星期三。

　　星期三，穆歇尔先生发火了。要知道杜费寡妇是不好说话的。这是个马上就会破口大骂的女人。他尽管是个漂亮健壮的男子汉，长着金黄色的头发，在她面前也胆战心惊，何况他梦想娶她，所以始终赔着小心，即使他有一天成为主人之后会用耳光让她安静下来。星期三早晨杜费寡妇果然大发雷霆，抱怨货不送来，海鲜已没有了，指责他追逐海岸的姑娘们，对本来会大量供应的鳕鱼和鲭鱼漠不关心。恼火的穆歇尔先生分辩说，科克维尔奇怪地没有信守诺言。杜费寡妇由于惊讶而平静了一会儿，科克维尔是怎么搞的，过去从来没有这样。但是她马上声称她不管什么科克维尔，她想到的是穆歇尔先生，如果他再上渔民们的当，她就要采取一个决策了，这一下使他惶惶不安，让鲁日和"尾巴"见鬼去吧。不过也许他们第二天就会来呢。

　　第二天，星期四，那两个人都未露面。傍晚时分，绝望的穆歇尔先生爬上大港左面的悬岩，这里可以远远地看到科克维尔和它黄斑般的沙滩。村庄在阳光下显得很恬静，壁炉里升起缕缕炊烟，一定是妇女们在做饭。穆歇尔先生证实科克维尔一直在老地方，并未被峭壁的岩石压碎，所以他越发糊涂了。就在他要下来的时候，他相信在海湾里瞥见了两个黑点，"鲸鱼号"与"和风号"。于是他回来劝解杜费寡妇，科克维尔在捕鱼呢。

　　一夜过去了，到了星期五。科克维尔还是没有人来。穆歇尔先生到悬岩上去了十多次，他开始晕头转向，杜费寡妇对他恶声恶气，他根本无法回嘴。科克维尔始终在那边，像一只懒惰的蜥蜥在晒太阳。只是穆歇尔先生不再看到炊烟了。村庄看起来死气沉沉。难道他们都死在自己的角落里了？沙滩上有一堆东西在动，不过这可能是海水冲上来的藻类。

星期六，仍然没人来。杜费寡妇不吼叫了：她两眼发直，嘴唇苍白。穆歇尔先生在悬岩上待了两个钟头。他按捺不住越来越强烈的好奇心，需要弄清楚村庄为什么奇怪地毫无动静。这些在阳光下悠然自得地打盹儿的破房子终于惹恼了他。他下了决心，星期一一大早就走，争取将近九点钟能到那儿。

到科克维尔去可不是一次散步。穆歇尔先生宁可从陆路去，这样就可以出人意料地突然到达村庄。一辆马车把他带到罗比涅，他把马车留在一个谷仓里，因为让马车在峡谷里冒险太不谨慎。他果断地出发了，要走大约七公里糟糕透顶的山路。这条路倒有一种原始的美，它在两座巨大的峭壁之间不断拐弯，有些地方窄得连三个人都无法并排通过。路沿着悬崖伸向远方，海湾突然出现，从石缝中可以看到海上一段段蓝色的地平线。不过穆歇尔先生可不是来欣赏景致的。他在脚下的石块滚动时便发出诅咒。这都怪科克维尔，他要狠狠地教训这些懒汉。这时他快到了。转过最后一个悬崖，他突然瞥见了悬在峭壁半腰的村庄的二十栋房子。

九点整。天空多么蔚蓝和暖和，使人以为是在六月里。天气好极了，清新的空气里飘浮着被阳光染成金色的尘埃，由于大海的美妙气息而显得分外凉爽。穆歇尔先生走上他常来的那条村庄里唯一的街道，经过鲁日的家门时走了进去。房子空荡荡的。他随后又看了一下富瓦斯、杜班和布里斯莫特的家。一个人都没有。所有的门全开着，但是屋里没有人。这是怎么回事？他开始起了一阵鸡皮疙瘩。于是他想到了当局，皇帝一定会告诉他情况的。但是皇帝的房子也和别人的一样空着，连乡村警察也不在！现在这个荒僻而无声的村庄使他害怕起来。他向镇长家跑去，在那里他又吃了一惊：家里乱得一塌糊涂，床铺有三天没整理了，散乱的餐具、翻倒的椅子似乎表明发生过搏斗。惊慌失措的穆歇尔先生以为大难临头，想弄个水落石出，便察看了教堂。教士和镇长一样不见了。一切权力和宗教本身都消失了。科克维尔已被人抛弃，它长眠于此，没有一点声息，没有一只狗，没有一只猫。连家禽都没有，母鸡都离开了。什么都没有，一片空虚、沉寂，村庄在辽阔的蓝天下沉睡。

当然啰，科克维尔不送鱼来是没什么可奇怪的！科克维尔搬走了，科克维尔不存在了。应该通知警察局。这场神秘的灾难激动着穆歇尔先生，他正想走下沙滩，不禁发出了一声惊叫。在沙滩当中，所有的居民都躺在地上。他相信这是一场大屠杀，然而响亮的鼾声提醒了他。在星期天夜里，科克维尔的节日持续得如此之久，使大家绝对不可能回家睡觉了。于是大家便在沙地上围着九只空桶席地而卧。

不错，整个科克维尔都在打鼾，我是指所有的孩子、妇女、老人和男子汉。没有一个人站起来。有些人趴在地上，有些人朝天仰卧，还有一些人蜷着腿睡。爱怎么睡就怎么睡。所有的人都醉得乱七八糟地躺着，犹如一堆被风卷起的树叶。有些男人翻过筋斗，脑袋比脚跟还低。这是一派纯朴的景象，一个露天的宿舍，一家家诚实的人无拘无束。因为哪里有拘束，哪里就没有快乐。

那晚正好是新月。科克维尔人以为是吹灭小蜡烛才会一片黑暗。后来太阳升起了，阳光照耀着，现在直射在酣睡者的身上，他们却连眼皮都不眨一下。他们睡得那么沉，人人面带笑容，流露出醉鬼动人的天真。母鸡大概一大早就下来啄桶了，因为它们也醉倒在沙滩上。甚至还有五只猫和三只狗，由于舔了淌着甜酒的杯子，都醉得伸着爪子。

穆歇尔先生在睡着的人当中走了一阵，小心不踩着任何人。他明白了，因为在大港也有人捞起了一些桶，那是一艘遇难的英国船上的。他的怒火烟消云散了。这是多么动人和合乎道德的场面！科克维尔和解了，马埃们和弗罗什们睡在一起了！喝了最后一杯酒，死对头也拥抱在一起了。杜班和富瓦斯手拉着手打鼾。这一对兄弟将来不可能再争夺遗产。至于鲁日夫妇，则呈现出一幅更加亲切的景象，玛丽睡在鲁日和布里斯莫特之间，似乎是说从今以后，他们就要这样三个人一起幸福地生活了。

然而有一组家庭场面尤其感人。那是德尔凡和玛尔戈，他们互相拥抱着，脸贴脸地睡着，嘴唇还由于一个亲吻而张开着。在他们脚下是横躺着的、看护着他们的皇帝。在他们头上，"尾巴"作为一个因嫁了女儿而感到满意的父亲打着呼噜，拉迪盖教士则和别人一样倒在地上，伸着手臂，像是为他们祝福。酣睡的玛尔戈还一直伸着她玫瑰色的面孔，犹如一只喜欢让人挠下巴的发情的母猫。

节日以一场婚礼结束。穆歇尔先生自己后来也娶了杜费寡妇，并且把她痛打了一顿。在下诺曼底说起来的时候，人家会笑着告诉您："嘿！不错，是科克维尔的节日！"

雅 克 · 达 摩 尔

一

在努美阿那边，当雅克·达摩尔注视着海边空旷的地平线时，往往以为看到了自己的全部经历：被围困时的种种苦难、公社的怒火，然后是自己被打得鼻青脸肿，像死了一样被放逐到如此遥远的地方，使他痛断肝肠。这不是一种清楚的幻觉，也不是他乐于进行的动人的回忆，而是一种变得模糊的智慧暗中的深思熟虑，这种思考在遇到某些没有像其余一切那样消逝，而是依然清晰地呈现在眼前的现象时便会自动出现。

雅克二十六岁时娶了菲利茜，她是拉维埃特的一个女干酪商的侄女，一个十八岁的高大的漂亮姑娘。女干酪商租给他一个房间，他是首饰雕镂工，每天可以挣到十二个法郎。菲利茜做过缝纫女工，但是他们马上就有了一个男孩，她就专门抚养孩子和做家务了。欧仁长得很结实。九年以后又生了一个女儿路易丝，她一直很瘦弱，他们花了许多钱请医买药，但是日子过得不坏。达摩尔星期一常常喝酒，不过他很有分寸，如果喝多了就去睡觉，第二天回去工作，自认为是个一无所长的人。欧仁十二岁就上了工作台。这个孩子勉强会读写就自己谋生了。菲利茜很能干，是个机灵而谨慎的主妇，当父亲的常说她或许有点"刻薄"，因为她给他们端上来的常常是蔬菜而不是肉，以便存些钱以防万一。那是他们最幸运的时期。他们住在梅尼尔蒙当的昂维埃日街的一套房子里，有三个房间，父母亲一间，欧仁一间，一间作餐室，还放着工作台，此外还有厨房和一个给路易丝用的小房间。房子在一栋小楼里，位于一个院子的深处，不过空气还算新鲜，因为窗户外面是一个拆除建筑物的工地，从早到晚都有一些大车来装走一堆堆瓦砾和旧木板。

战争爆发时，达摩尔一家已经在昂维埃日街住了十年。菲利茜虽然将近四十岁，却依然显得年轻，有点发胖，圆润的肩膀和腰身使她成了本区的美女。相反，雅克却像干枯了一样，八岁的差距也使他与她相比已经显得老了。路易丝摆脱了危险，但总是像她父亲那样柔弱，是个瘦瘦的小姑娘，而十九岁的欧仁却像母亲一样身高背阔。他们生活得很融洽，只是有些星期一父子俩要在酒馆里多待一些时间。这时菲利茜就会赌气，为他们吃掉的钱发火。有两三次他们还打了起来，不过都无关大局，这是酒造成的，楼里没有比他们更规矩的家庭了。别人提起来，总是把他们当成好榜样。当普鲁士人向巴黎进军，可怕的失业开始的时候，他们在银行里有一千多法郎的储蓄。对于养大了两个孩子的工人来说，这已经是很了不起了。

因此被围困的头几个月并不太艰难。在餐室里工作台都闲着，但是他们还吃着白面包和肉。楼里有个挨饿的穷邻居，是个叫贝鲁的大高个画家，达摩尔同情他，有时甚至发善心请他来吃晚饭，不久这位老兄就早晚都来了。他张开大嘴巴狼吞虎咽，吃掉最好的饭菜，使菲利茜既担心又愤怒，不过他是个爱开玩笑的人，说话风趣，所以最终还是使她消了气。晚上大家玩牌，一边骂着普鲁士人。贝鲁是爱国主义者，他说应该挖坑道，在乡村挖地道，一直挖到普鲁士人在夏蒂茶和蒙特勒图的炮台下面，把他们都炸飞。接着他又臭骂政府，说那是一群懦夫，为了让亨利五世重新上台，他们要向俾斯麦敞开巴黎的城门。他对这些叛徒的共和国颇为蔑视。哼，共和国！接着他把两肘放在桌上，嘴里叼着短烟斗，向达摩尔解释起他主张的政府来，人人都是兄弟，都有自由，财富属于所有的人，正义和平等从上到下无处不在。

"像九三年一样。"他明确地补充说，其实他并不知道当时的情况。

达摩尔神情严肃。他也是共和主义者，因为从摇篮里开始，他就听周围的人说共和国有朝一日将会是工人的胜利和全体人民的幸福。不过对于事情发展的方式，他没有确定不变的看法。所以达摩尔注意地听贝鲁讲话，认为他讲的话很有道理，他所说的共和国肯定会实现。他心情激动，坚信只要整个巴黎的男人、妇女和孩子都高唱《马赛曲》向凡尔赛进军，就能打败普鲁士人，和外省携起手来，建立使所有公民都能获利的人民的政府。

"你要小心，"菲利茜一再满腹狐疑地告诫，"和贝鲁在一起没什么好结果。只要你高兴，你就养活他好了，但是让他自个儿去撞破脑袋。"

她也希望建立共和国。1848年，她的父亲就是在一个街垒上死去的。不过这件事留下的回忆不但没有使她气得发狂，反而使她变得通情达理了。她说处在人民的位置上，她知道怎样去迫使政府公正行事；她自己要老老实实地做人。贝鲁的演说使她既气愤又害怕，因为这些话在她看来是不合适的。她看到达摩尔变了，拿腔作调，说些不中听的字眼。然而她更不放心的却是欧仁听贝鲁讲话时的热情而忧郁的样子。晚上，当路易丝在桌子上睡着以后，欧仁叉着手臂，慢慢地啜着一小杯烧酒，一言不发，两眼盯着画家，他总会从巴黎带回来一些不同寻常的卖国新闻：有些拿破仑分子在蒙马特尔向德国人放信号弹，或者有人把成袋的面粉和一桶桶炸药倒进塞纳河，以便早日把城市出卖给敌人。"都是些胡说八道！"当贝鲁终于决定离去之后，菲利茜总是对儿子这样说，"你不要昏了头，你！你知道他在撒谎。"

"我自己知道是怎么回事！"欧仁回答时的姿态很可怕。

将近十二月中旬，达摩尔一家吃光了积蓄。政府时时都在宣布普鲁士人在外省失败的消息，要进行胜利的突围以便最终拯救巴黎。一家人起初并未被吓倒，总是指望着可以恢复工作。菲利茜创造着奇迹，大家吃着围困时的黑面包，过一天是一天，只有小路易丝没法消化。这时达摩尔和欧仁像母亲所说的那样不再昏头了。他们从早到晚无所事事，照常出门，手臂因离开工作台而软弱无力，他们活得很苦恼，惊慌失措，充满了古怪而血腥的想象。父子俩都参加了一个步兵营，只是这个营和其他营一样，连工事都不出，人们都在营房里打牌过日子。达摩尔正是在这里饿着肚子、心情沉重地知道了自己家里的贫困。听着这些人和那些人所说的消息，他坚信政府为了成为共和国的主人曾发誓要消灭人民。贝鲁说得对：谁不知道亨利五世在圣日耳曼，住在一栋飘扬着一面白旗的房子里。不过这些都会结束的。人们这几天就要用枪托去揍那些为了给贵族和僧侣让位而任凭工人挨饿和被轰炸的恶棍。达摩尔和欧仁回家时，两人都为外面的疯狂举动而兴奋，嘴里直说要毁灭这个世界。菲利茜脸色苍白，沉默不语、照料着因营养不良又在生病的小路易丝。

然而围困结束了，签订了停战协定，普鲁士人列队走过香榭丽舍大街。在昂维埃日街，他们吃上了菲利茜到圣德尼斯去弄来的白面包。不过晚饭很不愉快。欧仁曾去看了普鲁士人是什么样子，讲述着详细情况，达摩尔挥舞着一把餐叉，狂怒地叫嚷着应该绞死所有的将军。菲利茜生气了，夺走了他的餐叉。在后来的日子里，工作一直未能恢复，他合计之后决定上了工作台：他有一些铸件，几个烛台，他想加加工之后卖出去。欧仁坐立不安，干了一个小时就把活儿丢下。

至于贝鲁，他从停战以后便不见踪影，大概又在别处碰到饭菜更好的地方了。但是在一天早晨，他又面色通红地出现，讲着蒙马特尔的大炮事件。到处都筑起了街垒，人民的胜利终于来到，他是来找达摩尔的，说现在需要一切优秀的公民。尽管菲利茜大惊失色，达摩尔还是离开了工作台。那时是巴黎公社时期。

接着三月、四月和五月都一天天过去了。当达摩尔感到疲倦、妻子恳求他待在家里的时候，他回答说：

"那我的三十个苏呢？谁会给我们面包？"

菲利茜低着头。他们的生活来源就是国民自卫队的报酬，父亲三十个苏，儿子三十个苏，有时再分一点酒和咸肉。此外，达摩尔深信自己的权利，他向凡尔赛军队开枪，正如他也会向普鲁士人开枪一样，他相信自己是在拯救共和国，保障人民的幸福。经过围困时的劳累和贫困之后，内战的动荡使他经历着一场专制的噩梦，他像一个无名英雄般地搏斗着，决心为捍卫自由而献身。他不懂公社主义观念在理论上的复杂性。在他眼里，公社只是宣布过的黄金时代，是普天同庆的开始，他更执拗地相信在某个地方，在圣日耳曼或凡尔赛有一个国王，如果让他进入巴黎，他就要恢复宗教裁判所和领主的权力。他在家里连一只蚂蚁都不忍踩死，可是在前哨阵地，他毫无顾忌地把宪兵们打倒在地。当他疲惫不堪，被汗水和火药弄得黑乎乎地回家时，他就在小路易丝身边一待几个小时，听着她的呼吸。菲利茜也不指望留住他了，她怀着成熟妇女的冷静等待着这场大动乱的结束。

然而有一天，她竟会让人注意到这个叫嚷得很凶的大个子贝鲁，倒并没有愚蠢得去挨子弹。他巧妙地在后勤部门谋得了一个好位置，不过当他穿着军装，佩戴着羽毛饰和饰带来的时候，依旧高谈阔论，赞扬达摩尔的观点，即有一天要到凡尔赛去抓住所有的阁员、议员和工场主，把他们都枪毙。

"为什么他自己不去，却要推着别人去呢？"菲利茜问道。

可是达摩尔的回答是：

"住嘴，我尽我的责任。不尽责任的人算他们倒霉！"

四月末的一天上午，有人用一副担架抬着欧仁到了昂维埃日街。他在摩里诺时胸口当中吃了一颗子弹。在往上抬的时候，他在楼梯上就断气了。达摩尔傍晚回来，发现菲利茜默默地待在儿子的尸体旁边。这个可怕的打击使他倒在地上，她任凭他坐在墙边哭泣，一言不发，因为她没什么可说，若是要说一句话，她就会喊出来："这是你的错！"她关上了小房间的门，轻手轻脚，怕吓着了路易丝。她还去看了看父亲的哭声是否吵醒了孩子。当他站起身来，他久久地注视着镜子对面的一张欧仁的照片，年轻人穿着国民自卫队的军服。他拿了一支笔，在照片下面写了"我要为你报仇"，并写了日期，签上名字。这使他感到了一点安慰。第二天，一口蒙着大幅红旗的棺木把尸体运到拉歇兹神甫公墓，后面跟着无数的人，父亲光着头走着，看着使黑木棺材显得更黑的血红的旗帜，他心里充满了凶狠的想法。在昂维埃日街，菲利茜守在路易丝身边。一到傍晚，达摩尔便回到前哨杀宪兵去了。

终于到了五月。凡尔赛军队进入了巴黎。他两天没回家了，和他的营一起撤退，在熊熊大火之中守卫着街垒。他什么都不知道了，只是在硝烟中开火，因为这是他的责任。第三天早晨，他又出现在昂维埃日街，衣服成了碎片，像醉汉一样摇摇晃晃、两眼发呆。菲利茜替他脱了衣服，用一条湿毛巾给他洗手，这时一个邻居说公社社员们还守在拉歇兹神甫公墓，凡尔赛军队没法把他们赶出来。

"我到那里去。"他只说了一句。

他重新穿上衣服，拿起他的枪。但是公社的最后一批保卫者不在高地上，不在欧仁长眠的光秃秃的地方。他模模糊糊地希望自己就在儿子的墓穴上被打死。但他甚至走不到那儿了，几发炮弹炸毁了巨大的坟墓。在榆树当中，一些国民自卫队员还躲在阳光下发白的大理石后面，向穿着红色军裤爬上来的士兵们开枪。达摩尔一到刚好被抓住。他的伙伴有三十七人被枪毙了，他能逃脱这次不经审判的处决真是奇迹。由于他的妻子刚刚为他洗了手，他又没有开枪，人家也许就饶了他。另外他也累得浑身发僵，被这么多的恐怖弄得昏头昏脑，以至再也记不起后来日子里的情况了。这些日子对于他一直是模糊的噩梦：在阴暗的地方待了不知多少时间，在太阳下没命地走路，在喊叫和鞭打声中穿过目瞪口呆的人群。当他摆脱这种稀里糊涂的状态时，他已经在凡尔赛成了犯人。

菲利茜来看他，总是脸色苍白而又平静。当她告诉他路易丝健康好转的时候，他们相对无言，不知说些什么好。她走时为了使他鼓起勇气，又对他说他的案子正在办，他会出狱。他问道：

"那贝鲁呢？"

"哼！"她回答说，"贝鲁太平无事……他在军队进来三天之前就溜了，人家也不会去打扰他。"

一个月之后，达摩尔要到新喀里多尼亚去，他只是被判处流放。他没有任何军衔，若不是他坦然承认从第一天起就开枪的话，军事法庭本来也许会释放他的。在最后一次见面时，他对菲利茜说：

"我会回来的，带着小女儿等我。"

当他头脑迟钝、心情沉重地面对海边空旷的地平线时，在模糊的记忆里达摩尔记得最清楚的就是这句话。他常常吃惊地发现夜已降临。远方有一个久久地发光的斑点。像是一艘船的航迹划破了越来越浓的夜色。他感到自己应该站起来到波浪上去，沿着这条白色的路离开，因为他答应过要回去的。

二

在努美阿，达摩尔循规蹈矩。他找到了工作，人家说他有希望被特赦。他是一个极为和气的人，喜欢和孩子们玩耍。他不问政治，很少和同伴们往来，孤独地生活着。人们所能责备他的是他喝酒的次数越来越少，而且喝醉了也像好孩子一样热泪盈眶，独自在睡觉。他的特赦看来不成问题，但有一天他却不见了。人们目瞪口呆地得知他和四个同伴一起越狱了。两年来他收到过菲利茜的一些信，起初常来信，后来就越来越少，以至没有了。他自己常常写信，但三个月过去了仍无回音。于是他对也许还要等上两年的特赦感到绝望，乘大家沉浸在第二天会后悔的狂热时刻冒险越狱。一个星期之后，在几里外的海边发现了一只破碎的小船和三个逃亡者裸露的、已经腐烂的尸体，证人们断定认出了其中有达摩尔。因为身材和胡子都一样。经过短暂的调查，办了手续和一份死亡证书，并且根据已接到有关部门通知的寡妇的要求寄往法国。整个新闻界对这次冒险都深表关注，全世界的报纸上都登载了极富戏剧性的越狱和结局悲惨的故事。

然而达摩尔活着。别人把他和他的一个同伴弄混了，而且令人惊讶的是这两人并不相像，只是都长着长长的胡子。一踏上英国的陆地，达摩尔就和奇迹般地活下来的第四个越狱者分手了，他们永远没有再见面，那个人大概死于差点儿也使达摩尔送命的黄热病。他第一个想法就是写信通知菲利茜。但是他捡到一张报纸，上面登着他越狱和死去的故事。从这时起，他感到写信很不妥当，人家会截获这封信，读了之后明白真相。让所有的人以为他死了不更好吗？谁也不会再来打扰他，他可以自由地回到法国，等待大赦。这时可怕的黄热病使他在一家偏僻的旅馆里躺了几个星期。

当达摩尔开始康复的时候，他感到一种不可克服的慵懒。几个月里他都很虚弱，浑身无力。这场热病似乎使他失去了从前的一切欲望。他什么都不希望，不知道还能做些什么。菲利茜和路易丝的形象淡漠了。他总是看得见她们，但是十分遥远，像在云雾之中，有时他犹豫着要不要认她们。当然他一旦身强力壮，是要去和她们团聚的。后来当他能起床之后，他又专心于另一个计划。在去找妻子女儿之前，他梦想挣一笔财富。他在巴黎能做什么？他会饿死，不得不上他的工作台，也许连活儿都揽不到，因为他觉得自己已老态龙钟了。相反，如果他到美洲去，几个月就能挣十万多法郎，他耳朵里灌满了百万富翁的神奇故事，但他只要挣这个小数目也就够了。他会到别人指给他的金矿去、那里所有的人、以至最卑贱的挖土工，过上六个月也会富裕起来。他已经安排好自己的生活：他要带着十万法郎回到法国，在万森旁边买一栋小房子，和菲利茜、路易丝一起，靠三四千法郎的利息过着被人遗忘、摆脱政治的幸福生活。一个月后达摩尔就到了美洲。

于是他在奇特而又平庸的种种冒险中，开始了任命运播弄的动荡生活。他经历了各种各样的苦难，碰过大大小小的运气。有三次他相信终于有了自己的十万法郎，但是一切都从他手中流走，被人偷去了。他在最后的努力中自己也失去了勇气。总而言之，他艰辛备尝，卖力干活，仍然连一件衬衣都没有。走遍了天涯海角，命运把他送回了英国。从那里他到了布鲁塞尔，甚至到了法国的国境线上，然而他不再想回去了。从他到美洲的时候开始，他不再给菲利茜写信。三封信没有回音，他得出了几种假设：有人截获了他的信，或者他的妻子死了，或者她自己也离开了巴黎。隔了一年，他还做过一次徒然的尝试。为了不让人拆他的信而暴露自己，他用假名写信，和菲利茜谈一件虚构的事情，指望她会认出他的笔迹并明白是怎么回事。久久没有回音似乎使他失去了回忆。他是个死人，世上没有任何人、任何事情与他有关。将近一年时间他在一个煤矿里，在地下干活，不再见到阳光，他彻底消失了，除了吃和睡再没有其他想法。

一天傍晚，在一个小酒店里，他听一个人说大赦已经通过表决，所有的公社社员都回去了。这个消息使他醒了过来。他受到了震动，感到需要和别人一起回去，去看看那里他住过的街道。最初这只是一种本能的冲动，后来到了车厢里，他的头脑活跃起来，想到现在他如果能找到菲利茜和路易丝的话，在阳光下就又有了他的位置。他的心中又升起了希望，他自由了，要公开地寻找她们，最后他相信会发现她们非常宁静地待在昂维埃日街的屋子里，桌上铺着台布，似乎在等待着他。一切都会说清楚的，只是一些小小的误会。他要到市政府去，说出自己的名字，全家重新开始从前的生活。

巴黎北站的人群熙熙攘攘。当旅客们出现的时候，人群发出了一些欢呼声，这是一种疯狂的热情，有些人用手臂挥舞帽子，有些人张嘴大叫着一个名字。达摩尔有一会儿感到害怕，他不明白，以为这些人是顺便路过来讥笑他的。后来他听出了人们欢呼的那个名字，是个和他乘同一列火车来的公社委员，是一个人民为之欢呼的缺席被告人。达摩尔看到他走过，养得胖胖的，眼睛湿润地微笑着，为这种欢迎而感动。当这位英雄被拥上马车之后，有人建议把马解开。如潮的人群拥挤着涌进拉法耶特街，很长时间都看得见马车在海浪般的人头上缓缓移动，像一辆凯旋的坦克。达摩尔则被人拥挤推搡，好容易才走上环城的林荫大道。没有一个人注意他。在苦涩的推搡之中，他又想起了他的一切痛苦，凡尔赛、渡海、努美阿。

　　但是在环城大道上，他的心情却激动起来。他忘记了一切，似乎是在巴黎刚刚下班，安详地回到昂维埃日街去。留在他身后的十年如此忙碌又如此混乱的生涯，好像只是人行道的延续。不过在这种像从前一样自由自在地回家的习惯之中，他还是有点儿惊异。环城大道更为宽阔，他停下来看一些招牌，对于在这里看到它们颇为吃惊。这不是用脚踏上这个他所怀念的一角土地时的坦然的欢乐，而是在唱着抒情老调的柔情之中，混杂着重见这些熟悉的旧事物时却隐约感到陌生的不安情绪。当他接近昂维埃日街时便更加心绪不宁。他感到浑身无力，不想再走得更远，似乎有一场大难在等待着他。为什么要回来？他回来干什么？

　　终于到了昂维埃日街，他在家门口过了三次都没能进去。对面的煤炭铺不见了，现在是一家水果店，他本想去问问坐在门口的老板娘，但感到她是如此健壮，在店里正襟危坐，以至不敢问了。他宁愿不怕冒险，一直走到门房。有多少次他曾这样向左转过去，走到路的尽头，去敲那小小的玻璃窗！

　　"请问，达摩尔太太在这里吗？"

　　"不认识……我们这里没有这个人。"

　　他呆住了。从前的门房是一个硕大无朋的女人，眼前这个却干瘦矮小，脾气很坏。她怀疑地盯着他，他又说：

　　"达摩尔太太住在最里面，是在十年以前。"

　　"十年以前！门房叫了起来。那好，桥下的水都不知流过多少了……我们这里只有一月份来的人。"

　　"达摩尔太太也许留下了地址？"

"没有，不知道。"

他还要问下去，她发火了，威胁说要叫她的丈夫来。

"嘿！您就别刺探这栋房子里的情况了……有不少人进来。"

他惭愧地嗫嚅着退了出去，为自己开线的裤子和肮脏的旧衬衣感到羞耻。他低着头在人行道上走着，然后又回来了，因为他不能就这样决定离去。否则就会是使他痛断肝肠的永别。人家会可怜他，会告诉他一些情况。他抬起眼睛，看着所有的窗户，观察所有的店铺，尽量定下神来。在这些贫寒的房子里，解除租约的事屡见不鲜，十年足以更换了几乎所有的房客。何况他的谨慎之中夹杂着羞愧之感，即一种被吓坏后的孤僻，一想到会被人认出来就怕得发抖。当他重又走下这条街时，终于瞥见了一些认识的面孔，一个女烟贩、一个杂货商、一个洗衣女工、一个从前供应他们面包的老板娘。他犹豫了一刻钟，在这些店铺门口走来走去，寻思自己敢跨进哪一个店，内心的斗争使他极其痛苦，浑身冒汗。由于没有胆量，他才决定进面包店，因为老板娘像从面粉口袋里出来一样白皙，是个无精打采的女人。她看着他，并没有从柜台里出来。显而易见，她认不出这个由于暴晒而皮肤发黑、头顶光秃，面孔有一半被又硬又长的胡子遮住的人。这使他胆子壮了一些，他用一个苏买了一个面包，硬着头皮问道：

"在您的顾客当中，有没有一个带着小女孩的女人？……达摩尔太太？"

老板娘想了一会儿，然后用懒洋洋的声音说：

"哦，对了，从前可能……不过是很久以前了。现在我不知道了……见的人太多了！"

这种回答应该使他满足了。在以后的几天里，他又来更大胆地向人们打听，但是发现到处都是同样的冷漠、同样的忘却，说的情况互相矛盾，使他更摸不着头脑。总而言之，似乎确定无疑的是，在他去努美阿之后大约两年，甚至就在他越狱的时候，菲利茜离开了这个区。但是没有人知道她的地址，有些人说是在格罗卡尤，另一些人说在贝尔西。人们对小路易丝连想都想不起来。这算完了，一天傍晚他坐在环城林荫大道的一张凳子上哭泣，对自己说不要再找了。他会成为什么样子呢？巴黎对于他似乎空无一物。他返回法国的盘费已经用光。有一阵他决心回到比利时的煤矿里去，那里一片漆黑，他曾经毫无回忆地生活过，在沉睡的泥土下面像一只野兽那样自在。然而他留了下来，却始终贫苦、挨饿，无法为自己找到工作。他到处遭到拒绝，人家都认为他太老。他才五十五岁：但是十年的苦难使他瘦骨嶙峋，人家以为他有七十岁了。他像一只狼似的游荡，他想去看看被公社烧毁的建筑物的工地，找一点给孩子和残疾人做的杂活。一个在市政厅干活的石匠答应让他看守工具，但是迟迟不能兑现，他饿得要死了。

一天在巴黎圣母院的桥上，他注视着流水，像要自杀的穷人那样一阵眩晕，他猛然离开栏杆，差点儿撞翻了一个行人，那个穿着白衬衫的个子高大的家伙骂了起来：

"该死的畜生！"

然而达摩尔张着嘴，眼睛盯着这个人。

"贝鲁！"他终于喊了出来。

他确实是贝鲁，只是变得漂亮了，容光焕发，更显年轻。自从回来之后，达摩尔常常想起他，但是到哪里去找这个每半个月就搬一次家的伙伴？这时画家睁大了眼睛，当对方声音颤抖地报出名字之后，他不肯相信。

"这不可能！开什么玩笑！"

不过他最后还是认出来了，他的惊叹声使人行道上的人开始围拢过来。

"可是你已经死了！……你知道，我当时怎么料想得到！人是不会这样嘲弄世界的……这么说，瞧，你真的还活着？"

达摩尔说话声音很低，求他别说了。贝鲁觉得这实在滑稽，最后用手臂把他拉到圣马丁街的一家酒店里。随后提出了连珠炮般的问题，他想知道一切。

"等一等，"当他们在酒店的一张桌旁坐下之后达摩尔说，"最要紧的是我的妻子怎么样了？"

贝鲁神情惊愕地盯着他。

"怎么，你的妻子？"

"对，她在什么地方？你知道她的地址吗？"

画家越来越惊愕了。他说得很慢：

"当然，我知道她的地址……那么你是不知道这件事情了？"

"什么？什么事情？"

这时贝鲁大笑起来。

"哎！这件事可就气人了。怎么！你一点都不知道？……可是你的妻子又嫁人了，我的老兄！"

拿着酒杯的达摩尔把杯子放回桌上，他的手抖得那么厉害，酒都从手指缝里流了下来。他用衬衣擦着手指，声音喑哑地反复说着：

"你说什么？又嫁人了，又嫁人了……你肯定吗？"

"当然啰！你死了，她又嫁人，这没什么好奇怪的……不过很滑稽，因为你现在复活了。"

可怜的人脸色苍白，结结巴巴，画家便把详细情况告诉了他。菲利茜现在很幸福。她嫁给了巴蒂涅勒的僧侣街上的一个屠夫，他是个鳏夫，她把他的生意做得很兴旺。屠夫名叫萨涅尔，是个六十岁的大胖子，保养得好极了。店在诺莱街的拐角上，它是本区顾客最多的店铺之一，有漆成红色的栅栏，招牌的两个角上画着一些金黄色的牛头。

对这个店的描述使可怜的人惊呆了，他做了个茫然的手势作为回答。先考虑考虑再说吧。

"那么路易丝呢？"他忽然问道。

"那个小女孩？哦！我不知道……他们也许把她弄到什么地方去了，省得麻烦，因为我和他们在一起时没见过她……这是真的，他们总可以把孩子还给你，因为他们要她也没用。可是你又不像参加婚礼的样子，和一个二十岁的女人在一起你会怎么样呢？不怕你伤心，在街上人家简直会给你两个苏。"

达摩尔低下了头，声音哽塞，一句话也说不出来。贝鲁又要了一升酒，想安慰他一番。

"瞧瞧，真见鬼！你既然还活着，就快活点吧。还没有完全绝望。总有办法的……你要怎么做呢？"

于是两个人深入进行了一场无止境的讨论，不断重复着同样的理由。画家有些话没有说，就是达摩尔被流放之后，他为菲利茜健壮的肩膀所着迷，曾极力想和她一起生活。然而她宁肯喜欢屠夫萨涅尔，一定是贪图他的钱财，所以画家对她怀恨在心。他在要了第三升酒之后，大声说：

"我若是处在你的位置上，我就到他们家去，我要住下来，那个萨涅尔如果纠缠不休，就把他扔到门外去……毕竟你是主人。法律站在你这一边。"

达摩尔逐渐喝醉了，酒使他苍白的面颊变得血红。他一再说要考虑考虑，但是贝鲁一直在怂恿他，拍着他的肩膀，问他是不是一个男子汉。他当然是个男子汉，而且他曾多么爱她，这个女人！他仍然爱着她，为了再见到她，他可以放火烧掉巴黎。那好！他还等什么呢？既然她是属于他的，他只要把她收回来就行了。两个男人都酩酊大醉，嗡声嗡气地大声嚷嚷。

"我现在就去！"好容易才站起来的达摩尔忽然说道。

"好极了！刚才你太胆小了！"贝鲁喊着，"我和你一块儿去。"

于是他们向巴蒂涅勒走去。

三

在僧侣街和诺莱街拐角上，围着红栅栏和画着金黄色牛头的肉店看起来富丽堂皇。白色的台布上放着大块的肉，一排排羊腿则分别放在一些有花边的纸袋里，像一束束花一样形成了一些花环。大理石桌子上有几堆肉，已经切好并剔除筋骨的肉块，粉红的小牛肉，鲜红的羊肉，牛肉的油脂上都有大理石花纹的印痕。一些铜盘、磅秤的梁和架子上的吊钩闪着亮光。在这个铺着大理石、向阳开着的明亮的肉店里，洋溢着健康的快乐气息，鲜肉的香味似乎使家里所有的人都面色鲜红。

店铺里面沐浴着街上透进来的阳光，菲利茜在一个高高的柜台上忙碌着，四周有挡风的玻璃。在令人愉快的反光中，在肉店粉红色的光影里，她在柜台里显得容光焕发，那是过了四十岁的丰满成熟的女人的鲜艳气色。她干净利落，皮肤光滑，乌黑的长发，洁白的衣领，微笑着忙忙碌碌，具有一个出色的女商贩的庄重。她一手拿笔，一手数着柜台里的钱，显示着一个店铺的诚实和景气。几个伙计在切肉、过秤，吆喝着分量，顾客们络绎不绝地经过柜台，她收着钱，同时声音亲切地和他们谈论着本区的新闻。这时有一个矮小的妇女，一脸病容，付两块排骨的钱，她用难过的目光注视着这个女人。

"十五个苏，对吧？"菲利茜说，"还没见好吗，韦尼埃太太？"

"没有，没有见好，我的胃是老毛病了，吃什么都全吐出来。最后医生说我应该吃肉，可是太贵了！……你知道不，煤炭商死了。"

"这不可能！"

"他的病不是胃，是肚子……两块排骨要十五个苏！买家禽可没这么贵。"

"太太！这不是我们的错，韦尼埃太太。我们也不知道该怎么混日子呢……怎么回事，夏尔？"

她一边聊着和找钱，一边却用目光留心着店里，她刚刚瞥见一个伙计在和人行道上的两个男人说话。伙计没听见她叫，她就提高了嗓门。

"夏尔，他们要干什么？"

然而她不用等伙计回答，便认出了进店的两个男人中走在前面的那一个：

"哦！是您，贝鲁先生。"

她的样子不大高兴，嘴唇紧闭，略显轻蔑地撇了撇嘴。两个人从圣马丁街到巴蒂涅勒，一路上去过好几个酒店，因为路程很长，他们又因为总是大声争论不休而口干舌燥，同时也感到十分激动。在对面的人行道上，当贝鲁说着"瞧！就在那儿！"并以一个突然的手势把在柜台镜子里显得如此漂亮和年轻的菲利茜指给他看时，达摩尔心头一震，这不可能，这应该是路易丝，她和她母亲就是这么相像。因为菲利茜肯定要老得多。而这个富丽堂皇的肉店，滴着血的鲜肉，闪亮的铜器，这个用手数着一堆钱、穿戴像个有产者的女人，使他失去了愤怒和勇气，产生了一种真正的恐惧。他羞愧满面，想拔腿逃走，想到要进去便脸色发白。他样子丑陋，胡子拉碴，衬衫肮脏，这位太太现在决不会再同意跟他。他转过脚跟，想顺着僧侣街溜走，以免被人瞧见，但贝鲁拉住了他。

"天杀的！你是个这么没有血性的人！……那好！让我去替你耍耍这个老板娘！要不分掉她一半羊腿和财产我就不走……你快点走好不好，你这个落汤鸡！"

于是他逼着达摩尔穿过街道，然后向一个伙计打听萨涅尔先生在不在店里，当得知屠夫在屠宰场以后，他第一个走进去，以便抓紧时机。达摩尔跟着他，心头发紧，如同白痴。

"您要些什么，贝鲁先生？"菲利茜用不大动听的声音问道。

"不是我，"画家回答，"而是我的伙伴有些话要对您说。"

他躲到一边，现在达摩尔就和菲利茜面对面了。她盯着他，他尴尬得要命，备受折磨，垂着眼睛。起初她厌恶地撇了撇嘴，平静幸福的脸上露出对这个老酒鬼、这个穷相毕露的可怜虫的反感。但是她一直盯着他，突然，虽然没说过一句话，她脸色发白，差点儿叫出来，手里的钱币落在抽屉里清脆地叮当作响。

"怎么啦？您病了吗？"好奇地站着不走的韦尼埃太太问道。

菲利茜做了一个手势，让别人都走开。她说不出话，艰难地站起来向店里面的餐室走去。不用她招呼，两个男人跟在她后面走了进去。贝鲁冷笑着，达摩尔总像怕摔倒一样，盯着铺上了锯木的石板。

"嗨！这倒有点滑稽！"韦尼埃太太独自和伙计们待在一起时喃喃自语。

伙计们有一会儿停止切肉和过秤，交换着惊异的目光。不过他们不想牵连进去，于是又干起活来，一副漠不关心的样子，不搭理这个女顾客的话，她用不快的目光打量着他们，手里拿着两块排骨走了。

在餐室里，菲利茜似乎认为还不够僻静，又推开了一扇门，让两人进了她的卧室。这是一个布置整齐、封闭幽静的房间，挂着白色的床罩和窗帘，一只挂钟，摆着一些漆得发亮的桃花心木家具，没有一丝灰尘。菲利茜倒在一张蓝色棱纹平布面的扶手椅里，反复说着这几个字：

"是您……是您……"

达摩尔一句话也说不出来。他打量着房间，不敢坐下，因为椅子在他看来太漂亮了。所以又是贝鲁先开口。

"不错，他找了你半个月了……后来他碰到了我，我就把他带来了。"

接着，似乎他感到需要请她原谅：

"您知道，我不能不这样做。他是我从前的伙伴，看见他落魄到这种地步，我心里很不是滋味。"

这时菲利茜已稍许平静下来。她是个最通情达理、也最有毅力的女人。当喉咙不再哽塞的时候，她就想摆脱这种无法忍受的困境，于是开始进行极其困难的解释。

"好吧，雅克，你来有什么要求？"

他不回答。

"确实，"她继续说，"我又嫁人了。不过我没有错，这你知道。我以为你死了，你也没做什么来消除我的误解。"

达摩尔终于说话了。

"不，我给你写过信。"

"我向你发誓没有收到你的信。你了解我，知道我从来不撒谎……还有，瞧，我抽屉里还有证书。"

她打开一张写字台的抽屉，急急忙忙地抽出一张纸递给达摩尔，他神色木然地看了起来，那是他的死亡证书。她又说：

"当时我孤零零的，有个男人愿意使我摆脱贫困和折磨，我让步了……这就是我的全部过错。我想幸福，听任了这个念头的诱惑。这不是犯罪，对吧？"

他听着她说话，低着头，比她自己更卑微、更尴尬。然而他抬起了眼睛。

"那我的女儿呢？"他问道。

菲利茜又战栗起来。她结结巴巴地说：

"你的女儿？……我不知道，我没有女儿了。"

"什么？"

"是的，我把她放在我婶婶那儿……她逃跑了，她变坏了。"

达摩尔有一会儿一言不发，脸色平静，似乎没明白是怎么回事。随后如此尴尬的他竟对着五斗橱猛击一拳，打得如此有力，使一个贝壳盒子在大理石台面当中跳动起来。不过他没来得及说话，因为两个孩子，一个六岁的男孩和一个四岁的女孩刚刚推开门，欣喜若狂地扑上去搂住菲利茜。

"日安，妈妈，我们到街那头的花园里去了……弗朗索瓦丝说是该回来了……哎，你知不知道，那儿有沙子，水里有小鸡……"

"好了，别来烦我。"母亲严厉地说。

她叫女仆进来：

"弗朗索瓦丝，把他们带走……真蠢，在这种时候回来。"

孩子们伤心地退了出去，女仆也被太太的语气所刺伤，生气地推着他们走。菲利茜怕得要命的是雅克把孩子偷走，他可以把他们扔在自己的背上逃跑。贝鲁虽然没人请他坐，却在第二张扶手椅里平静地伸直了身子，在此之前还对他的朋友耳语一番：

"萨涅尔的孩子……嗯？孩子们长得倒快呢！"

门又关上之后，达摩尔又在五斗橱上击了一拳，喊道：

"不能就这么算了，我要我的女儿，而且我来要你回去。"

菲利茜浑身冰凉。

"你坐下，我们谈谈，"她说，"吵吵嚷嚷没什么用……这么说，你是来找我的？"

"不错，你要跟我走，而且马上就走……我是你的丈夫，唯一的好丈夫。哼！我知道我的权利……对不对，贝鲁，这是我的权利？……好了，戴上帽子，要是你不想让所有的人都知道我们的事情，就乖乖地听话。"

她盯着他，她大惊失色的面孔不由自主地表明她已不再爱他，他又老又穷的狼狈相使她害怕和恶心。什么！她如此白皙、如此丰满，现在已习惯了阔太太的一切舒适，要重新跟这个像幽灵似的男人去过从前艰难的穷日子！

"你不肯，"看出她表情的达摩尔又说，"哎，我明白，你习惯了在柜台里当太太，而我既没有漂亮的店铺，也没有装满了钱、让你随意摆弄的抽屉……何况还有刚才来的两个孩子，看来你对他们比对路易丝照顾得好……你丢了女儿，当然也不会把她父亲放在眼里！……不过反正都一样。我要你回来，你也会回来，或者我就到警察局长那里去，让他派宪兵把你带到我那儿去……这是我的权利，对不对，贝鲁？"

画家点了点头。这个场面使他觉得非常有趣。可是当他看到狂怒的达摩尔说着说着已忘乎所以，而菲利茜则筋疲力竭、几乎要哭出来和支持不住的时候，他认为自己该扮演一个漂亮的角色。他介入进来、以说教的口气说道：

"不错，不错，这是你的权利，不过应该考虑考虑，应该动动脑筋……我自己总是行为端正。在什么都没决定之前，最好和萨涅尔先生谈谈，既然他不在这儿……"

他停了一下，又接着说下去，但换了一种假装受感动的战栗声调：

"只是我的伙伴很心急，处在他的地位，很难等待下去……哦！太太，您要知道他多么痛苦就好了！现在他分文不名，饿得要命，到处都不留他……刚才我碰到他的时候，他从昨天起就没有吃过东西了。"

菲利茜从害怕转入一种突发的怜悯，忍不住热泪盈眶，哽咽无语，这是一种对生活感到悔恨和厌恶的无边的悲哀。她叫了一声。

"原谅我，雅克！"

接着她终于能说话了：

"生米已经煮成熟饭。不过我不想让你不幸……让我来帮助你。"

达摩尔做了个粗暴的姿势。

"当然，"贝鲁迅速地说，"这所房子里装满了东西，足以使你的妻子不让你饿肚子……你就是不接受钱，也总能收下一件礼物。您哪怕只给他一点牛肉，他也可以用来熬一些汤，对不对，太太？"

"哦！他要什么都行，贝鲁先生。"

然而他又敲打着五斗橱大声说：

"谢谢，我不吃这种面包。"

随后他死盯着他的妻子说：

"我要的只是你，而且会得到你……留着你的肉吧！"

菲利茜退缩了，重又感到厌恶和恐惧。达摩尔这时变得十分吓人，说要把什么都砸碎，怒骂不绝。他要女儿的地址，摇晃着扶手椅里的妻子，嚷着是她卖掉了女儿，她被发生的一切惊呆了，不为自己辩解，一再用迟疑的声音说她不知道地址，不过一定可以从警察局打听到。达摩尔已经坐到一张椅子上，发誓说魔鬼也别想让他动身，但最后却突然站起来，更用力地又击了一拳：

"那好！天杀的！我走……对，我走，因为我乐意……你等着对你没坏处，等你那个男人在这儿的时候我再来，我要收拾你们，他，你，孩子，这个该死的破店……等我来了你再瞧吧！"

他边用拳头威胁着她边走了出去。其实他对这样结束感到轻松。留在后面的贝鲁很高兴能在这些麻烦事当中插上一脚，以和解的口气对她说：

"别害怕，我不会离开他……应该避免闹出什么事来。"

他甚至大胆地抓起她的手来亲吻。她听之任之，疲惫不堪，如果她的丈夫把她抱在怀里，她也会跟他走的。然而她还是听着两个男人穿过店铺的脚步声。一个伙计用大切肉刀在砍一大块羊肉。几个声音在报着分量。于是她又被一个出色的女商贩的本能拉回到柜台明亮的玻璃当中。她脸色惨白，但非常镇静，似乎没有发生过什么事情。

"收多少钱？"她问道。

"七法郎五十苏，太太。"

她马上找了零钱。

四

第二天，达摩尔运气来了：石匠让他到市政厅工地上去当守夜人。于是他就这样看守起十年前他参与烧毁的建筑物来。总的来说工作不重，是一种使人迟钝变蠢的活儿。夜里他在脚手架下面游荡，听着各种声音，有时就在灰泥口袋上睡着了。他不再谈起回到巴蒂涅勒去。可是有一天贝鲁来请他吃午饭，在喝第三升酒时他嚷着第二天要去大闹一场，但第二天他并未离开工地。从那以后就成了规律，他只有喝醉以后才大发雷霆，要求恢复自己的权利，空着肚子时便忧郁地想心事，似乎有点羞愧。画家最后也不取笑他了，一再说他不是一个男子汉。可是他依然认真地喃喃自语：

"是该把他们都杀了！……我在等机会。"

一天傍晚他走了，一直走到蒙塞广场，然后在一张凳子上坐了一个小时之后又回到了工地。那天他相信看到女儿在市政厅前面经过，大模大样地坐在一辆华丽的四轮马车的坐垫上。贝鲁表示愿意替他去找，肯定二十四小时之内就会发现路易丝的地址。但是他拒绝了。知道了又有什么用处？然而他见到的女儿可能是穿戴漂亮的美人，坐在有两匹大白马拉着小跑的马车里，这种想法却使他心里难受，他更伤心了。他买了一把刀并给他的伙伴看，说是要给屠夫放血。他觉得这句话很有趣，不断地开着玩笑翻来覆去地说：

"我要给屠夫放血……每个人都要轮到，不是吗？"

当时贝鲁把他在时代街的一个酒店里留了几个钟头，说服他不该给任何人放血。这样做是愚蠢的，因为人家先就把您的头砍下来了。说着又拉住他的手，要他发誓不去干这种丑事。达摩尔固执地一再嘲笑说：

"不，不，每个人都要轮到……我要给屠夫放血。"

一天天过去了，他没有给屠夫放血。

这时发生了一件事，似乎加速了灾祸的来临。人家把他从工地上辞退了，认为他不称职：在一个暴风雨的夜里，他睡着了，被人偷走了一把铲子。从此他又饿得要命，徘徊街头，他用贪婪的目光盯着烤肉店，却放不下面子去乞讨。然而贫困不但没有激励他，反而使他日益迟钝。他弯腰曲背，越想越伤心。现在他连一件干净的衬衣都没有，可以说他不敢再在巴蒂涅勒露面了。

在巴蒂涅勒，菲利茜生活在连续不断的惊恐之中。达摩尔来过的那天晚上，她不想向萨涅尔讲这件事情，到了第二天，她又为前一天的沉默而深感后悔，没有勇气再说了。所以她始终战栗不安，以为她的第一个丈夫时时都会进来，设想着一些残酷的场面。最要命的是店里的人会怀疑出了什么事情，因为伙计们在冷笑，按时来买两块排骨的韦尼埃太太收回零钱的样子也叫人不放心。一天傍晚，菲利茜终于扑上去搂住萨涅尔，哭着向他承认了一切。她重复了她对达摩尔说过的话：这不是她的错，因为人死了是不该再复生的。六十岁的萨涅尔依然精力充沛，他是个正直的人，安慰了她一番。我的天，这可不是闹着玩的，不过会处理好的。难道就不能妥善处理了吗？他是个有钱的乐天派，生活安定，所以他主要是感到好奇。我要见见这个幽灵，和他谈谈。他关心这件事，以至于八天过去了对方还没来，他就对妻子说：

"那好，这是怎么了？他放过我们了？……要是你知道他的地址，我去找他，我去。"

她恳求他安稳地待着，于是他又说：

"可是，我亲爱的，这是为了让你安心呀……我眼看你精神不好，这事儿该结束了。"

菲利茜的确消瘦了，可能发生的悲剧威胁着她，而等待悲剧又使她更为焦虑。终于有一天，屠夫正在对一个忘记给小牛头换水的伙计发脾气，她脸色苍白地来对他含糊不清地说：

"他来了！"

"哎！好极了！"萨涅尔马上平静下来说道，"让他到餐室去。"

然后又不慌不忙地对伙计说：

"多用水洗洗，已经有臭味了。"

他走进餐室，看到了达摩尔和贝鲁。他俩一起来是出于凑巧，贝鲁在克利希街遇见了达摩尔。贝鲁本来已不常去看他，讨厌他穷，但知道他要去僧侣街，便怒气冲冲地责备他不通知一声，因为这也是我贝鲁的事呀。同时又教训了他一通，说不能让他去干蠢事，拦在人行道逼他把刀子交出来。达摩尔耸耸肩膀，一副执拗的模样，打定主意不吭声。无论贝鲁怎么说，他只是回答：

"你愿意的话就来，但是不要烦我。"

在餐室里，萨涅尔就让他们俩站着。菲利茜带着两个孩子躲到自己的房间里，把门紧紧地锁上，她坐在门后，发狂地把孩子搂在胸前，似乎要保护他们，守住他们。同时却伸着因焦急而噏嗡作响的耳朵，但什么都听不到，因为她的两个丈夫在隔壁房间里都感到尴尬，默默地相互注视着。

"那么，就是您了？"萨涅尔终于问道，好说点儿什么。

"不错，是我。"达摩尔回答。

他感到萨涅尔很体面，因而自惭形秽。屠夫看起来刚过五十岁，是个英俊的人，面色红润，头发剃光，没有胡子。不穿外衣，系一条雪白的大围裙，焕发出快乐和活力。

"是这么回事，"犹豫不决的达摩尔又说，"我不是要对您说话，是要对菲利茜。"

这时萨涅尔已恢复了镇定。

"瞧，我的伙伴，我们谈谈吧。见鬼，我们彼此都没有什么可指责的，既然谁都没错，为什么要互相折磨呢？"

达摩尔低着头，一动不动地盯着一只桌脚。他用嘶哑的声音喃喃地说：

"我不恨您，让我安静些，您走开……我是想和菲利茜说话。"

"要是这样，不，您不能和她说话！"屠夫平静地说，"我不想像上次一样，让您弄得她非常苦恼。我们不用她也可以谈……何况只要您通情达理，一切都会顺利解决。既然您说还爱她，您就看看情况，考虑考虑，做使她幸福的事情。"

"住嘴，"对方突然狂怒地打断他的话，"您要么什么都不管，要么就不好收场了！"

贝鲁以为他要把刀子从口袋里掏出来，赶紧装出卖力的样子站到两人当中，但是达摩尔把他推开了。

"你也让我安静点！……你怕什么？你是个白痴！"

"冷静点！"萨涅尔反复地说，"人一发火就不知道自己在干什么……听着，如果我叫菲利茜来，您要答应我谨慎行事，因为她很敏感，您像我一样了解她。我们谁都不想毁了她，对吧？……您会讲道理吧？"

"哼！要是我不讲道理，我一来不等您开口就先把您掐死了！"

他说话的声调是如此深沉和痛苦，屠夫似乎也大为震惊。

"那么，"他说，"我去叫菲利茜……哦！我是很讲道理的，我明白您想和她讨论这个问题，这是您的权利。"

他走到房门口，敲了敲门。

"菲利茜！菲利茜！"

但是房里毫无动静，菲利茜一想到这样见面就浑身冰凉，呆在椅子里无法动弹，把孩子搂得更紧了，他终于不耐烦了。

"菲利茜，你就来吧……你这么做很蠢。他答应讲道理的。"

最后钥匙在锁孔里转了一下，她出来了，又小心地把门关好，以便使孩子们有个藏身之处。又是一阵尴尬之极的沉默。这种事情真是活见鬼，贝鲁总是这么说。

达摩尔慢慢地说着前言不搭后语的话，萨涅尔则站在窗前，用手指掀起一块小窗帘，假装看着外面，以便显示他在这桩事情中的宽宏大量。

"听着，菲利茜，你知道我从来都不是坏人，这你也可以说说……怎么！我今天来不是为了先说我不是坏人的。一开始我想在这儿把你们都杀了，后来想想这样做对我没有什么好处……我宁愿让你自己选择。我们照你的意思去做。不错，既然法庭的审判对我们也无能为力，就由你来决定你最愿意怎么做好了。回答我……你愿意跟谁走，菲利茜？"

可是她说不出话来，激动得哽住了。

"那好，"达摩尔又以同样喑哑的声音说，"我明白，你是要跟他走……到这儿来的时候，我就知道事情会怎么样……我也一点都不怨你，我认为你毕竟还是有道理的。我，我是完了，我一无所有，到头来你也不爱我了，而他，他使你幸福，何况还有两个孩子……"

菲利茜惊慌失措地哭着。

"你不该哭，这不是责备你。事情这样过来了，就是这么回事……我之所以想再见你一面，就是要对你说你可以放心睡觉了。因为你已经选定了，我也就不折磨你了……事情过去了，你再也不会听人谈起我了。"

他向门口走去，但是深受感动的萨涅尔大声喊住了他：

"啊！您是个正直的人，您……不能就这么走了，您和我们一起吃晚饭。"

"不，谢谢。"达摩尔答道。

贝鲁吃了一惊，感到事情结束得很滑稽，当伙伴拒绝邀请的时候，他真是显得愤愤不平了。

"至少我们要喝上一杯！"屠夫又说，"见鬼，您肯在我们家里喝一杯酒吗？"

达摩尔没有马上接受。他用目光慢慢地在整洁、明亮、装饰着白色橡木家具的餐室里扫视了一圈，然后目光停在用流满眼泪的面孔祈求他的菲利茜身上，说：

"好吧，就喝一杯好了。"

于是萨涅尔欣喜若狂，大声说：

"快点儿，菲利茜，拿杯子来。我们不用女仆……四只杯子。你也要来碰杯……哦，我的伙伴，您非常高尚地接受了邀请，您不知道您使我多么高兴，因为我喜欢好心肠的人，而您就是一个好心肠的人，您，我打包票。"

这时菲利茜双手战栗地在餐具橱里寻找杯子和一升酒。她晕头转向，什么也没找到，萨涅尔只得去帮她找。等杯子斟满以后，大家围在桌边干杯。

"祝您健康！"

达摩尔在菲利茜的对面，要伸长手臂才能碰到她的杯子。两人默默相视，目光里包含着他们的过去。她抖得厉害，听得见她的水晶玻璃杯的叮当声和高烧般的牙齿的咯咯声。他们不再以你相称，像死了一样，今后只活在记忆里了。

"祝您健康！"

当四个人都干杯之后，极度的沉默中传来了隔壁孩子的声音。他们开始玩耍，笑着叫着在房里互相追逐。接着就敲门，喊着：妈妈！妈妈！

"好了，和你们永别了。"达摩尔说着把杯子放在桌上。

他走了，菲利茜笔直地站着，脸色惨白，注视着他离开，而萨涅尔则礼貌地把这两位先生送到门口。

五

在街上达摩尔走得如此之快，贝鲁几乎跟不上了。画家大发雷霆。到了巴蒂涅勒大道上，看到他的同伴像断了腿一样倒在一张凳子上，脸色发白，目光呆滞，他才不那么耿耿于怀了。若是他的话，他至少要让那个老板和老板娘吃几个耳光。看到一个丈夫把妻子让给另一个人，连一点条件都不提，这使他大为反感。只有傻到极点的人才会这样，不错，是傻到极点的人，没法用别的词儿了！他还举了一个例子，有个公社社员找到了他的妻子，她已经和一个家伙搭上了，那好！两个男人和一个女人一起过得很融洽。那人很会安排，不受人骗，最后在这类事情中只有达摩尔是笨蛋！

"你不明白，"达摩尔答道，"你也走吧，因为你不是我的朋友。"

"我不是你的朋友！我可是在尽心竭力！……你还是考虑考虑吧。你会变成什么样子？你再没有别的人了，要是我不帮你摆脱困境，你就像条狗一样待在马路上饿死……我不是你的朋友！可是我如果把你丢在这儿的话，你就会像活够了的母鸡一样，只能把头藏在爪子里。"

达摩尔做了个绝望的手势。确实，他剩下的路只有投河或让警察来收容了。

"那好！"画家又说，"我是够朋友的，我就带你到一个人那里去，你会有吃住的地方。"

他说着站起身来，似乎突然下了决心。然后他用力拉起他的还在结结巴巴地问的同伴：

"上哪儿去？上哪儿去？"

"就会知道的……既然你不愿意在你妻子那儿吃晚饭，就到别处去吃吧。你头脑清醒一点，我不能让你一天干两件蠢事。"

他走得很快，从阿姆斯特丹街下来，到柏林街停在一家小旅馆门口，按了按铃，问来开门的跟班苏维妮夫人是否在家。看到跟班犹豫不决，他又说：

"去告诉她是贝鲁来了。"

达摩尔机械地跟着他。这次出乎意料的拜访，这个豪华的旅馆弄得他晕头转向。他上了楼，突然被一个小巧的女人搂住，她头发金黄，非常漂亮，只穿着一件绣着花边的浴衣。她喊着：

"爸爸，是爸爸！……你这么决定是多么体贴啊！"

她是个好女儿，一点都不嫌弃老人污黑的衬衫，她欣喜若狂地拍着手，沉浸在突然爆发的父女相见的温情之中。她的父亲深感震惊，甚至认不出她来了。

"这就是路易丝。"贝鲁说。

他才结结巴巴地说："哦！是的……您太可爱了……"

他不敢以你相称。路易丝让他坐在一张沙发上，然后按铃通知不让任何人进门。他乘这时打量着挂着开司米、布置着富丽的精致家具、使他感动的房间。贝鲁得意扬扬地拍着他的肩膀，反复说：

"嗯？你还会说我不是你的朋友吗？……我很清楚，我，你会需要你的女儿。所以我找到了她的地址，来向她讲了你的经历。她马上对我说：带他来吧！"

"当然如此，这个可怜的父亲！"路易丝以爱抚的声音喃喃地说，"哎！你知道，我害怕你的共和国！这些卑鄙的人，公社社员，要是让他们去做的话，会把世界都毁了！……不过你，你是我亲爱的爸爸。我记得你是多么和蔼，那时我还很小，老是生病。你会看到我们过得非常融洽。只要我们不谈政治……我们三个人先吃晚饭吧。哦！你多可亲！"

她几乎坐在这个老工人的膝盖上，明亮的眼睛含着笑意，淡色的秀发围绕在耳边。他浑身无力，感到自己被一个美妙的人占据了。他本想拒绝，因为他在这间屋子里入席似乎不合适。然而他已经找不到他刚才离开屠夫家时的力量，当时他干了最后一杯就走了，连头也不回。他的女儿太温柔了，她把白皙的小手放在他的手上拉着他。

"瞧，你同意吗？"路易丝又问。

"好的。"他终于说道，这时两行热泪流下了他因穷困而凹陷的面颊。

贝鲁觉得他很明白事理。当他们向餐厅走去时，一个仆人来告诉夫人先生来了。

"我不能接待他，"她平静地回答，"告诉他我和父亲在一起……如果他愿意的话，明天六点钟来。"

晚饭吃得十分亲切。贝鲁用各种各样滑稽的话开着玩笑，路易丝笑得眼泪都出来了。她又回到了昂维埃日街，这是一种乐趣。达摩尔吃得很多，疲倦和食物使他昏昏欲睡，但是每当女儿的目光碰到他的目光，他都露出一个温情脉脉的微笑。上餐后点心的时候，他们喝了一杯像香槟那样的有泡沫的甜酒，三个人都醉了。当仆人们走后，他们把肘倚在桌上，怀着醉后的悲哀神情谈起了过去。贝鲁卷了一支烟，路易丝半闭着眼睛吸着，烟雾笼罩着她的脸。她的回忆乱糟糟的，还谈起了她的情人们，第一个情人是个很会办事的高大的年轻人。后来她对母亲作了极为严厉的评价。

"你知道，"她对父亲说，"我不能再见她，她的行为太恶劣了……要是你愿意，我会告诉她我对她把你卑鄙地抛弃的看法。"

但是达摩尔庄重地表示她已不再存在了。路易丝突然站了起来，大声说：

"关于这件事，我要给你看点会使你高兴的东西。"

她去了一会儿立即又回来了，嘴唇上一直叼着烟，她让父亲看一张角已磨损、发黄的旧照片。老工人心头一震，用混浊的眼睛盯着照片，结结巴巴地说：

"欧仁，我可怜的欧仁。"

他把照片递给贝鲁，贝鲁也激动起来，喃喃地说：

"真像。"

然后轮到路易丝了。她把照片在手里拿了一会儿，但是眼泪使她透不过气来，她把照片递过去，说：

"唉，我还记得他……他多么亲切啊！"

三个人都动了感情，齐声哭了起来。照片又在桌上传了两次，引起了最动人的思索。照片已经大为褪色，可怜的欧仁穿着国民自卫队的军服，像传说中的一个闹事者的幽灵。但当把照片翻过来时，父亲看到了他从前所写的字："我要为你报仇"，于是他在自己头上挥舞着一把餐刀，又重发了一遍他的誓言：

"是的，是的，我要为你报仇。"

"当我看到妈妈变坏的时候，"路易丝讲着，"我不想把可怜的哥哥的照片留给她。一天晚上，我把照片偷了出来……这是为了你，爸爸。我把它给你。"

达摩尔把照片靠着他的酒杯放着，一动不动地注视着它。这时大家终于都有理智地谈话了。路易丝一片诚意，要使她的父亲摆脱困境。她有一会儿说要让他和她一起住，不过这几乎不可能。最后她有了个主意，问他是否愿意到芒特附近去看守一栋住宅，那是一位先生刚为她买的。那里有一间小屋，他可以舒适地生活，每月拿两百法郎。

"这还有什么说的，等于是天堂了，"贝鲁嚷着，代他的伙伴同意了，"要是他闲得无聊，我会去看他的。"

下一个星期，达摩尔就在他女儿的住宅贝莱尔安顿下来，老天爷在使他经受一切苦难之后，现在为了补偿他，让他过着安宁的生活。他胖了起来，重又精神焕发，像有钱人一样穿戴整齐，像一个老军人那样有着孩子般的诚实面孔。农民们向他深深地鞠躬。他打打猎、钓钓鱼，人家碰到他在阳光下、在路上看生长的麦子，他不偷不抢、良心安宁，吃着艰辛地挣来的利息。当他的女儿和先生们来的时候，他知道保持自己的身份。他最快乐的日子是她溜出来，和他一起在小屋里吃午饭。那时他就像保姆一样结结巴巴地和她说话，赞叹地看着她的打扮，午饭很精致，有各种各样他自己烧的好菜，还有路易丝在口袋里带来的餐后点心、蛋糕和糖果。

达摩尔从来没有想再见他的妻子。他只有他这个可怜老父亲的女儿，这是他的自豪和快乐。此外，他也拒绝采取任何措施去恢复他的公民身份。干吗去搅乱政府的文书？这样会使他更为平静。他待在自己偏僻的洞穴里，被人遗忘，什么人都不是，也不会为自己孩子的礼物而羞愧，而如果让他复活，也许一些嫉妒者就要说他的坏话，最终使他痛苦不堪。

但有时小屋里也会吵吵嚷嚷，是贝鲁到乡下来住四五天。他终于在达摩尔这里找到了他梦寐以求的自得其乐的角落。他和他朋友一起打猎、钓鱼，在河边晒太阳过日子。贝鲁从巴黎带来无政府主义者的报纸，读完之后，两人都认为应该采取根本的措施：枪毙政府人员、绞死资产者，烧掉巴黎以重建另一座城市，真正属于人民的城市。他们始终主张通过一次普遍的毁灭来实现全体人民的幸福。最后到上床睡觉的时候，达摩尔靠近他镶在镜框里的欧仁的照片，挥舞着烟斗嚷着：

"是的，是的，我要为你报仇！"

到了第二天，他驼着背，精神焕发，又去钓鱼去了，贝鲁则在河岸上伸开手脚，把脸埋在草丛里睡觉。

新编新译
世界文学
经典文库

作者
小传

Émile Zola

1840 — 1902

左　拉　小　传

吴岳添

埃米尔·左拉 (1840-1902) 生于巴黎，母亲艾米莉·奥贝尔是法国人。父亲弗朗索瓦·左拉是意大利工程师，曾在多个国家任职，后来定居法国，在南方马赛附近的埃克斯地区工作，设计从普罗旺斯到埃克斯的运河引水工程。左拉在埃克斯普罗旺斯度过了童年和少年时代，七岁的时候父亲死于肺炎，家道中落，他靠着助学金在埃克斯的寄宿学校就读，获得过多门课程的优秀奖状。

父亲去世后，母亲到巴黎寻求政府照顾，没有成功。左拉十八岁时也来到巴黎进入圣路易中学，因说话带南方口音、法语欠佳而未能通过中学毕业会考，失去了上大学的资格。他为了谋生到处奔波、忍饥挨饿。被迫从事毫无乐趣的工作，但始终对前途充满信心，下班后热情地坚持阅读和创作直到深夜。

左拉身材中等、长相朴实，成年后一脸胡须、眼睛近视，加上喜欢美食有些发胖，多少显得有些木讷，谈不上风度翩翩。不过他憨厚的外表下隐藏着机警和坚忍，显示出百折不挠和顽强拼搏的精神，他遵循的座右铭是："要么拥有一切，要么一事无成。"左拉当时默默无闻，却已经打算成立一个艺术团体。可见他对未来具有何等远大的抱负。

贫困抑制不住青春的热情。左拉不善于表达，内心的感情却非常丰富。他十八岁时在埃克斯就和十三岁的路易丝相恋，到巴黎后又暗恋过一个卖花女，还和妓女贝特相好。从他早期的《爱情仙女》等作品中，可以看出他对美好爱情的向往。他为心中的情人写诗："啊！亲爱的金发姑娘，你充满了芳香，像盛开玫瑰的香径，第一天见你就呼喊你，白色的天使，我的爱神！"后来结集为《三首爱情诗》。左拉喜欢吃喝，也与舞女和妓女交往，在吞食美味和占有女人时感受到同样的快乐。

1862年3月，经父亲生前好友推荐，左拉进入阿歇特出版社当打包工人。他写的诗歌得到老板的赏识，不久就当上了广告部主任，从此与著名作家交往并开始创作。他的第一部中短篇小说集《给妮侬的故事》(1864) 类似于童话，具有浓郁的浪漫主义色彩。第二年出版的小说《克洛德的忏悔》被评论界认为有伤风化，左拉因此离开了出版社，成为报社记者，走上了专门从事创作的道路。

文学与绘画一向有着密切的关系，左拉的文学生涯与印象派画家们是分不开的。早在埃克斯中学里，他就结识了后来成为印象派画家的同学保尔·塞尚 (1839—1906)，两人成为同甘共苦的好友。从1864年开始，左拉与塞尚、莫奈 (1840—1926) 等印象派画家们交往密切，每个星期四都要聚会。他们的友谊并非偶然，因为文学的自然主义就相当于绘画的印象派。

1866年，左拉在《大事报》上开辟了专栏《我的沙龙》，赞扬爱德华·马奈 (1832—1883) 是一流画家，当马奈的画作受到官方猛烈抨击的时候，左拉勇敢地为他辩护，对评委会成员所谓的高尚趣味予以无情的讽刺，后来结集为《我的仇恨》(1866)。作为回报，马奈创作了油画肖像《埃米尔·左拉》，被巴黎的奥赛博物馆收藏。

在孔德 (1798—1857) 的实证主义哲学和泰纳 (1828—1893) 的文艺理论影响下，左拉逐步形成了自然主义的创作理论，并且以巴尔扎克的《人间喜剧》为榜样，制订了一个庞大的写作计划，来描绘第二帝国时期一个家族的自然史和社会史。在长达二十五年的时间里，他完成了鸿篇巨制《卢贡-马卡尔家族》，共出版了二十

部系列长篇小说。它们描写了不同阶层的状况，构成了一幅反映社会现实的宏伟画卷。虽然早期的作品具有自然主义倾向，强调遗传性和生理本能，但是大多是现实主义的杰作，其中最著名的有《小酒店》(1877)、《娜娜》(1880)、《萌芽》(1885) 和《金钱》(1891)。

在法国文学史上，小说里从来没有劳动者的地位，是《小酒店》第一次使工人成为主角。他们不是被繁重的劳动累垮，就是在环境的逼迫下堕落，他们的酗酒等恶习都是社会造成的。《萌芽》最早如实地反映了矿工们的悲惨生活，揭露了资本家对工人的残酷剥削，并且通过如火如荼的罢工场面，热情地歌颂了工人阶级的英勇斗争，因此出版后获得了巨大的成功，对后世的工人斗争和左翼文学产生了深远的影响。

自然主义注重写实，左拉非常重视收集资料。他经常深入社会底层，考察工人的生活状况，甚至亲自下矿井参加劳动，通过谈心等方式进行实地调查。他常到菜市场、商店、交易所、车站和下等酒店里去体验生活，有时还找流氓和妓女了解情况，观察和分析形形色色的性格和情感。他的小说之所以受到工人和民众的欢迎，与他使用的翔实资料和通俗生动的语言是分不开的。

左拉的小说通常都是先在报纸上连载，然后汇集成书出版，因此往往尚未成书就受到责难，报纸上对左拉的谩骂和抨击从未停止，1881年9月22日，左拉终于忍无可忍，在《费加罗报》上发表致读者的公开信《永别了》，宣布永远不再干新闻记者这个下九流的行业，从此不再为报纸撰稿。

1877年，左拉在巴黎郊外的梅塘购买了一所僻静的住宅，经常与莫泊桑、若利斯·卡尔·于斯曼(1848—1907)、热拉尔·塞亚尔、保尔·阿莱克西（1847—1901）、雷翁·埃尼克（1851—1935）等五位作家在这里聚会。他们本来想办一份杂志鼓吹自然主义，由于缺乏资金而决定以1870年的普法战争为主题，每人写一篇小说，合作出版了中篇小说集《梅塘之夜》（1880），这是以左拉为首的梅塘集团，也是法国自然主义文学流派成立的宣言。这些作品一反浪漫主义的感伤，不到半个月就印了八次，其中包括左拉的《磨坊之役》。莫泊桑更是以《羊脂球》轰动法国，一举成为法国文坛的新星。

自然主义文学流派取名为梅塘集团，当然要归功于左拉的声望。1880年，左拉发表了评论集《实验小说论》，1881年又发表了《自然主义小说家》等论著，进一步完善了自然主义的理论体系，加上他的小说《娜娜》大为畅销，因此理所当然地成为这一流派的领袖。左拉用稿费建造了梅塘别墅，莫泊桑特地买了一条五米长的小船划到梅塘，左拉把它命名为"娜娜"，经常和朋友们划着小船漫游。夏天的星期日，除了梅塘集团的成员之外，埃德蒙·德·龚古尔、都德、塞尚和出版商夏邦蒂埃等都会乘火车来到这里。他们享用丰盛的菜肴之后或是划船游玩，或者沉浸在文学的世界里。

俗话说"人无千日好，花无百日红"。1887年，左拉描绘法国农村的小说《土地》出版，小说的粗犷俗语遭到了批评界的围剿，甚至连法朗士都认为他使用的不是农民的语言。8月18日，居斯塔夫·吉什、保尔·玛格丽特、吕西安·德卡夫、约瑟夫-亨利·罗斯尼和保尔·博纳坦等五个名不见经传的青年，在《费加罗报》上发表了《五人声明》，对《土地》进行肆无忌惮的辱骂，对左拉进行恶毒的人身攻击。他们认为左拉"不但观察肤浅、技巧过时，叙述平庸和没有特色，而且淫秽的笔调更是无以复加，不时堕落为如此下贱的垃圾，以至于使人以为是面对一部诲淫之作，大师堕落到了垃圾堆的深处"。（《我们为什么忧伤——法朗士论文学》，吴岳添译，广西师范大学出版社，2020年，第187-188页。）他们甚至说是他的下部器官出了毛病。他们自称曾是左拉的弟子，所以这份声明造成了分外恶劣的影响，导致了梅塘集团的解体。

左拉怀疑是埃德蒙或都德泄露了自己的生理隐私，他的怀疑不无道理。于斯曼说《五人声明》的作者之一博纳坦是受了一位名人的唆使，指的就是都德。埃德蒙更是心胸狭隘、患得患失，他嫉妒左拉的成就，怀疑《小酒店》抄袭了他的《少女艾莉莎》的构思，认为左拉是剽窃和改写他的作品来欺世盗名。左拉多次写信向他解释，但埃德蒙始终怀恨在心。龚古尔兄弟的《日记》对左拉的讥讽比比皆是、从未间断，还辱骂左拉是文学界最狡猾的人，最终埃德蒙在第一届龚古尔学院的院士名单上删去了左拉。《五人声明》的作者之一罗斯尼把埃德蒙视为精神上的父亲，而埃德蒙也认为他很有才华，让他担任了龚古尔学院的第一届院士。正因为如此，当时虽然有无数慰问左拉的信件送到梅塘，埃德蒙和都德却始终保持沉默、一言不发。

梅塘集团的成员之间本来就存在分歧、各怀心思，只有阿莱克西始终追随左拉，梅塘集团解体以后，他还给左拉发过一份《自然主义没有死》的著名电报。其他成员逐渐与左拉分道扬镳。最早宣布脱离集团的成员是莫泊桑。他其实一直以福楼拜为师，并未把左拉当作流派的领袖。埃尼克曾为左拉的《小酒店》大声疾呼，后来却主要与龚古尔兄弟来往，积极创办龚古尔学院并且担任主席。在后来的德雷福斯事件中，于斯曼更是公开要求左拉回头是岸，所以梅塘集团的成立，既是自然主义文学达到顶峰的标志，其实也是这一流派衰落的开始。

早在1865年，比左拉小一岁的亚历山德琳·莫莉就成了他的情妇，但是直到1870年5月31日，也就是埃克斯的路易丝去世之后，他们才结为夫妇。左拉婚后一直没有孩子，感到生活寂寞单调。亚历山德琳在梅塘雇用的年轻女佣，是二十岁的漂亮姑娘让娜·洛泽罗。1888年，左拉在写作《梦》的时候，为了体验生活与洛泽罗一起学骑自行车。当时的自行车前轮很大，后轮很小，男人骑的时候必须穿短裤，女人则穿紧身胸衣。洛泽罗朝气蓬勃、青春靓丽，点燃了左拉因长期写作而疲惫的心灵，使他在锻炼之后体重减轻、精神焕发。左拉为她拍摄了无数的照片，接受了她热烈的爱情。从此左拉上午守着妻子，下午陪伴情人，在两人之间说谎周旋，无法决定取舍，因为她们都是无辜的。让娜在1889年给左拉生了女儿德尼兹，1891年又生下儿子雅克，这种三角关系只能无可奈何地维持下去。

婚外恋在当时非常普遍。就连被称为模范丈夫的雨果，也与情人朱丽叶特保持着长达五十年的恋情。梅毒是当时的作家和艺术家的通病，福楼拜和龚古尔兄弟终身未婚却都有梅毒，弟弟于勒由于病毒逐渐侵入大脑而在四十岁时去世。最令人惋惜的是才华横溢的莫泊桑，他二十七岁就染上梅毒，由于滥用麻醉药，四十三岁就过早去世了。相比之下，左拉虽然有过几个情人，但对多病的妻子不离不弃、尽力照料，也算是难能可贵了。

19世纪末，犹太籍上尉德雷福斯被诬陷为向德国出卖情报的叛徒，被军事法庭判处终身监禁，囚禁于法属圭亚那的魔鬼岛，本来这只是一个冤案，但是保皇党人和教权主义乘机大做文章，在法国激起了民族主义的反犹浪潮。

1897年，案情真相逐渐暴露，真正的罪犯其实是另一个军官埃斯特拉齐，然而法国当局拒绝改正错误，让他逍遥法外，以至引起公愤。左拉不顾个人安危挺身而出，在《费加罗报》上发表文章谴责反犹主义的喧嚣。法朗士对左拉作品的评论有褒有贬，但是在德雷福斯事件中始终和左拉并肩战斗，在法庭上为左拉辩护，是唯一支持左拉的法兰西学士院院士。

1898年1月13日，左拉在《黎明报》上发表了致总统的公开信《我控诉》，揭露总参谋部陷害德雷福斯的阴谋。2月21日，左拉在法庭上以自己的生命和名誉担保德雷福斯是无辜的，并且发誓说，如果德雷福斯不是无辜的，就让他的全部作品灰飞烟灭。左拉从此成了打击的目标，经常受到侮辱和威胁。骚动的人群在法庭周围高喊："打倒左拉！处死左拉！"他们吼叫着围住他的马车，要把他扔到塞纳河里去，他的家门口甚至被人放过一颗炸弹。但是他不为所动，始终为平反冤案不遗余力，使法国因此分成了德雷福斯派和反德雷福斯派两大阵营，以至连整个欧洲都为之震动。

1898年2月23日和7月18日，左拉两次以诽谤罪被判处一年徒刑和三千法郎罚款。他于第二次判决当天逃亡英国。他的声音最终唤醒了民众的良知，要求平反冤案的呼声此伏彼起，使德雷福斯得以获释，左拉也于次年6月回到法国。此后他继续与军方斗争。直到1906年，即左拉逝世四年后，蒙冤长达十二年的德雷福斯才获得昭雪。

在德雷福斯事件中进行斗争的同时，左拉还写作了小说三部曲《三名城》，包括《卢尔德》(1894)、《罗马》(1896) 和《巴黎》(1898)，揭露教会编造奇迹、招摇撞骗的阴谋，抨击教皇贪得无厌、爱财如命，以及巴黎上流社会里的争权夺利的丑恶现象。当时正值法国的教权主义猖獗之时。左拉对教会黑幕和教皇无耻行径的揭露，实际上是在代表科学向教会宣战。正因如此，他在德雷福斯事件中才成了反动势力攻击的目标。

经过德雷福斯事件斗争的考验，左拉逐渐倾向于社会主义。回到巴黎之后，为了体现傅立叶 (1772—1837) 的空想社会主义思想，他在梅塘别墅里写作《四福音书》，完成了前三部《繁殖》(1899)、《劳动》(1901) 和《真理》(1903)。《劳动》描绘的钢铁厂里火花四溅，空气污浊，噪音震耳欲聋，工人在高温中流尽了汗水，熬干了身体。小说如实地反映了工人的苦难，为工人阶级仗义执言，因而在出版之后，法国工人协会特地举行盛大宴会表示庆贺。

完成了前三部小说之后，左拉于1902年9月28日和妻子一起回到巴黎，准备在这里过冬和写作第四部《正义》。仆人在壁炉点燃了一些煤球。奇怪的是他们离开巴黎时壁炉通风良好，现在房间里却烟雾弥漫。他们决定第二天叫人来修理，晚餐后就睡觉了。夜里夫妇俩都因头晕和肚子痛而醒了过来，左拉认为是消化不良所致，明天就会好的，因此并未叫醒仆人。第二天上午九点钟，仆人见他们尚未起床，觉得事有蹊跷，于是破门而入，发现左拉已经死去。左拉夫人尚有气息，立刻被送到医院抢救。法官认定是管道里堆积的油腻造成了左拉的死亡，左拉死于煤气中毒也就成了定论。

后来有人对左拉的死因提出了不同的看法和证据，使左拉之死成为一个不解之谜。但无论如何，左拉的功绩已经得到公认。他的作品始终畅销不衰，他的遗骸在1908年6月4日被迁入了巴黎的先贤祠，从而成为继伏尔泰、卢梭和雨果之后第四位进入先贤祠的作家，他的塑像也竖立在巴黎西部第15区米拉波桥畔的埃米尔·左拉大街上。

尽管建立了堪与《人间喜剧》媲美的丰碑《卢贡-马卡尔家族》，左拉却长期受到蔑视和抨击。他的小说不断被批评界指责为有伤风化和猥亵，1889年的巴黎世界博览会不把他的小说列入图书目录，官方的图书馆和学校都拒绝收藏他的作品。法兰西学士院对左拉关上了大门，他从1890年5月开始一连申请了二十四次，均因一些老院士的反对而告失败。与此形成对比的是，左拉的作品始终深受工人阶级和广大民众的欢迎。在50年代，左拉小说的袖珍本的总销量达到了九百多万册，可见他的作品拥有极为广泛的读者。60年代末，《左拉全集》也先后在洛桑和巴黎等地出版。

实际上，左拉在国外比在法国更负盛名，由于屠格涅夫的推介，左拉早在1875年就在彼得堡出版的《欧洲信使》上连载《巴黎来信》，介绍法国文艺现状和自己的诗学观念，所以瞿秋白认为左拉在俄国的成名早于法国。列宁的妻子克鲁普斯卡娅说过："列宁就非常欣赏左拉，认为他是德雷福斯勇敢的维护者，而且很喜爱他的小说《萌芽》。"（雅洪托娃等：《法国文学简史》，郭家申译，辽宁教育出版社，1986年，第429页。）或许正因为如此，苏联文学界对自然主义普遍持批评态度，但是对左拉却另眼相看。卢卡契（1885—1971）否定自然主

义理论，对左拉却仍予以较高的评价。

自然主义在世界上的传播参差不齐，首先出现在德国和意大利。从1880年到1882年，左拉的十一部小说被译成德文，所以德国读者对左拉非常熟悉。1878年，德国作家康拉德（1864—1927）在巴黎担任记者时结识了左拉，1882年回到德国后，在慕尼黑成立了以他为首的自然主义团体"社会"，从而使慕尼黑成为德国自然主义的第一个中心。1894年10月30日，左拉夫妇在罗马受到翁贝托国王的亲切接见和热烈欢迎。一个世纪之后，意大利文学界对左拉的兴趣有增无减，几乎每年都有关于左拉的专著问世。美国人一开始对左拉并无好感，但是在德雷福斯事件中，当法国官方在精心丑化左拉的时候，他在美国却被当成了英雄。欧洲的批判现实主义和自然主义文学在19世纪末几乎同时传入拉丁美洲，多数拉美作家对它们都不加区别地兼收并蓄。

自然主义文学在日本得到了最为充分的发展，日本的评论家和作家往往将批判现实主义与自然主义混为一谈，导致日本产生了私小说这种独特体裁，并且涌现出田山花袋 (1872—1930) 和德田秋声 (1871—1943) 等一大批自然主义作家。中国现代文学的著名作家大多曾留学日本，当时日本流行的正是自然主义文学和私小说，所以左拉的作品在我国早有译本，而且产生了巨大的影响。

在《新青年》第二卷第六号 (1917年2月1日) 上的《文学革命论》中，陈独秀以充满激情的文字为雨果、左拉等先进作家欢呼：

> 欧洲文化，受赐于政治科学者固多，受赐于文学者亦不少。予爱卢梭、巴士特之法兰西，予尤爱虞哥、左喇之法兰西……有自负为中国之虞哥、左喇……者乎？有不顾迂儒之毁誉，明目张胆以与十八妖魔宣战者乎？予愿拖四十二生的大炮，为之前驱！ [任建树主编：《陈独秀著作选编》(第一卷)，上海人民出版社，2009年，第291页。]

1921年初，茅盾出任《小说月报》主编后发表改革宣言，开展关于自然主义的讨论，并多次发表文章为自然主义进行有力的辩护。指出必须提倡文学上的自然主义。在40年代，左拉的作品基本上都已经被译成中文，有些还多次再版。翻译家毕修勺 (1902—1992) 1920年赴法国勤工俭学，回国后致力于把左拉的全部作品译成中文，为此付出了毕生的心血。

巴金不仅读完了左拉《卢贡-马卡尔家族》二十部小说，还强调自己写小说就是要学左拉，他的三部曲《家》《春》《秋》的构思和写作都受到左拉的启发。经历了"十年动乱"之后，巴金晚年访问法国，他在接受《世界报》记者采访时依然认为："至于法国作家，大家都知道莫泊桑和左拉在中国最有名气，拥有最多的读者……最近一位法文编辑送了一些七星诗社版的卢梭和左拉的著作给我，我非常高兴。"（《中国当代文学研究资料，巴金专集I》，江苏人民出版社，1981年，第80页。）

1988年10月，中国法国文学研究会在北京举行了左拉学术讨论会，对左拉予以充分肯定的评价，恢复了左拉应有的历史地位。

2002年，为纪念左拉逝世一百周年发行了邮票和首日封

左 拉 年 表

1840年　4月2日，左拉生于巴黎。父亲弗朗索瓦·左拉是意大利威尼斯的工程师，母亲艾米莉生于法国一个工人家庭。

4月30日，左拉受洗礼。

1843年　弗朗索瓦·左拉负责从普罗旺斯到埃克斯的运河引水工程。4月，左拉全家定居法国南方马赛附近的埃克斯普罗旺斯，左拉在这里生活到十八岁。

1847年　10月，弗朗索瓦·左拉因患肺炎在马赛去世。

1852年　10月，左拉进入埃克斯普罗旺斯的波旁中学，与未来的画家塞尚是同学和好友。

1853年　左拉获得法语作文、算术物理和历史地理等多门课程的优秀奖状。

1854年　左拉与塞尚在埃克斯普罗旺斯观看开往克里米亚的军队。

1855年　库尔贝举办"现实主义"画展。

1857年　12月，左拉的母亲到巴黎寻求政府照顾，没有成功。

尚夫勒里的宣言《现实主义》。

福楼拜的小说《包法利夫人》被控"有伤风化"。

1858年　2月，左拉来到巴黎，与母亲和外祖父一起生活，进入圣路易中学。

左拉夏天回到埃克斯过暑假，与十三岁的路易丝相恋，她是左拉小说中妮侬的原型。

克洛德·贝尔纳的《实验方法论》。

泰纳的《历史与批评文集》。

都德的第一部诗集《女恋人》受到王后欧仁妮的赏识，得以进入上流社会，后来成为专业作家。

1859年　2月19日，左拉悼念父亲的诗在《普罗旺斯报》上发表。

8月，左拉中学毕业会考不合格。

11月，左拉在马赛参加中学毕业会考补考不合格。

1860年　左拉在巴黎海关当文牍员。

龚古尔兄弟的小说《夏尔·德马依》。

1861年　3月，左拉与妓女贝特相好。

龚古尔兄弟的小说《修女菲洛梅娜》。

12月，左拉申请法国国籍。

1862年　3月1日，左拉被阿歇特出版社的发行部雇用。

10月31日，左拉取得法国国籍。

福楼拜的小说《萨朗波》。

1863年　3月，左拉被免除兵役。

马奈组织落选作品展。

左拉在里尔的《每月评论》上发表故事《森普利斯》（《给妮侬的故事》中的第一篇）。

1864年　第一国际成立。

泰纳的《英国文学史》(1864—1869)。

左拉成为阿歇特出版社的广告部主任,月薪两百法郎。

龚古尔兄弟的小说《勒内·莫普兰》。

左拉的第一部小说《给妮侬的故事》。

1865年　3月,亚历山德琳·莫莉成为左拉的情妇。

泰纳的《艺术哲学》。

克洛德·贝尔纳编著《实验医学研究导论》。

11月,左拉的小说《克洛德的忏悔》。

龚古尔兄弟的小说《热尔米尼·拉瑟特》

1866年　彩色照相术问世。

左拉与亚历山德琳·莫莉同居。

1月31日,左拉离开阿歇特出版社,成为报社记者,走上了专门从事创作的道路。

2月,左拉在印象派画家聚集的巴黎盖尔布瓦咖啡馆结识了马奈,在关于美术展览会的评论中为马奈辩护。

左拉的第一部评论集《我的仇恨》。

11月,左拉的小说《一个女人的遗愿》。

1867年　马克思出版《资本论》第一卷。

泰纳的《论艺术中的思想》。

1月,左拉在《19世纪评论》上撰文表示欣赏马奈的绘画。

马奈绘制左拉的肖像。

5月24日,马奈画作展览。

左拉的小说《马赛的秘密》《泰莱斯·拉甘》,在《艺术家》杂志上连载《爱的一页》。

龚古尔兄弟的小说《玛奈特·萨洛蒙》。

1868年　高等研究实验学校成立。

3月，马奈在巴黎美术展览会展出《左拉肖像》。

左拉的小说《玛德莱纳·费拉》。

都德的小说《小东西》。

1869年　门捷列夫的《元素周期表》。

福楼拜的小说《情感教育》。

龚古尔兄弟的小说《杰凡塞夫人》。

都德的故事集《磨坊文札》。

1870年　普法战争爆发。

第二帝国崩溃，第三共和国成立。

左拉撰文抨击拿破仑三世发动战争，被控犯有颠覆政府罪，因帝国垮台逃过一劫。

5月31日，左拉娶亚历山德琳·莫莉（埃克斯的路易丝已经去世）。

9月4日，第二帝国垮台。

左拉夫妇离开巴黎去马赛。

雨果在流亡十九年之后回到巴黎。

泰纳的《论智慧》。

于勒·德·龚古尔去世。

1871年　巴黎公社于3月28日成立，5月底在凡尔赛军队的镇压下失败。

3月14日，左拉回到巴黎。去凡尔赛采访被警察局长当成公社社员逮捕审讯，被释放后于5月10日离开巴黎。

马克思的《法兰西内战》。

达尔文的《人类的起源》（英文版）。

鲍狄埃的《国际歌》。

左拉的小说《卢贡家族的命运》。

1872年　左拉结识旅居法国的俄国作家屠格涅夫。

左拉的小说《贪欲的角逐》。

都德的小说《达拉斯贡城的达达兰》、剧本《阿莱城的姑娘》。

1873年　左拉的小说《巴黎之腹》。

都德的《月曜日故事集》。

1874年　第一次印象派画展。

埃德蒙·德·龚古尔立遗嘱，规定用他们的全部遗产和版权收入作为基金，建立龚古尔学院，并且指定福楼拜、都德和左拉等十人为首任院士，任务是评选和奖励当年最有独创性的小说或散文作品，所以又称龚古尔文学奖评选委员会。

福楼拜的小说《圣安东的诱惑》。

左拉小说《普拉桑的征服》《给妮侬的新故事》。

都德的小说《小弟弗罗蒙与长兄黎斯雷》。

1875年　经屠格涅夫介绍，左拉成为彼得堡出版的《欧洲信使》的通讯员，在2月份为这份杂志写了第一篇文章。

左拉的小说《穆雷教士的过错》。

1876年　左拉的小说《卢贡大人》。

都德的小说《雅克》。

于斯曼的小说《玛特，一个妓女的故事》。

1877年　左拉在梅塘购买住宅。

左拉的小说《小酒店》。

福楼拜的小说《三故事》。

埃德蒙·德·龚古尔的小说《少女艾莉莎》。

都德的小说《富豪》。

1878年　贝尔纳的论文集《实验科学》。

左拉在梅塘购置房产，发表小说《爱的一页》（附卢贡家族的系谱树）。

7月，莫泊桑为左拉购买了一条五米长的游船划到梅塘。左拉给它命名为"娜娜"。

1879年　盖德创建法国工人党。

左拉和莫泊桑、于斯曼、阿莱克西、塞亚尔、埃尼克结成自然主义的梅塘集团。

左拉向《伏尔泰报》社长于勒·拉菲特推荐莫泊桑，但遭到冷遇。

埃德蒙·德·龚古尔的小说《桑加诺兄弟》。

于斯曼的小说《华达尔姊妹》。

1880年　7月14日定为法国国庆节，大赦巴黎公社社员。

左拉的《实验小说论》。

左拉的小说《娜娜》于2月出版。

4月17日，梅塘集团发表小说集《梅塘之夜》，其中包括左拉的《磨坊之役》和莫泊桑的《羊脂球》。

于斯曼的小说《巴黎速写》。

于勒·拉菲特约莫泊桑写稿，遭到拒绝。

5月，福楼拜去世，安葬在鲁昂公墓，左拉、莫泊桑和埃德蒙·德·龚古尔等参加葬礼。

10月17日，左拉的母亲去世。

1881年　1月，左拉当选为梅塘市的参议员。

左拉的评论集《自然主义戏剧》《我们的剧作家》《自然主义小说家》《文学资料》。

都德的小说《努马·卢梅斯当》。

于斯曼的小说《同居生活》。

法朗士的小说《希尔维斯特·波纳尔的罪行》。

1882年　泰纳的《艺术哲学》。

左拉的评论集《一场战役》。

左拉的小说《家常事》。

于斯曼的小说《浮沉》。

《家常事》中的一个人物名为杜韦迪，上诉法院有个名叫杜韦迪的律师向左拉提出起诉。

2月13日，塞纳民事法庭判决左拉改换小说里杜韦迪这个名字，并赔偿原告的损失。

1883年　马克思逝世。

马奈去世，被安葬在帕西公墓，左拉和莫奈等亲自扶柩。

9月3日，屠格涅夫去世。

文学评论家布吕纳介发表《自然主义小说》。

左拉的小说《妇女乐园》。

莫泊桑的小说《一生》。

1884年　凡·高在荷兰阅读左拉的小说。

2月和3月，左拉为写作《萌芽》在安赞矿区调查。

左拉的小说《生之欢乐》《雅克·达摩尔》。

埃德蒙·德·龚古尔的小说《亲爱的》。

都德的小说《萨福》。

于斯曼的小说《逆流》。

莫泊桑的短篇小说《项链》。

1885年　3月，左拉的小说《萌芽》。

莫泊桑的小说《漂亮朋友》。

慕尼黑出版自然主义杂志《社会》。

雨果去世。

1886年　布朗热任陆军部长。

德吕蒙的《犹太人的法国》。

最后一次印象派画展。

左拉的小说《作品》。

莫泊桑的小说《温泉》。

1887年　柏林成立名为"突破"的自然主义诗人协会，建立"自由舞台"。

左拉的小说《土地》。

法朗士发表批评《土地》的评论。

反对左拉的《五人声明》发表，梅塘集团解体。

1888年　巴拿马运河公司丑闻，罢工运动高涨。

左拉于6月13日被授予法国荣誉军团骑士勋章。

左拉的小说《梦》。

12月，左拉的妻子在梅塘雇用的年轻女佣让娜·洛泽罗成为左拉的情妇。

都德的小说《不朽者》。

莫泊桑的小说《皮埃尔和若望》。

1889年 国际工人代表大会在巴黎召开，成立第二国际，确定5月1日为国际劳动节。

布朗热政变阴谋失败。

莫泊桑的小说《如死一般强》。

法朗士的小说《苔依丝》。

9月，左拉夫妇迁居至巴黎布鲁塞尔街21号。

9月29日，让娜·洛泽罗生下左拉的女儿德尼兹。

1890年 5月1日，左拉第一次申请法兰西学士院院士失败。

左拉的小说《人兽》。

莫泊桑的小说《我们的心》。

1891年 左拉会见雕塑家罗丹，商谈为巴尔扎克塑像事宜。

9月25日，让娜·洛泽罗生下左拉的儿子雅克。左拉的妻子收到一封匿名信，揭发她丈夫的奸情。

左拉的小说《金钱》。

于斯曼的小说《在那儿》。

1892年 左拉为建造巴尔扎克塑像捐款。

左拉的小说《崩溃》，法朗士予以高度评价。

法朗士的小说《鹅掌女王烤肉店》。

1893年 左拉的小说《帕斯卡医生》。

左拉的出版商夏邦蒂埃为左拉完成《卢贡-马卡尔家族》举行庆祝宴会，有两百多位作家和艺术家参加。

莫泊桑去世，安葬在巴黎的蒙巴纳斯公墓，左拉致悼词。

1894年 犹太籍上尉阿尔弗雷德·德雷福斯被诬陷为向德国出卖情报的叛徒，10月15日被捕，被军事法庭判处终身监禁，22日被囚禁于法属圭亚那的魔鬼岛，因而在法国激起了民族主义的反犹浪潮。

左拉的小说《卢尔德》(《三城市》三部曲之一)。

1895年 于斯曼的小说《上路》。

1896年 德雷福斯事件真相逐渐暴露，左拉和法朗士等为伸张正义而斗争。

左拉的小说《罗马》(《三城市》三部曲之二)。

埃德蒙·德·龚古尔去世，左拉在墓前发表演说。

1897年 11月25日，左拉在《黎明报》上发表文章，要求重审德雷福斯案件。

12月14日，左拉的《致青年们的信》。

法朗士的小说《路旁榆树》(《现代史话》之一)，《柳条模型》(《现代史话》之二)。

1898年 1月13日，左拉发表致总统的《我控诉》，揭露总参谋部在德雷福斯事件中的阴谋，2月23日和7月18日两次被判刑一年和罚款三千法郎，他于第二次判决当天逃亡英国伦敦。

7月26日，左拉被吊销荣誉军团骑士勋章。

左拉的小说《巴黎》(《三城市》三部曲之三)。

于斯曼的小说《大教堂》。

1899年　盖德派组成法兰西社会党，饶勒斯成为法国社会党的领袖。

6月15日，德雷福斯获释。

左拉回到法国。

左拉的小说《繁殖》（《四福音书》之一）。

法朗士的小说《红宝石戒指》（《现代史话》之三）。

1900年　世界博览会于4月15日开幕。左拉去参观并拍摄了大量的照片。

1901年　左拉的评论《真理在前进》。

左拉的小说《劳动》（《四福音书》之二）出版，工人协会于6月9日举行庆祝宴会。

法朗士的小说《贝日莱先生在巴黎》（《现代史话》之四）。

1902年　左拉于9月28日回到巴黎，在寓所因煤气中毒于29日去世，未能完成小说《正义》（《四福音书》之四）。

10月5日，在巴黎的蒙马特尔公墓为左拉举行葬礼，法朗士在墓前发表演说。

龚古尔学院成立，苏利·普吕多姆获首届颁发的诺贝尔文学奖。

1903年　左拉的遗著《真理》（《四福音书》之三）。

于斯曼的小说《献身修道院的俗人》。

1908年　6月4日，左拉的遗骸被迁入巴黎的先贤祠。

左拉作品中法文名称对照表

中文名称	法文名称	出版年份
《给妮侬的故事》	Contes à Ninon	1864
《克洛德的忏悔》	La Confession de Claude	1865
《我的仇恨》	Mes Haines	1866
《一个女人的遗愿》	Le Voeu d'une morte	1866
《马赛的秘密》	Le Secret de Marseille	1867
《泰莱斯·拉甘》	Thérèse Raquin	1867
《玛德莱纳·费拉》	Madeleine Férat	1868
《卢贡家族的命运》	La Fortune des Rougon	1871
《贪欲的角逐》	La Curée	1872
《巴黎之腹》	Le Ventre de Paris	1873
《普拉桑的征服》	La Conquête de Plassans	1874
《给妮侬的新故事》	Nouveaux contes à Ninon	1874
《穆雷教士的过错》	La Faute de l'abbé Mouret	1875
《卢贡大人》	Son Excellence Eugène Rougon	1876
《小酒店》	L'Assommoir	1877
《爱的一页》	Une Page d'amour	1878
《实验小说论》	Le Roman expérimental	1880
《娜娜》	Nana	1880
《娜依丝·米库兰》	Naïs Micoulin	1880
《磨坊之役》	L'Attaque du moulin	1880
《自然主义戏剧》	Le Naturalisme au Théâtre	1881
《自然主义小说家》	Les Romanciers naturalistes	1881

《文学资料》	Les Documents littéraires	1881
《我们的剧作家》	Nos auteurs dramatiques	1881
《家常事》	Pot-Bouille	1882
《一场战役》	Une Campagne	1882
《妇女乐园》	Au Bonheur des dames	1883
《生之欢乐》	La Jois de vivre	1884
《雅克·达摩尔》	Jacques Damour	1884
《萌芽》	Germinal	1885
《作品》	L'oeuvre	1886
《土地》	La Terre	1887
《梦》	Le Rêve	1888
《人兽》	La Bête humaine	1890
《金钱》	L'Argent	1891
《崩溃》	La Débâcle	1892
《帕斯卡医生》	Le Docteur Pascal	1893
《卢尔德》	Lourdes	1894
《罗马》	Rome	1896
《巴黎》	Paris	1898
《我控诉》	J'accuse	1898
《繁殖》	Fécondité	1899
《真理在前进》	La Vérité en marche	1901
《劳动》	Travail	1901
《真理》	Vérité	1903
《正义》(未完成)	La Justice (inachevée)	

吴岳添

1944年生，江苏常州人。1967年毕业于南京大学外文系法语专业，1981年毕业于中国社会科学院研究生院法国文学专业，文学硕士。1986—1987年在巴黎高等社会科学研究院进修文学社会学。曾任中国社会科学院外文所科研处长和南欧拉美研究室主任，2002至2016年任中国外国文学学会法国文学分会会长。现为外文所研究员、博士生导师，湘潭大学外国语学院特聘教授，中国作协会员。出版著译百余种，主要有专著《法国小说发展史》《法国现当代左翼文学》《左拉学术史研究》等，文集《远眺巴黎》《塞纳河畔的文学景观》等，译著《论无边的现实主义》《社会学批评概论》《苔依丝》《小爱大德》《悠悠岁月》《我们为什么忧伤——法朗士论文学》等，主编《法国经典戏剧全集》《左拉研究文集》《马丁·杜加尔研究》等。